U0469917

re lire
重
光

书写而世界 阅读以介入

eons
艺 文 志

亲密关系的核心是友谊

汪民安 著

上海文艺出版社

目 录

Part 1
- 3 　身体何为？
- 21 　身体观决定了我们的世界观和伦理观
- 39 　亲密关系的核心是友谊
- 49 　爱一个人可能带来毁灭，但爱本身不会
- 63 　爱是一种计算还是一种冒险？

Part 2
- 79 　身体和欲望是一切知识的来源
- 103 　要改变一个人，就去改变他的空间
- 117 　个人经验有普遍性吗？

Part 3
- 129 　我希望所有人都能够不劳而获
- 141 　是绩效社会还是控制社会？
- 149 　社会需要怪人吗？
- 159 　格　子
- 169 　人有不去做的潜能
- 175 　技术末世论

187　ChatGPT 的互文性、生成和异化

Part 4　197　我的巴黎行
229　什么是法国理论？
255　我只是要记录毫无修饰的哲学谈话
279　用一部电影的时间读懂福柯

Part 5　297　悬挂的纪念碑
301　作为收藏品的艺术作品
311　艺术是一种浪费
321　创造性和杰作有时候诞生于混乱

Part 6　335　尼采的返乡
341　他只展示，而不评述
347　拾破烂者
351　布朗肖的黑夜
357　如何令自己疯狂？

365　后　记

Part 1

身体何为？

身身不息 2019 年的专访。原题"何为身体，身体何为？"。采访者：箱子。

你很早就梳理过身体观念的谱系，在此想请你为我们提供一个在今天谈论身体的背景，并谈谈在那次梳理过后身体理论有没有什么新的发展。

将近二十年前我就写过一篇《身体转向》的文章。不过，我那时谈的还是人文主义意义上的身体，每个人都有的属于自己的独一无二的身体，享有主权的身体，也就是母亲受孕、怀孕然后从子宫里面生产出来的身体。这个身体无论在世上旅行了多久，无论历经了什么样的命运——一个身体的经历就是它的命运，身体是生命最核心的根基，生命绝对地附着于身体之上，身体的终结也是生命的终结——它都保持着它生物学上的纯粹性。我的意思是,那个时候讨论身体,还没有考虑到后来各种各样的技术对身体的外在改造。实际上,一直到1970、1980年代,人们讨论的都还是社会化的身体,而非技术化的身体,那时人们对作为一个生物学意义上的身体的单一性并不质疑。

如果非要概括性地谈论身体观念的历史的话,我们大概可以粗暴地将其归纳为三个阶段。第一个阶段讨论的是身体和心灵的关系,也许从柏拉图到尼采的整个欧洲哲学都是围绕着这一点进行的,这个阶段主要是要将灵魂、理性、心灵同身体进行区分。大概自尼采之后,梅洛-庞蒂、福柯、德勒兹、布尔迪厄,以及像巴特勒这样的女性主义者,都是将身体同文化、社会及整个外在世界结合起来讨论的。身体不再在人自身内部同心灵没完没了地纠结缠斗,而是越出了自身,并同社会和历史交织在了一起。社会和历史包围、挟裹着身体,作用于身体。这是身体观念的第二个阶段。

如果我们将第一个阶段视为"身体和心灵"的纠缠阶段,那么第二个阶段或许可以被称为"身体和社会"的纠缠阶段。今天我们的讨论可能进入了第三个阶段,我们可以称之为"身体和技术"的纠缠阶段。在今天,对身体的讨论有了新的方向,即技术包围了身体。早期的控制论理论家诺伯特·维纳(Norbert Wiener),基因技术理论专家,哈拉维、斯蒂格勒及众多的后人类理论家,都将技术的楔子插入对身体的讨论。这样的讨论动摇了先前从未受到过质疑的身体概念。

我这样的历史描述是大而化之的。实际上,哪怕今天大家都在讨论身体和技术的关系,但身体和心灵(灵魂)的关系、身体和社会的关系从未真正消失,它们以其特有的方式同"身体和技术"的关系联系在了一起。

那么,身体和技术到底是什么样的关系?

从技术的角度去讨论身体也有不同的视角。今天有一个特别重要也广为人知的概念,就是"赛博格"(cyborg)。这是结合 cybernetic(控制论)和 organism(有机体)这两个词的词首(cyb 和 org)后发明出来的一个新词。大体上来说,它指的是人的有机身体和外在于身体的人造物的一个恰当结合,这个结合产生了原有的有机身体所不具备的新功能。最早期的所谓"赛博格",就是美国的宇航员要登月,但常规意义的人的身体很难承受在太空中飞行这一特殊要求,科学家就利用特殊的技术来改造他们的身体,在他们的身体里面植入了一种特有的、外在的非有机物,或者给他们的身体配置一些诸如太空服之类的特殊装备,使得身体在太空飞行时具有更广泛的适应性和承受能力。这实际上是最开始的人机结合,也就是最早的赛博格。当然,这种非天然的组合式的身体——人机结合的身体——后来在医学上被广泛应用了。人体内植入了非有机物,我们作为有机物的人体实际上变成了由肉体跟非有机物、机器或其他东西装配在一起的一个装置,这个身体就不再是我们以前古典人文主义所理解的那种纯粹的天然肉身了。单纯的肉身身体的边界被打破了。

唐娜·哈拉维在1980年代就发表了《赛博格宣言》,这个文本现在有好几个中译本了。这个文本大概是哲学和文化理论领域早期最有影响的关于赛博格的讨论。哈拉维在这个宣言中为赛博格的到来欢呼。她是研究后现代理论的生物学家,也可以反过来说,她是研究生物学的后现代理论家。她本身是跨学科的,她当时发表这个宣言,很重要的一个原因是去呼应当时兴起的力图打破各种边界的后现代哲学。由法国哲学引发的后现代理论在美国被各种各样地简化,你也可以说,被各种各样地庸俗化为几个原则。其中之一,就是各种各样的界限应该被拆除和打破。正是这样一个时髦的后现代哲学为她对赛博格的发现和肯定提供了理论支撑。对她这个生物学家来说,破除各种边界最好的例证就是身体,就是刚刚出现的打破人和动物、人和机器的边界的赛博格。赛博格是后现代理论最恰切的例证。这个宣言非常有预见性。宽泛地说，今天几乎每个人都是赛博格，像手机这样的工具，已经变成人体一个不可或缺的器官了。身体越来越多地呈现出异质化的特征。

可以想象，将来赛博格的非有机物的成分会越来越多，最后可能就是肉身越来越不重要了。押井守的电影《攻壳机动队》是赛博格最生动的例证，也可能是最令人恐惧的预言。电影中女主角草薙素子差不多已经没有肉身了，是一个类似于人体的机器人，只不过脑部组织尚未机械化。实际上，早期的控制论理论家们已经开始想象彻底的去肉身化，即将一个接口插入你的大脑，然后把你的意识输送到电脑里面进行保存。这样，哪怕你的肉身死了，但你的意识还在电脑里面保存着。永远地保存着，哪怕过几百年之后再把电脑打开，这个意识还在。也就是说，你的意识在，你就没有死。如果说去肉身化的趋势明显的话，那身体本身以后就会越来越不重要了。

不过，还有一种与此相反的趋势，那就是人们也越来越重视身体了，人们在梦想一个完美的身体，并试图创造出这样一个身体。这就是所谓的基因技术的目标。它不是让你去肉身化，而是根据特定的目的和欲望来改造你的身体，重新组织和编码你的身体。这跟福柯当年讲的那个身体改造是两码事,福柯讲的是通过制度、通过纪律、通过规训与惩罚从外部来改造和训练你的身体,用一个历史性的权力来塑造你的身体。基因技术则是科学家通过生物技术将他们选定的基因导入基因组,从而改变既定的基因构成,进而改变生物和身体的本来性状。人们会出于各种各样的目的来改造基因:美的身体,健康的身体,聪明的身体,长寿的身体,都是基因技术的目标。权力对身体的改造和科学对身体的改造,这是两种截然不同的改造身体的方式。基因改造身体的实验已经开始了。这当然取决于技术的发展——在今天,技术已经发展到一个令人难以控制和把握的程度,无论是赛博格还是基因技术,都重写了身体的概念。显而易见,这样的技术改造不可能不引发巨大的伦理争议。关于身体的哲学讨论在今天也围绕着技术来展开。可以说,今天最重要的哲学议题之一就是技术。

既然我们已经是赛博格了,那我们该怎么面对去肉身化或人工智能的未来?怎么理解这种状态的人?我们会对这种去肉身化的人感到恐惧吗?

我不知道类似草薙素子这样的赛博格或非肉身化的人是否会真的到来。我想,很多人,也包括我在内,担心他们真的会实现。因为我们都热爱自己的身体。身体虽然会带来痛苦，但也会带来巨大的快乐。所谓的生命不就是身体在痛苦和快乐之间不停循环的过程吗？人如果真的是绝对的赛博格或非肉身化的话，我想这也许是有机的身体达到了极限，但人为了延长自己的生命，在有机身体无法保存的情况下，还要设法保住自己的意识，从而做出这样的选择。但是，这样的并非以身体为根基而存在的意识，同先前那个附着于身体的意识，还是同样一个人或同一种人吗？

这当然是后人类所面对的一个主要问题。按照控制论理论家的说法，生命的本质在于计算，不仅是生命，宇宙本质上也是计算，万物皆计算。身体本身也只有通过计算才能得到很好的解释和说明，你的细胞活动、心跳、整个身体的运转，包括你的情感，都是有规律的，都可以还原为计算和数据的范畴。这是人工智能的根本出发点。人工智能本质上就是把生命理解成计算。

如果是这样的话，按照控制论专家的说法，人工智能可能最接近生命的本质，跟宇宙规律最吻合的生命恰恰是纯计算的生命，AlphaGo 没有肉体，只有计算，它也许是最纯粹的生命。生命只是一堆数据而已。而我们现有的这种肉身只是一些残次品，而且在某种意义上，它们妨碍了计算，让计算变得更复杂了，或者是计算的一个障碍。苏格拉底临死之前就说，肉体消失了毫不可惜，肉体消失了，我就可以完全凭借灵魂去接近智慧了。对人工智能说，肉身也是多余的，也许我们这种肉身化的人类真的是地球漫长历史的一个偶然的副产品，是一个临时性的现象。人既然在某一个特定时期出现在地球上，也一定在某个特定时期会在地球上消失。不过，这样的说法还是让人难以释怀，人是一个临时性的现象，这也许是真的，但是，对人而言，这个所谓的临时性却是永恒的。没有肉身，也许还存在生命和智能，但是，属于人的特定生命或智能或许就永远不存在了。

这就是所谓的"人之死"的最新版本。福柯在1960年代提出了这个说法，但其含义是18世纪的人文科学所奠定的人的知识形象的死亡。而今天后人类学者关注的是作为肉体存在的人的死亡。这是人工智能引发焦虑的一个原因。不过，即便生命去肉身化这一天真的会到来，那也并不会令人恐惧。它到来总是有它到来的理由，它的到来总是人类自我选择的结果。只有在它没有到来，但人们感觉它会到来的时候，人们才会感到恐惧。这种恐惧，同人类其他时候面临不可控的危机所产生的恐惧是一样的——人类总是充满着危机意识。人类就是一种危机物种。人类在不同的时期有不同的危机意识。相比战争的危机、生态的危机、经济的危机和疾病的危机而言,人工智能不过增添了一种新的危机而已,而且是看起来最不急迫、最不可能形成的危机。

从现实层面看,为什么不同的人对自己的身体的关心程度不一样?为什么今天不同的人群会有如此迥异的身体观念?

对自身身体的关注的程度差异,有很多种原因。不同的阶层对于身体的关注和呵护首先是经济状况的一个反映。身体有一些基本本能:我好久没睡觉,我需要休息;我饿了,我需要吃饭;我要让自己的身体更舒适、更有力、更健康、更快乐,这类身体本能和要求对所有人都是一样的。但是,不同的阶层在此之外有不同的对身体的关心。对一部分人而言,还要去美容,还要去健身房,还要吃保健品,等等,而另外有些人从未考虑过这样的问题,只要身体还有力,还能劳动,还没有出现任何障碍,就将它当作一台机器单纯地投入劳作。对他们来说,身体仅仅是自己养活自己的一个再生产工具。马克思分析过这样的无产阶级,他们用身体劳动,就是为了换取最简单的谋生食物,从而能够让自己继续劳动。布尔迪厄曾经对这样不同的阶层区分做过了不起的分析。不同的经济阶层有不同的使用身体和关心身体的习惯。

不过,经济不是导致身体观念差异的唯一原因。性别、代际、文化的差异都导致了身体观念的不同。身体的观念也带有强烈的历史主义要素,它总是随着历史的变化而变化。这都是显而易见的事实。不过,或许还有一个更重要的人们不太提及的原因:人们对于身体的理解来自自己特殊的身体构成。我想,很少有同性恋者去谴责同性恋身体的。一个肺结核患者很少会去攻击传染病患者。一个人有什么样的身体,就会有什么样的身体观念。我们对身体的理解很多都来自自身的特殊身体禀赋。或许我们可以更宽泛地说,人们对社会和知识的理解也在很大程度上来自他们特有的身体禀赋。面对同一个事件,同一个文化和经济阶层的人为什么会有完全不同的评价和理解?我甚至相信,一个人的政治立场也跟他的特殊身体构造有关,否则我们很难解释基本背景非常接近的人们为什么会有完全不同的政治或价值取向。你看,我很少跟人发生意见争论,我一看见有人想反驳我或批评我,就赶紧跑开。这就是因为我相信他的意见是他的身体决定的,你很难说服他;反过来也一样,他也很难说服我。

所以你觉得我们近年来对身体的重视其实跟经济状况

密切相关？你能再详细地说一下吗？

这是非常重要的一个要素。对于身体而言，资本主义的一个核心方式就是把它处理为一个商品。我们知道，资本主义是要把一切都商品化的。身体逃不脱这个魔咒。身体的每一个部分，每一个可分解的要素，都可以作为商品而被移植到市场中来。我们现在围绕身体建立了一个庞大的产业链。对一颗细小牙齿的修补和维护，就能体现资本主义对身体的支配方式。一口整洁的白牙，完全是大量金钱擦拭而成的。所以人们可以从牙齿去看你的社会地位和经济地位。为什么要去矫正这些实际上不用矫正也完全拥有正常功能的牙齿？这是因为，资本主义会设置一个完美的身体标准，对它而言，所有的身体都是有缺陷的，都是需要矫正的，都可以通过市场的方式去弥补这些缺陷。这是它将身体作为商品来对待的理论根基。

与此相关的是，资本主义还会制造出各种各样的欲望，而且是虚假的欲望——我记得好像是马尔库塞讲过这些。我们都快把马尔库塞给遗忘了。有了一个制造出来的标准，还有要去满足这个标准的欲望。人们将这个人为的标准作为欲望的客体。资本主义的特点就在于，让你心甘情愿地去满足这些欲望，让你的欲望去控制你，让你自己控制你，你好像是在服从自己，不是别人强制的，因此，这看起来就像是一种自由选择。但是，这一切不过是资本主义市场的隐秘策略。现在，资本主义不完全是强制性的暴力控制，它制造出标准、制造出欲望，通过欲望来控制你。对它来说，身体就是一个巨大的可供拓殖的市场。我们只要想想"厌食症"这样的疾病，就能明白资本主义是如何通过制造出身体标准来深深地操纵人的。

我们今天的短视频、直播，以及无处不在的信息流，让身体在影像中四处传播。这些已经完全改变了我们今天的观看方式和理解世界的方式。你怎么理解这些变化？包括随之而来的后真相的问题，我们应该如何在这种情况下自处？

如今一切都被图像化和景观化了。这是居伊·德波在1960年代讲的景观社会的真正完成。他当时讲的景观社会，就像我们今天讲的后人类一样，还没有真正地到来，就像马克思在19世纪讲资本主义，但那个时候资本主义还没有彻底实现一样。在今天，我们的社会才真正变成了景观社会，才真正地实现了资本主义。马克思和德波这样的思想家之所以不同凡响，就在于他们有极强的预见能力，他们在事物只是有了些微苗头和征兆的时候，就能准确地预见到它的高潮和完成时段。《共产党宣言》中说人和人的关系就是赤裸裸的金钱关系,这听起来就是对今天资本主义的准确描述。1967年出版的《景观社会》开篇模仿了1867年出版的《资本论》的开篇,后者说资本主义是"商品的庞大堆积",前者说今天是"景观的庞大堆积"。半个世纪之后的我们会感到今天既是商品的庞大堆积,也是景观的庞大堆积。我们的社会同时是商品社会和景观社会。或者说,商品和景观逐渐一体化了。商品都以景观的方式呈现,商品一定要有景观的可见性,或者说,不被景观化的就不是商品。反过来,大量制造出来的景观在今天被赋予了商品的属性,景观作为商品在市场上流通了。

当然,不仅仅是商品,我们今天的一切几乎都景观化了,一切都具有可见性了。在德波那个时候,景观的制作技术是电视、电影、录像和各种摄影机器,它们虽然开始覆盖日常生活,但是,你在某种意义上还是可以挣脱它们的,这些视觉机器本身也受到各种各样的审查和检验,它们并没有强烈的控制能力。福柯当年批评德波的景观社会概念,就是因为景观这个概念并没有传达出控制和规训的功能,福柯在1970年代说,这是一个规训社会,而不是景观社会,他把规训和景观区分开来。但是在今天,尤其是互联网和监视机器普及后,景观和规训可以恰当地结合在一起了。一切都可以被景观化，一切都具有强烈的可见性，因此，一切也都可以被规训了——一旦暴露给可见性，就有被规训的可能。商品、景观和规训在今天奇妙地结成一体。

如今的身体正好满足这三位一体的要求：作为景观的身体，作为商品的身体，被规训的身体。现在，每个人都可以随时让自己的身体影像化进而景观化。这种景观化既是主动的，也是被动的。当一个人主动景观化的时候，当他在抖音或其他视频上直播自己、展示自己的时候，他的身体多少带有商品的意味。它是作为景观的商品。当一个人被动地被拍摄的时候——他知道这种被动拍摄、被动记录无处不在，以至于他总是小心翼翼，他不得不自我规训。作为景观的身体在这里是被规训的。

人们总是觉得景观和真相是对立的，景观总是掩饰了真相。比如说，一个抖音中的人和真实的自己——也就是所谓的真相——相差很大。但我并不觉得这二者之间必定存在着一种真假的关系。一个抖音中的身体，就是它自己，就是抖音中的真相，你也可以说，就是真相自身。而一个现实中的身体，就是现实中的身体，就是现实中的真相，它与视频中的身体无关。抖音中发生的一切就是在抖音中的，它斩断了与现实的关联。它的全部意义就在于他闪现在屏幕上。这里只有屏幕中的真实。表演者和观看者都以屏幕为中介，离开了屏幕，一切就不存在了，这是一个屏幕现实。它不需要屏幕之外的现实本身作为它的保障和凭据。屏幕自己保障自己、自己肯定自己。你无权说抖音上的一个女孩展示的是虚假的生活，是脱离现实和真相的生活。她展示的是真实的屏幕生活，此刻，屏幕对于她来说就是一切。也许，我们真的要填平现实生活和屏幕生活、实体和景观之间的人为沟壑。这二者并非本质和幻象之间的关系。在屏幕中表演，或者说制造景观，是他个人的生产行为，是他的劳作。这就是他的真实生活本身。他在这个工作当中获得了快乐，在某种意义上，他也获得了满足，甚至获得了经济收益。我们应该将这理解成一个实际的生产过程，而不是对真实的遮蔽。景观制造也是一种生产。表演者在屏幕上的表演，就跟一个小说家生产一部小说、一个公司生产某种产品是一样的。他们通过表演来获得某种收益。在此，屏幕中的身体作为景观和商品，满足的是无处不在的视觉消费。

我其实比较好奇，这些研究身体的哲学家或社会学家，包括你自己，是怎样找到身体这么一个主体的脉络的？做身体的理论研究，对自己的身体会有怎样的影响？

这在福柯那里是非常明显的。作为一个同性恋，福柯很早就感受到了法国社会氛围当中对此的排斥和压抑。他的哲学思考一直跟这有关系：为什么有些身体经验、有些少数人群，总是会被一些多数人群、主流意见和常规经验所排斥？排斥和区分是福柯非常重要的一个主题。他对性史、疯癫史、惩罚史的研究，实际上都是在思考这类排斥和区分的问题。不得不说，这些与福柯的身体经验是密切相关的。

尼采的情况有所不同。他一直体弱多病，身体长期遭受折磨，倍感痛苦，不得不在欧洲到处找地方疗养。就体能而言，尼采绝对是弱者。但是他说，他是全欧洲最健康的人。他说他才是真正的强者。这个怎么理解？强和弱是尼采的一对核心概念。尼采推崇强者，或许正是因为他体弱多病？尼采有时候以酒神狄奥尼索斯自许，酒神就是身体遭受着各种各样的痛苦和折磨，但这痛苦和折磨对他是一个刺激，它们是一个反作用力，它们从反面激发了他的力量和主动性。可以想象，没有身体的下坠式的痛苦，就很难有尼采那高亢的笑声和激越的音调。尼采还在同样的意义上说，树根在泥土当中扎得越深，它的树干才会长得越高。也就是说，身体所承受的苦难和痛苦越多，才会越强大、越健康。磨难和痛苦是强健的催化剂。但是，它们有一番惊人的较量。我们可以想象尼采在阅读和写作时的身体挣扎，疯狂是他的自然归属。因此，在尼采那里，身体实际上一直是力和力交战的场所。这既是他最重要的哲学论断，也是他事实上的身体经验。

德勒兹没有说太多他的哲学和他自己身体的关系。我们很难说，他的身体状况和他对身体的哲学思考有什么具体的联系。但是，德勒兹的身体也不好，他的肺一直不好，他长期呼吸吃力，他的发音都显得非常特殊。他最后是因为呼吸困难而从医院跳楼的。这样持久的慢性病毫无疑问会让他对身体异常敏感。他是最难忘掉和忽视自己身体的人。他每分钟都在和自己的身体作战。我们难以想象他不讨论和思考身体。事实上，他的情动概念，谈论的就是对身体的敏锐感知，就是身体如何去感知、如何被感知的问题。他的"无器官的身体"的概念，指的就是力和能量无障碍流动的身体。这不恰好对应于那种气道受阻、难于呼吸的身体吗？

尼采、福柯、德勒兹，是他们打开了20世纪哲学思考身体的大门。但不仅仅是他们，还有癫狂的巴塔耶、忧郁的巴特、优雅的梅洛-庞蒂、易怒的布尔迪厄，尤其是伊利格瑞、巴特勒这样的女性主义者，我相信，他们每一个人的身体特性都以各种方式体现在他们的写作中。这是一个有意思的话题，可以进行详尽的研究。

那具体到你自己，比如说，你比较强烈的生命感受和身体经验是怎样的？日常生活的快乐都源于什么？

强烈的生命感受和身体经验？也许是疾病的过程？我生病的时候，有一种纯粹的身体难受，一种疼痛和眩晕交织在一起的强烈的虚弱感和空虚感。这个时候不是感受到了生命的意义，而是感受到了生命的无意义。生病的大多数时候是通过昏睡，也就是说，是通过对生命的忘却去克服和度过的。与之不同的是，家人生病的时候，我会陷入巨大的焦虑之中。我记得孩子小时候生病时，我明显感觉到自己身体的紧张感，那是一种跟平时状态完全不同的痉挛经验，你的整个身体感受会随着孩子的状态的变化而变化。我在这个时候有强烈的生命感受。因此，对我来说，强烈的生命感受主要来自紧张，而不是快乐。能够想得起来的快乐太少了，而且总是转瞬即逝。另外，快乐是跟年轻有关的，它是身体能力的表现，只有年轻的身体才能吸收和释放大量的力和能量，这个过程或许就是快乐的过程……人到中年后，力和能量的循环减弱了，快乐也随之减少了。你看看，像我们这个年龄的人越来越少哈哈大笑了。

身体观决定了我们的世界观和伦理观

《三联生活周刊》2021年的专访。原题"如何重新看待我们的身体?"。采访者:孙若茜。

人是从什么时候开始对身体的概念有真正的认知的,又是从什么时候开始有研究的呢?具体到中国,这种认识经历了怎样的变化?

很难说人是从具体哪个时候对身体的概念有真正的认知的。我想,在有文献之前,人类应该就开始意识到自己的身体了。因为我们都熟悉的早期经典著作中,无论是古希腊哲学、文学,还是中国先秦思想著述中,身体都是一个非常重要而显明的存在了。这些文献都体现出清晰的身体观念。

如果不是从文献而是从考古的角度来看的话,在人类的开端,人类就意识到自己身体的局限了,就开始有意识地创造工具。法国古生物学家安德烈·勒鲁瓦-古朗（André Leroi-Gourhan）认为，如果没有工具，人就难以存在，就没法存活。他的意思是，人的工具就是身体的外置器官，就是一个人工器官。人借助这种人工器官来保存生命、来捕食、来防卫。如果没有这个工具性的外置器官，人就活不下来。也就是说，没有体外的工具器官，就不存在人这一生物类属。去年去世的法国哲学家斯蒂格勒和勒鲁瓦-古朗有过合作。他写过一本书，《技术与时间：1. 爱比米修斯的过失》，讲的就是，人的身体天生是有缺陷的，因为爱比米修斯赋予每一种动物强大而完整的谋生本领，但没有赋予人同样的本领。所以普罗米修斯就给人类盗火，换句话说，人是通过外在的工具活下来的，人意识到自己的身体是不完备的。可见，从一开始，人就意识到了自己的身体能力和身体缺陷。

至于说中国古代的身体观念的认知变化，坦率地说，这类文献浩如烟海，太复杂了，很难说清楚。儒释道都有大量的从不同角度展开的关于身体的论述。有谈论身体本体，即身体的内在构成问题的；有谈论身体和外物之间的关系，即身体和宇宙、自然、政治及其他身体的关系的问题的；有谈论身体的技术，即所谓修身和礼仪的伦理问题的……这些不同的身体视角有各自的问题框架，但彼此之间也存在一定的关联：身体本体的问题决定了我们的宇宙论和世界观,而世界观的问题又决定了我们的伦理选择问题。

但对中国哲学来说,到底什么是身体呢?我们有一个丰富、漫长而复杂的"气"论传统。我觉得其中特别有意思的是将身体视为一个"气化"的过程。气不仅是宇宙的本体,也是人的本体。就像葛洪在《抱朴子》中所言,"人在气中,气在人中"。气分为阴阳二气,它们在体内辩证地争斗,试图维持一种动态的平衡。一旦阴阳二气失衡,身体就会出现问题。中国的医书也是这样讲的:"气、血,人身之二仪也,气为主而血为配。故曰:气化即物生,气变即物易,气盛即物壮,气弱即物弱,气正即物和,气乱即物病,气绝即物死。是气之当养也明矣。"(《医方考·气门》)身体就是一个动态的、争斗的、辩证的气化过程。我觉得这是中国的身体观里一个比较核心的东西。

在我们的传统里,人们怎么看身体和意识的关系?和西方是不是有很大的差别?

西方的哲学传统是逻各斯中心主义,强调二元对立。从柏拉图到笛卡尔,基本上都是将身体和意识对立起来的。它们可以各自独立。柏拉图认为灵魂可以摆脱身体。笛卡尔说，我哪怕一条腿被锯掉了，但是我的意识并没有受到影响。但中国的气的概念同时包括了身体（物质）和精神两个方面。精神和身体交织在一起，不可区分。气是一种精神化的身体或身体化的精神。它是一个能量整体。正是气产生了万物。万事万物都是气化过程的效应。如果是这样的话，我们很难将精神与身体进行严格的二分。而西方最早的对于身体的理解还是物质化的。非常粗糙地说，西方观念中是将身体视为一个静态的结构化的物质，他们的兴趣和问题是：身体是由什么东西构成的？他们强调一个科学化和物质化的身体。比如，身体是由细胞、组织、器官等不同物质逐层递进和叠加起来的，这些物质同时也是可见的和确定的。而我们几乎说不清楚气是什么，只是从气的功能来描述气。因为气是不可见的，只有效果，而无形象。

不过，到了晚近，尤其是从叔本华开始，欧洲的身体（生命）概念有了一些变化，他们特别强调力的概念。受叔本华的影响，尼采、弗洛伊德和柏格森都特别强调了身体的不可见的内核：冲动的力和能量。这就是19世纪以来欧洲新的生机主义哲学传统，这个传统到德勒兹这里达到了顶峰。我觉得这个力的身体哲学传统和中国古代的气化的身体观念有相近之处。二者之间甚至可能会产生一些对话。比如，德勒兹的身体概念就是在说内在的力在体内不断地奔突和冲动，力也分为两种，肯定的力和否定的力，消极的力和积极的力，等等，它们也在永恒地争斗。这非常接近中国的阴阳二气之间的争斗。中国的气的争斗讲究平衡，但是，尼采主张肯定和积极的力应该战胜否定和消极的力。叔本华与尼采则相反，他很消极和悲观，所以尼采说他像坟墓中的人。与中国强调气和气之间的平衡不同，欧洲更强调两种力之间的冲突和张力。

不过，19世纪以来欧洲生机哲学中的"力"的概念，我的印象是，他们并没有受到中国哲学的影响。尼采、德勒兹很少提到中国思想。但力和气确实有一些可以比较的东西。我举一个例子，德勒兹讨论培根的时候，认为培根那种面目模糊、扭曲的身体是因为力在体内狂奔，冲毁了身体各器官的稳定性，让身体变得流动起来。实际上，在中国古代的人物绘画中，器官也不是非常确定和清晰的，尤其是跟西方的写实油画相比。中国古代的人物画不太着意画脸部器官，而是特别喜欢画衣服，衣裙似乎更能表达人物的生命。这跟中国的"气论"有关。最著名的就是吴道子，所谓吴带当风，他画的衣裙都像是被风吹起来的一样飘逸抖动。但这种衣裙的飘逸不是由外在的风刮起的，而是因为体内的气的饱满外溢。

无论如何,力和气,非常值得进行比较。遗憾的是,这方面的研究工作几乎还没有真正地展开。对中国哲学熟悉的人,大多对这段从叔本华到德勒兹的欧洲思想不太熟悉,反过来也是如此。

大约二十年前,你在文章《身体转向》里梳理了哲学领域对于"身体"认识的变化,那么,艺术和身体的关系又经历了什么样的变化呢?

绘画大概从一出现就在描绘身体。从古希腊到文艺复兴一直到现在,身体都是艺术最重要的对象之一。欧洲绘画有一个大的类型就是肖像画或者说人物画。在20世纪之前的艺术中,身体基本上都是绘画或雕塑的描摹对象。也就是说,身体的外在性成为艺术要处理的对象。当然,描摹身体的外在性更多是为了挖掘人的内在灵魂和精神一面,这在伦勃朗的众多自画像里达到了无与伦比的高度。但20世纪的现代艺术与此不同,现代艺术放弃了对身体外在可见性的描绘努力。他们对身体的内在性感兴趣,但这种内在性又不是像伦勃朗那样通过对外在性的描绘来表达的。这种内在性也不是灵魂或精神这一类东西。他们要直接展示内在性,或者说,要展示那种不可见的身体。但什么是内在性呢?身体的内在性就是力、能量或意志。现代艺术致力于展示这些不可描述的东西。

我觉得阿尔托的残酷戏剧是这类身体艺术的开端。阿尔托相信，身体内部有一种力在呼喊、奔跑，他说身体内部就是一种永不停歇的田径运动，每一次喊叫都是一个田径式的冲刺。他的剧场要展示的就是身体内在的力的喧嚣和奔腾。他要让力及其所引发的紧张、残酷和强度笼罩、灌注整个剧场。除了阿尔托的戏剧，玛莎·葛兰姆（Martha Graham）和皮娜·鲍什（Pina Bausch）的舞蹈也都强调身体内在的力的爆发。

在绘画领域，画出身体的内在性是从培根开始的。培根跟以前的肖像画家最大的不同就在于，他通过将身体的内在性和外在性进行并置性的扭曲来展示力的流动过程，培根画出了肉的不断撕扯，肉不断遭受蹂躏而动荡、而起伏、而喊叫的过程。在培根这里，人体不再是一个结构，至少不是一个机器化和物质化的结构，人体是骨头和肉交织而成的整体，是这一整体的动荡、起伏和扭曲，是全部的肉的扭曲。德勒兹将这一扭曲的身体过程称为"无器官的身体"。身体为什么会扭曲？就是因为它充斥着力和力的争斗。正是通过这种肉的内在扭曲、撕扯，培根画出了不可见的力。

除了让这种不可见的内在之力涌动起来，从 20 世纪中期开始，还出现了一种身体和艺术的关系的新尝试。这是从波洛克的行动绘画开始的。也有很多激浪派艺术家进行了非常激进的尝试。这些艺术家相信身体的偶然性是艺术作品的起源。创作过程是身体的偶发行为，它既不取决于训练有素的身体技术，也不取决于理性的深思熟虑。除了波洛克，克莱因也是这方面的代表。克莱因让身体涂满颜料的模特在铺于地面的画布上自由滚动，滚动形成的图案就是最后的作品形式。艺术不过是身体的偶发行为。他们相信，偶然的身体——而不是理性或技术——才是艺术创造的源泉。

但是，艺术家对这样的身体尝试还不满足。1960年代还出现了一个更激进、更具挑衅性的身体艺术潮流。这是从维也纳行动派开始的。这是充满血腥和暴力的身体艺术。这些艺术家将鲜血、内脏、分泌物作为作品的素材。身体本身直接作为作品的对象，这是个受难的身体、被肢解的身体、破碎的身体、流血的身体，甚至是被死亡阴影所覆盖的身体。艺术家让身体处在可能的极限状态。这个潮流的尾声大概是以达明·赫斯特（Damien Hirst）和翠西·艾敏（Tracey Emin）为代表的英国的YBA一代。特别值得一提的是，这个运动中出现了很多女性艺术家，像小野洋子、朱迪·芝加哥（Judy Chicago）、阿布拉莫维奇等。这个潮流在二十多年前也对中国艺术家也产生过很大影响，1990

年代北京东村的艺术家也可以放在这个潮流之下。我要说,这类与身体有关的艺术实验,是20世纪下半期出现的最有意思的艺术潮流之一。

这些身体艺术潮流后来的发展如何?在今天,艺术家对身体的关注点是什么?

这几种身体艺术潮流如今都已经退潮了。今天艺术家对身体的关注出现了另外的特征,即将身体和技术关联在一起,也就是强调科技对身体的改变。这个科技艺术潮流中有一个分支被称为生物艺术(BioArt)。这样的创作越来越具有实验室的意味。艺术家和科学家合作,或者艺术家本身就有一定的医学或生物学知识。他们通过新的技术来改造、重塑或发明一个新的身体,这类作品的开端标志是爱德华多·卡茨(Eduardo Kac)在2000年创作的《绿色荧光兔》。他让一只活的兔子变绿了。一个新的被技术创造出来的身体,一个不同于人文主义意义上的身体,出现在艺术家的视野中。

我们可以非常粗略地说,20世纪有这样几种艺术和身体的探讨关系:将身体视为一种内在活力的奔突;将身体视为艺术创造的起源和条件;将身体作为自我技术和自我实验的对象;最后,在新科技的条件下,去发明一种新的技术化身体。

这一类身体艺术是在怎样的背景之下开始的？

这既跟我刚才说的生命哲学的兴起紧密相关，也跟社会的历史变化密切相关。或者说，艺术和哲学同时感受到了时代的某种变化。不过，尼采和弗洛伊德可能比艺术家走在更前面一点。正是尼采和弗洛伊德对欧洲理性哲学的霸权提出了抗议，他们突出了身体、力、本能、无意识或力比多这些原来被理性主义所压抑的一面，并且将这些视为人的更基础、更始源的决定性要素。强调本能的生命哲学开始在19、20世纪之交出现，强调本能、力、性和身体的艺术潮流也是从20世纪上半期开始的。当然，确实可以具体地谈论艺术家受到哪些哲学的影响，比如说，尼采之于阿尔托，弗洛伊德之于维也纳行动派，等等，但这并不重要。重要的是，与其说艺术家直接受他们的影响，不如说，艺术家此时此刻的特有经验可能契合了这种新的哲学潮流。在20世纪初期，确实存在着一个福柯意义上的"知识型"的转变，即不同领域的知识学科同时发生了转型。

为什么从哲学到艺术都有一种身体的转型呢？

有很多这方面的解释，人们要么将其归于启蒙理性的过度伸张，要么将其归于战争导致的痛苦创伤，要么将其归于技术治理效率的铁笼捆绑，等等，大体上来说，在 20 世纪，理性确实开始受到尖锐的质疑。阿多诺和卢卡奇后来都对此做了反思。卢卡奇在 1950 年代写过一本书，《理性的毁灭》，这个书名恰当地总结了 20 世纪上半期的思想氛围：将时代的不幸都归结于理性的过度发育了。一旦明亮可见的阿波罗秩序遭到怀疑，那些底下的狂奔乱舞的狄奥尼索斯精神就会喷薄而出。尼采、弗洛伊德、阿尔托和巴塔耶，以及紧随其后的艺术家，都是狄奥尼索斯在 20 世纪的幽灵再现。

我要强调的是，这些不是人类的新事物，而是对苏格拉底之前的古老艺术的一次充满差异性的往复轮回。实际上，人类一直在轮回，艺术史也一直在轮回。不断有艺术家在转向这种古希腊时代的酒神精神，像 16 世纪后期的丁托列托、格列柯，19 世纪的戈雅，等等，只不过他们的作品在他们的时代极为罕见，这些作品在它们的时代像闪电一样瞬间发光但又快速地归于沉寂。只是到了 20 世纪，这样以身体为焦点对象的酒神式的艺术才大规模地涌现，他们一度短暂地占据了 20 世纪的舞台。

你提到的艺术家将身体本身作为艺术创作的对象,这个对象有什么特性呢?或者说,艺术家在处理这个对象时和在处理其他对象时有什么差别?

艺术家实际上就是把身体当成一个实验场所。对这些艺术家而言,身体有一个非常重要的特点,它是可变的,是可以改造的。我们以前很少强调这一点。我们一直认为身体是最后一块稳靠之地,它要么来自母体,要么来自上帝,因此固定不变,也不能改变。我们对它拥有绝对的主权。古典主义绘画和雕塑都将身体描绘得非常光滑,完全没有错漏之处,每个器官都有自己精确的位置。就像笛卡尔说的,身体是一个比所有机器都更精确、更完美的机器。但是,在20世纪,人们更愿意将身体视为一个流动的、易碎的可变之物。身体如果还是一个机器的话,那它也是一个可以被损坏、被修理、被拆散然后又可以进行新的组织和装配的身体机器。也就是说,身体可以是处理、创造和组装的材料,是可以按照一定的意志和欲望来组织的材料。芭芭拉·克鲁格(Barbara Kruger)曾创作过一件标语式的作品,就是一张照片配上一行字:你的身体是一个战场。这是对身体艺术的一个很好的注解。也就是说,身体是各种力可以在上面驰骋的领域,身体可以引发竞技。正是在这个意义上,你可以重新塑造身体,你可以将它视为材料,你可以将它塑造成艺术作品。尼采当年说过这样的话：你可以将自己的生活作为艺术作品来实验、来尝试。对于艺术家来说，这样的实验就是将自己的身体作为艺术作品来创造。

为什么要把身体作为艺术作品来创造呢？

实际上，我们对身体的认识非常有限，人们很少尝试自己身体的可能性。比如说，你会觉得鼻子唯一的功能是闻、耳朵唯一的功能是听，你对此从不怀疑。但是德勒兹讲"无器官的身体"非常有意思，他说：我们为什么不去想象用嘴去听、用鼻子去吃、用耳朵去说话呢？为什么不能把身体器官的既有功能重新悬置起来，去实验它的新的可能性呢？他提到了很多改变自己的身体的行动者，包括忧郁症患者和精神分裂症患者，等等，他们实际上就是在重新发现和使用自己的器官，他们的乐趣就在于此。所谓"无器官的身体"的核心在于，要让既定的器官功能失效，要重新发明和发现自己的器官功能。

福柯在给德勒兹的书写序的时候说，我们每一个人身上都有自我的法西斯主义。什么是自我的法西斯主义？就是我们被我们自己所统治和规训。怎么被自己统治和规训呢？就是我们从来不想象、创造和发明一个新的自我。我们臣服于自己既有的身体结构,我们也习惯了我们的臣服,接受了这种臣服。如果要打破这样的臣服,那该怎样去发明和创造一个新的自我呢?人们的一般方法就是努力去改变自己的处境,改变自己的财富、地位、意识形态、价值观,改变自己身体之外的一切,人们发奋努力让自己变成一个新人。但对德勒兹和福柯而言,这都不是真正的改变自己。只有改变自己的身体才是真正的改变。发现和实验自己的身体,发现自己身体的可能性,让自己的身体不断地趋向一个极限,获得一个特有的从未尝试过的全新经验,才是真正意义上的改变自己。只有身体的自我实验才能摆脱自己身上的法西斯主义,才会不断地创造出新的自己。大家都熟悉的阿布拉莫维奇和谢德庆的作品是这方面最好的例证。我绝对相信,阿布拉莫维奇和谢德庆的作品会跻身 20 世纪最伟大艺术作品的行列。还有许多舞蹈者的作品,比如我特别喜欢的一个英国舞团,DV8,他们中的残疾人发明了自己的独一无二的运动和舞蹈。你看,身体在这里展示了奇迹。对这样的艺术家来说,完成一件作品就不是一般意义上的结束了这件作品,就可以甩掉它和遗忘它了。相反,完成一件作品可能就是一次全新的开始,一种自我创造和自我发现的开始。

你谈到，如今人们讨论身体，更多是从技术的角度进入的，这种技术化的身体不再是人文主义意义上的身体。如果人离不开手机的话，那么，我们每个人都变成了赛博格。但如果说人从一开始就是使用工具的动物，那是不是可以说人一开始就是赛博格呢？或者说，现在的赛博格和以前的赛博格又有什么不同呢？

像西蒙东和斯蒂格勒都承认，人是使用工具的动物。实际上，马克思在他们之前就说过类似的话了。但是，哈拉维讲的赛博格不是指人和工具的一般结合，而是机器与生物体的混合物，是硅元素和碳元素的混合物，二者之间存在着一个信息通道，这使得以碳元素为基础的有机体和以硅元素为基础的电子部件能够互动，从而使硅与碳在一个系统中运行。所谓的赛博格就意味着这样的硅元素和碳元素的不可分离的复杂的编码配置。这就将人和机器的区分打破了。这是用混杂性来破除单一性。单一的有机身体概念瓦解了。而斯蒂格勒所谓的人和工具——也就是他说的外置器官——的结合，可能同这样的赛博格还不太一样。尽管这样的工具对人来说是决定性的，但是，人可以短暂地脱离它们，比如，人在不工作的时候，可以不需要这些工具。人和它们是一个目的性和功能性都很强的临时性结合，我们也可以说这是一个体外的结合，一个力学结合。但是，对于一个装有假肢或心脏起搏器的人来说,这是一个持久的内在的结合,一个信息流通式的结合,一个不可分的编码配置。

而控制论对于身体的理解也不同于赛博格。赛博格尽管摧毁了有机物的同一性,但它还是保留了有机肉身这样的概念。然而,控制论理论家相信肉体化的生命只不过是整个生命漫长过程当中的一个非常短暂的阶段,在他们看来,生命实际上是可以脱离肉体的。而我们谈到的生命一定是以肉身作为介质或根基而出现的。但是对控制论来说,所谓的生命就是一个信息通道,是一个计算式的信息模式。如果是这样的话,一套计算程序就可以是生命了,完全可以摆脱肉体这样的物质媒介。就像 AlphaGo 没有肉体,但仍被视为生命一样。在这个意义上,人工智能就是生命本身,是一个没有肉体的生命。控制论很久以前就大胆地想象过,将来我们的肉体要消失了,但可以有一个插口插入大脑,把大脑里面的信息下载到电脑里面保存下来。虽然肉体死了,但你作为一个信息生命还存在着。几百年以后,我把你的电脑打开,把信息复活,你就复活了。

控制论认为身体不重要,但有相反的观点越来越看重身体。

是的,这是问题的另一面。控制论的想法是将算法模式视为生命,这样肉身可能越来越不重要了,就像苏格拉底将灵魂视为生命而因此贬低肉身一样。但是,基因技术与此相反。它们更强调身体本身的重要性。它们通过干预基因的方式来干预身体,来不断地完善身体,它们旨在让人的身体更健康、更聪明、更漂亮。总之,它们试图塑造一个完美的身体。但是,它们也可能塑造出一个令我们无法想象的陌生身体,一个能够代替人身的身体。无论如何,我们的身体夹在人工智能和基因科学这两种技术之间,有时候受到它们的刺激而感到兴奋,有时候被它们的威力所震慑而感到恐慌。这两种技术之间也形成了一种张力,福柯宣称的人的终结就存在于这种张力之中。如果说,瘟疫伴随着人的整个历史的话,那么,要一劳永逸地消除瘟疫,或许就只能借助这两种技术了。而这需要付出的代价,也许就是人的终结。也就是说,要让人无所顾忌地活下来,就是要在技术的帮助下让人死去。我们的时代正是因此而饱受折磨。

亲密关系的核心是友谊

《三联生活周刊》2017年的专访。原题"亲密关系作为一种'生活政治'"。采访者：张星云。

作为福柯的研究者，又是吉登斯《亲密关系的变革》译者之一，你如何评价吉登斯所理解的亲密关系？

吉登斯是从性的角度来讨论男女之间的关系的。他认为避孕套的出现能帮助女性从怀孕、生育乃至由此而引发的死亡的恐惧中解脱出来。女人由此不再恐惧性行为，并能自主地获得同男人一样的性快感。这样的两性关系因此更加对等、更加自洽。这即是他所提出的"纯粹关系"，即一种没有权力等级的、民主的并具有高度协商性的性关系。

吉登斯试图把男女之间的这种亲密关系理论从私人领域推广到公共领域。最简单地说，这种平等协商式的私人关系,可以由下而上地影响到公共领域内的政治关系,乃至国际关系——如果公共政治领域或国际关系领域都以男女之间新出现的民主式的亲密关系为参照和根基的话。显然,吉登斯的这种推论有点一厢情愿。避孕套普及已经有几十年了,但我们根本看不到它对民主政治有何影响。而且,他认为避孕套是妇女能够获得性快感的决定性因素,对此,他完全未提及 20 世纪的妇女平权运动所带来的性观念上的变化。让我们想象一下:一个 19 世纪的裹着小脚的中国妇女,或者一个 12 世纪的欧洲基督徒,如果在那个时候使用了避孕套,是不是就能获得完全同男人一样的自主的性快感?避孕套当然重要,但是,观念的更新——比如说,将性从耻辱和罪恶中解放出来——或许更加重要。此外,在这本书中,吉登斯对福柯的批评也没有瞄准目标。

福柯是怎么谈亲密关系的呢?你认为什么才是亲密关系呢?

福柯并没有直接谈亲密关系——这个词在哲学中使用并不多。坦率地说,我也不能肯定我是否真的了解这个词的特定意义。但福柯有一篇访谈——《友谊作为生活方式》——非常有意思。这是福柯 1981 年接受的一次访谈,采访者是法国同性恋杂志《性吟步履》。记者希望作为同性恋者的福柯来谈谈同性恋的未来。事实上，1960、1970年代美国的同性恋已经在艰难的抗争中逐渐地取得了一些成果。一些同性恋激进先驱开始构想同性恋婚姻合法化的问题。不过，福柯比他们看得更远。他的看法是，同性恋没有必要去模仿异性恋，没有必要模仿他们的婚姻制度。他觉得同性恋者应该创造一种新的关系，你可以说这是一种亲密关系——这种关系不同于制度化的婚姻关系。这种关系的核心就是"友谊"。应该让这种友谊成为生活方式。如果让友谊成为生活方式的话，如果用友谊来衡量各种关系的实质的话，那么，朋友关系、恋人关系、婚姻关系乃至父子关系就没有根本的区别。一旦让友谊作为核心重新来到这种关系中间的话，这些关系原有的法则、制度和教条都应该被打碎。或许，同性恋关系的真正未来，不是模仿异性恋的婚姻制度，而是相反，来帮助异性恋去打破婚姻制度。也许将来有一天，应该是异性恋关系来模仿同性恋所创造的友谊关系。

那到底什么是友谊呢？

对福柯来说，友谊就是彼此给予对方快乐的总和。如果我们将亲密关系视为友谊关系的话，我们就可以将亲密关系定义为相互无限地给予对方快乐的关系。从古至今，有很多大哲学家都曾讨论过友谊。亚里士多德、西塞罗、蒙田、培根等都有非常著名的文章讨论过友谊。我们可以非常粗略地说，这些古代哲学家论友谊的一个共同观点，就是朋友之间的距离应该尽可能消除，他们应该做到完全的共享，朋友的关系就是亲密无间、毫无隔阂的关系。我想，这就是你们所说的亲密关系的特征吧。

但是，从布朗肖开始，对友谊的看法就发生了变化。布朗肖说，友谊并不意味着共享，而恰恰意味着分离。真正的朋友应该是保持距离的：不联系，不来往，不见面。布朗肖给我们提供了一个新的思路：所谓的亲密关系是不是一定应该生活在一起并保持密切的联系？有没有一种亲密关系的双方，平时并不密切互动，但总是彼此在心里惦念？不过，福柯强调友谊是一种生活方式，更多还是在强调在一起生活的重要性，这种友谊生活应该给双方带来快乐——但是，他并没有刻意提及亚里士多德和西塞罗的友谊观点中所包含的强烈的政治和道德倾向，这些古典哲学家说，只有好人才配得上友谊，坏人之间是谈不上友谊的。能够促进城邦团结的关系才是友谊的关系。而且，单纯的快乐关系也不是友谊，只有一种基于正义的精神上的默契和理解才是友谊。而福柯的快乐概念跟他们的不一样，它更加包容：一方面排除了道德和政治诉求，另一方面则囊括了额外的诸多复杂的精神需要。

按照福柯的理论,与以友谊为基石的亲密关系相比,是否可以说其他现存的所有关系形式都是制度化的?

不一定都是制度性的,有些关系是遵从习俗的。婚姻关系当然是最制度化的,它需要法律来给它提供一个严密的框架。但是,有些关系,比如说,父子关系、兄弟关系,则基本上是以习俗作为大致的规范来框定的。不过,这些习俗正在经历剧烈的波动和震荡。它们并不稳定。我们可以发现父子关系最近几十年来发生了巨大的变化——一个儿子绝对服从父亲的时代已经过去了。现在似乎发生了颠倒:很多父亲撕下了自己的权威面孔,拼命地讨好儿子。但总体上来说,友谊关系的规范化和制度化是最脆弱的,尽管人们也会赋予友谊某些规范,比如,朋友之间的信任和忠诚,等等。但是,相比其他的亲密关系而言,友谊关系是最灵活多样的,它也最具有创造性和可塑性。每一种具体的友谊关系并不一样,而且,人们都可以发展出不同的友谊关系,在每一种友谊关系中都可以扮演一个独一无二的角色。

与其他关系相比,这种以友谊为原则的亲密关系有什么特点吗?

友谊是灵活的也是有距离的亲密关系,它并不要求你去绝对而完全地了解对方的一切。在这个意义上,你可以说友谊总是有限度的。但正是因为这种有限性,正是这种距离感,会激发你去追寻友谊的无限性和最终真理。你会一直在探究这种无限友谊的路上,并因此而保持着微妙的激情。这正是友谊的魅力所在——它没有终点、没有真理,因此,也总是在探究真理和终点的途中,友谊关系正是在这种无尽的探究中而得以发展和发明的。

而夫妻关系、情侣关系和一般的友谊关系的区别就在于,前者没有距离感。情侣可以探索和了解对方的全部。你和对方有了性关系,你了解对方的身体,了解对方的一切之后,就可能会产生一种彻底的满足感,而一旦完全满足,就意味着关系可能结束。这就是婚姻关系和爱情关系容易破裂的原因。反过来,有距离的友谊关系有时候要长久得多。但是,父母和孩子之间的关系要复杂一些,他们时刻生活在一起,没有距离,彼此完全了解。他们因此会产生各种各样的冲突,但并不容易彻底破裂,这是因为这种关系中存在着血缘的本能纽带。这样,即使父母与子女之间产生了强烈的冲突，一方也没法抛弃另一方，双方只能采取短暂和解的方式，不过，和解之后又会产生冲突，然后又和解、又冲突，这是一种特有的家庭关系的冲突—和解循环模式。事实上，这种冲突内在于各种亲密关系之中。说起来有些奇怪，亲密关系恰恰是以冲突为标志的。

亲密关系是一种现代人创造出来的关系吗？

亲密关系是创造出来的，但并不是现代人创造出来的。婚姻关系本身就是人类文明发展阶段中的一个创造，但是，它也在不断地变化。费孝通曾经用功能主义来解释婚姻和家庭的诞生。婚姻和家庭制度之所以产生，是因为只有这种形式才最适合人类繁衍。一个孩子的顺利生长，需要一个女人和一个男人共同来抚养。女人在家里照顾和保护孩子，男人在外面寻觅食物，只有这样的稳定结合，孩子才能够顺利地长大。这便是最早的家庭和婚姻诞生的根源。

但如今，一个单身母亲，可以不需要跟另一个男人组建家庭，便能将孩子抚养长大。如果是这样，为什么还要婚姻关系呢？在北欧，非婚生的孩子比例很高，因为北欧有很好的福利制度。一旦社会可以抚养孩子，婚姻关系就可能会自动弱化。北欧是家庭关系、婚恋关系等亲密关系的风向标，它们或许代表着这种种关系的新趋势。另外，既然婚姻和家庭是一个发明，而所有发明的东西应该都有消亡的一天。以一夫一妻制为形式的婚姻关系当然暂时不会消亡，但是，我们已经感觉到了它暴露出来的脆弱性：结婚年龄在推迟，单身生活越来越流行。对于北欧来说，婚姻的脆弱性是因为福利好，但是，对于有些地方来说，婚姻的脆弱性则是出于相反的原因，是因为经济越来越不好。不过，人们不愿结婚，有太多太复杂的原因。但无论如何，越来越多人接受了这个观点：婚姻并非人生的一个必须惯例。

为什么现在人们如此关注亲密关系？

现代社会最大的特点就是流动性和可变性。流动性一方面使得人们建立亲密关系的可能性增加了——我们有机会碰到各种各样的人；但另一方面，也让亲密关系很容易崩溃。而可变性使得人们对某种稳定的亲密关系有着强烈的需求。当然，这并不意味着先前社会的人们不注意亲密关系，只不过原先的社会相对稳定，无论是建立亲密关系的途径，还是解散亲密关系的方式，都要单调和稀少得多。在那个时候，人们对亲密关系并没有太多的想象，或者说，人们主要就是生活在亲密关系中，生活在家族中。

在当今社会，人们的亲密关系是增强了还是减弱了？

很难说是增强了还是减弱了。我们只能说，亲密关系的形式发生了变化。非婚男女住在一起，同性恋住在一起，反过来，合法夫妻也有自愿分居的。还有，比如说，在中国，越来越多的孩子离开了父母独自住在外面；而在欧洲，孩子付不起房租又只好从外面搬回来跟父母同住，等等。所有这些都是亲密关系的新的相处形式，它们较之原先稳定而单一的家庭婚姻制度来说，要丰富得多。不过，这种相处和居住方式跟亲密关系的强度并没有必然的联系——你当然会看到，在历史的任何阶段，都有催人泪下的爱情故事。

亲密关系会成为人类的终极关系吗？

人们需要亲密关系。这点毫无疑问。西塞罗和培根都表达过类似的意思：友谊是人和动物的根本区别之一。只不过，如今的亲密关系并非只发生在人和人之间。对有些人而言，人和宠物的亲密关系要胜于人和人的关系。随着技术的进步，将来会出现新的智能机器人，它们或许会满足人的一切要求，包括亲密关系的要求。这样的事情并非不可想象：人最亲密的伴侣不是和他一样的人，而是一个被技术所发明出来的机器人，它可以最大限度地满足他，抚慰他，以至于他对别的人、别的关系提不起任何的兴趣了。也就是说，人的伴侣并非一定是人！

爱一个人可能带来毁灭,但爱本身不会

看理想 2022 年的专访。采访者:林蓝。

你为什么会对爱欲感兴趣?

为什么不对爱欲感兴趣呢?这是每个人最刻骨铭心的经验之一。人的一生有很长时间就是在和爱欲的纠缠中度过的。我想,每个人都对它感兴趣,每个人都想发现它的秘密——爱欲的秘密也是一个人自身的秘密。事实上,每个人也确实都可以对它说上几句。你看看现在有多少情感问题的专家!人们很少问一个作家或诗人为什么写与爱欲有关的诗歌或小说,但是人们有时会对一个理论家或人文学者提出这样的问题。我想这恰好说明爱欲作为一个主题在我们的人文学术方面并不那么常见——至少在中国是这样。我不太清楚为什么会出现这样的现象。或许是我们越来越专业化的学科建制都有自己的研究边界和习性,而爱欲在各种

人文学科中都不是一个习惯性的主题，如今的职业研究者通常不是根据自己的欲望，而是根据学科的惯性去从事自己的研究和写作的。

当然，我也不是说我的研究方向是完全依据我的兴趣和欲望展开的。但或许是年龄的原因，我到现在确实对生命这个主题产生了越来越强烈的兴趣，我在写一本跟生命相关的书。而爱欲和死亡是生命非常重要的维度。我在写生命的书中计划有爱欲一章，但是我着手写这章之后，记忆中与爱欲相关的大量文本情不自禁地涌现在我脑海中。我要消化和整理它们，这样就越写越长，远远超出一个章节的范围，这样，我干脆就把它扩展成一本书的篇幅出版了，也就是《论爱欲》。

你在节目中提到爱的两个哲学传统，分别是爱与死亡、爱与人性的实现这两个传统，是否可以简单介绍一下这两个观念？

这是我的一个大概观察。欧洲古代哲学通常将爱和死亡联系起来讨论。爱之所以重要，就是因为爱是死亡的对立面。古代哲学家认为爱可以对抗死亡，爱可以让人变得不朽。比如，苏格拉底和柏拉图强调，正是因为男女之间的爱和爱欲，人才可以孕育，人类才可以一代代地延续下去。而男人和男人之间的爱欲是一种真理的传达和教育。通过爱，人们可以教导真理、传达真理，从而从根本上传递和传续文明。也就是说，没有爱欲，就不可能有生命的延续，也不可能有更宽泛意义上的文明的延续。基督教神学家奥古斯丁同样认为只有上帝和基督徒之间的爱的循环才可能让基督徒进入天国而不死。文艺复兴时期爱和死亡的关系有所不同。对薄伽丘这样的人来说，只有沉浸在爱欲中才能忘却生命即将死亡或生命终有一死这样的悲剧性处境。爱是遗忘和抗拒死亡的方式。你也可以说，爱是麻痹死亡的方式。

但是，现代的哲学家已经不再有不死这样的信念了。既然人终有一死而且很可能是没有来世的必死，那么，爱再也不是像古人理解的那样可以作为抵制死亡的手段了。人现在只有有限的可见的一生，那么，爱就变成了这可见的有限一生的人性的满足和实现的手段。但是，爱到底如何来满足和实现人性呢？对于很多哲学家来说，爱是一种结合。在他们看来，人的现实处境要么是孤独的，要么是碎片的，要么是处在可悲的战斗和猜忌的状态下的，这个时候，人要克服这些不完满，克服这些孤独，克服这些猜忌所引发的战斗和分裂，就只能通过爱，只有爱才能让人相互结合从而克服分离、孤独和战争状态，进而达到相互承认和平等。

在这个意义上，爱是人性的圆满实现。

那爱欲的创造力又体现在哪些地方？

有些非常直观。生儿育女，这是最大的、最显而易见的创造力。另一种创造力，通常指的是思想或艺术方面的创造力，很多人强调这一点。爱欲有助于真理的产生，有助于艺术和美的产生，爱就像思想的助产士一样。苏格拉底最早发现了这一点。但这一点要跟弗洛伊德区分开来。弗洛伊德有一个升华论的解释，就是爱欲因为不能在现实中无所顾忌地直接实现和创造，它就只好将能量改头换面地转化和投射到别的创造中，这就是各种各样的物质性或精神性的文化产品的诞生，它们是爱欲伪装的结果。也就是说，弗洛伊德认为爱欲是根本的创造力，但是，它是间接的，它是为了逃避直接的压抑之后的转化性创造。但是，尼采的观点同这相反，尼采认为爱欲直接参与了创造，爱欲直接激发了艺术和真理的诞生——它不是在拐弯抹角地发挥作用。尼采笔下希腊悲剧的机制就是如此：酒神的艺术就是酒神的爱欲直接创造出来的结晶。很多当代的艺术家也是如此，你们都知道毕加索的故事，每一段情感都会改变他的风格。

你如何看待爱所具有的伤害性？比如，背叛、控制欲……

爱是多变和易逝的。按照斯宾诺莎的说法，爱是一种情感和力的变化过程，它是爱恋双方一种变化着的关系样式，而不是一成不变的稳定结构。爱是两个人之间的协调适应，当一个人在这关系样式中已经发生了变化，而另一个人还没有变化的时候，就会出现所谓的背叛或背叛导致的伤害。反过来，一个人为了不让对方的感情发生变化，就采取强制手段去维持某种固定的不平等的权力关系，这就是所谓的控制。伴侣关系中经常会出现不平等的类似于主奴关系的控制。这种主奴式的控制关系在人和人之间非常普遍，它的权力运作机制非常容易辨识：老师对学生，官员对下属，老板对员工……但在伴侣关系中，它有一定的隐蔽性。因为这种控制总是以爱的名义进行的，权力和爱混淆在一起，权力总是以爱的借口和理由来实施的：我控制你是因为我爱你，我之所以服从你的控制也是因为我爱你，以至于这种控制经常遮蔽了它暴虐的一面。正是因为这样的——隐蔽的、常常是不自知的——控制，它造成的伤害可能更持久、更严重。

爱会限制一个人的自由，还是拓宽他的自由？为什么？限制或拓宽之后，对人有什么影响？

如果彼此相爱着，他们是不会感到不自由的，他们会感到快乐。令人快乐的爱总有一种彼此要求接近的意志，在这个意义上，爱就是按照和符合自己的意志在行事。卢梭认为这就是自由：自由就是自己服从自己的意志。但是，如果只有单方面的爱，无论是对爱者还是对被爱者而言，都是不自由的，在这种关系中起作用的是强制力。当你在一段情感关系中感到自由的时候，你就会越来越爱上你们之间的爱。反过来，当你在关系中感到不自由的时候，你会越来越被这种爱所奴役，最终你会憎恨这种爱——我在这里会想到蒙田说的那句很难听的但同时也很真实的话，他说，当你爱一个人的时候，你就想到有一天你会恨他；当你恨一个人的时候，你就想到有一天你会爱他。

当下流行着一个词，"恋爱脑"，一般是贬义，指那些为爱投入过多以至于失去自我的人。同时，也流行着"反恋爱脑"的论调，认为人应该好好挣钱、发展事业，不要投入过多精力在爱情中，仿佛沉溺恋爱的人是软弱的，强者能更理性地斩断浪漫关系。你如何看待这种"理性"思维和爱欲的冲突？

我不是情感问题专家，我也不太了解年轻人的恋爱观念，但我想，这样一个理性与爱欲的冲突不仅仅是当下出现的问题。你所说的"恋爱脑"是在任何一个历史时期都有的现象。我记得有一个女作家说过，她一生宁愿在爱的燃烧中耗尽，她觉得应该轰轰烈烈地爱一生。我在书中也写过，很多作家和哲学家都认为，人活着就是为了爱，只有爱才能实现人性的满足，哪怕他真的被爱毁灭。我不觉得这样的人是弱者，我觉得他们才是生活的强者，他们肯定了生活的意义。反过来，人们也可以在完全没有爱情的生活中度过有意义的一生，你看古代有众多活在深山中的出家人或隐士。我想人们无权指责那些所谓的"恋爱脑"。

事实上，每个人都有自己的生活方式和生活选择，都应该得到尊重。你所说的人们反对"恋爱脑"的一个原因，可能是担心爱情会毁灭自己的生活。但这里我们应该做一个区分，爱上某一个人可能会毁灭你的生活，但爱本身不会毁灭你的生活，因此，应该提醒"恋爱脑"的是，不是不要去爱，而是要爱上一个合适的人。但因为担心爱上一个不合适的人而拒绝去爱，那就是因噎废食。另外，好好挣钱、发展事业——且不说这算不算是最有意义和价值的人生，我只想说，这与投入一场轰轰烈烈的爱并不存在根本的矛盾，二者不是相互抵消的关系。爱有很多种创造力，其中之一也许就是激发你的挣钱能力和所谓的发展事业的能力。不是有很多人每次经历一个感情变故却也同时增加了自己的财富吗？我记得我上中学的时候，班主任总是阻止同学们谈恋爱，说恋爱会影响成绩，但实际上，谈恋爱的同学通常会取得更好的成绩。

在人们越来越侧重爱的功能性或实用性的当下，有没有什么方法能恢复爱的精神性？或者，你认为有这个必要吗？

我不知道该怎么定义爱的精神性。是所谓纯粹的不掺杂功利的爱情吗？我不知道这样的纯粹爱情是否存在。所有的爱情都有一定的理由，你会因为一个人的美、一个人的气质、一个人的德性和才华爱上他，这是所谓纯粹的爱情吗？我相信，在今天，人们越来越难以区分爱情中的功能性和精神性了。实际上，精神或感情这类东西在今天已经有了它本身的特定内涵，权力和金钱这些功能性要素可能已经是我们所谓的感情或纯粹精神的必要范畴了。当你觉得你真的爱上一个人的时候，你甚至很难辨析你的情感内容到底是什么，你到底是爱他这个人还是爱他的财富。事实上，人这样的东西已经越来越抽象化了，福布斯排行榜都将人等同于一个财富数值。财产就是一个人本身，它真的会激发你所说的精神性的爱慕激情——因为财产而爱你和因为美而爱你，财产和美所激发的感情没什么不同。你不能说爱财富就不是精神性的，只不过人们很难承认这点而已。所以那么多女明星会爱上或嫁给一个其貌不扬的老板，她们在接受采访时都会真诚地说：我爱的是他这个人而不是他的财富。我一点也不怀疑她们的真诚。不过，她们这样说的时候并不了解她们这个爱的对象实际上就完全等同于他的财产。他作为人的实质就是他拥有的财富。你的的确确是爱上了这样一个人，但也的的确确是爱上了金钱。

你在《论爱欲》这本书的"奇遇"一章中写道："爱，不再有任何风险，爱无处不在，但爱也无处存在。"当爱被商品化或市场化后，会面临什么问题？

我在书中说，人们曾经会为爱而死。这不仅仅是我从书本中看到的情况——有太多这样的文学作品或历史书籍了——我在现实中也看到过这样的情况。为爱而死，就是对爱的至高肯定。人们活着就是为了爱。不过，这样的情况越来越少地发生了。我的意思是，今天的人们不太会为爱主动冒险。人们总是对爱进行精心算计。这是新自由主义经济学帝国主宰一切的表现之一：爱也要讲究它的效率和功用。

有没有哪些文艺作品对爱的诠释是新颖的或有启发性的？你是否可以简单介绍一下？如果没有，是否可以说说你在文艺作品中观察到的较为普遍的对爱的诠释？你在书中对众多西方哲学家的爱欲思想进行了分析，你自己最喜欢哪位哲学家的思想？为什么？

关于爱的伟大经典作品数不胜数，我在书中也提到了一些，但我很难说哪一部对爱的诠释是新的。爱很难说有新旧之分，爱的情感经验是跨越时空的。但如果非要我说一部特别的作品的话，我会很快想到大岛渚的一部不太有名的电影，《马克斯，我的爱》。人们对他的《感官世界》都很熟悉，但这部《马克斯，我的爱》当时带给我很大的冲击，我一直忘不了这部电影。我不想先入为主地谈论这部电影中非常特殊的爱恋关系，你们如果有兴趣的话，可以找来看看。至于哲学家的爱欲思想，我觉得列维纳斯的讲法令人感动，这是理想的爱的状态，但苏格拉底的真理之爱更能够让我信服。

除了谈论这些人人都有体会的爱，你似乎也擅长从一些日常的物象中延伸出很多论述，比如，你关于家用电器的书，关于头发、身体、超市等的文章。你怎么会这样去写呢？

我谈的这些日常物质、日常生活并不是什么高深的东西，人人都可以谈。我经常在家，总是听到洗衣机轰隆隆的声音，令人烦躁，于是我盯着它，写了一篇论洗衣机的文章。我住的旁边有一个家乐福超市，我经常去，所以就写了一篇关于家乐福的文章。大概契机都是这样。我以前也被人问过这样的问题，我找过一些冠冕堂皇的理由来解释我这样做的意义何在。我说过这属于文化研究，通过对这样的日常生活和事物的分析也可以看出时代的意义变迁什么的。我也说过，这在国外很常见，很多理论家，包括文化研究学者、人类学家、社会学家，都经常这样写作，还出现过很多这方面的名作。或许是这样的。但是，我也经常怀疑，或许是因为我没有太多的学问，谈不了别的，但是又要写稿子，就只能写写这些了。

疫情之后，你的日常生活发生了什么特别的转变？因为疫情，我们的生活受到了很大的限制，你如何面对限制带来的压抑？你是一个乐观的人还是一个悲观的人？为什么？如何对抗虚无感？做什么事最能让你感到放松、治愈？

我在 2003 年的时候有过一次 SARS 带来的封锁经验。这次疫情刚开始的时候，我不是很担心，我感觉我像是在复习某种经历一样。但显然这次跟那次不可同日而语，这完全不是复习，而是全新的经验和全新的历史，疫情还在持续，现在还很难说清它带来的影响。我没有任何特别的办法，很多时间只能待在家里，不断被动地甚至痛苦地适应，我想大家都是这样，不得不适应——你会发现人有非常强的可塑性，能适应某种以前难以想象的状况。所以福柯确信人从根本上是被锻造而成的。疫情这两年，我待在家里不停地工作，但是对疫情的关注也经常分散我的注意力。我在书稿和疫情之间反复摇晃。有时候被稿子压得喘不过气来，有时候被疫情压得喘不过气来。总之，这是很少能找到快乐的几年。我是乐观的人还是悲观的人？我年轻的时候是乐观的，但人到中年之后就不了。也谈不上悲观，只是越来越不相信很多东西，也就是说，我越来越明确地知道自己是个怀疑主义者。做什么事让我放松？只有不做事的时候才会放松。不写稿、不上课、不工作的时候都是放松的时候。但总是要写稿、总是要上课、总是要工作，所以，那种纯粹的、绝对的放松和快乐很少出现过。

是否有一些青年文化，或通常出现在青年人之间的流行现象，让你感到有趣？

如果你说的文化是指的在青年人中流行的文化或时尚的话，坦率地说，我没有什么兴趣。我曾试图去看年轻人写的小说，但看不下去；也听过他们的音乐，还是听不进去。互联网上的年轻明星偶像我偶尔听说过几个名字，但都对不上号。偶尔看到他们好像是千篇一律的脸在屏幕上闪现，我觉得既不真实也不性感。如果实在没兴趣的话，我就不强行要自己去了解这些了。我没必要追上时代了，也不想讨好谁。回想起来，当我还年轻、还是一个学生的时候，我就好像对我那个时候的青年文化不是特别感兴趣。金庸我看得不多，我对当时非常流行的港台歌手和明星也不太了解，我那时候主动去听的只有罗大佑和崔健。但奇怪的是，我好像熟悉1990年代流行音乐的旋律，那些旋律在几乎所有的大街小巷上盘旋。我们那个时候的青年文化具有强大的影响力和渗透性，它像空气一样包围着我们，很难有人完全不受影响。现在我在大学教书，所以有机会认识一些年轻人，但他们差异非常大，我好像没有在他们身上发现特别明确的共同的青年文化。也或许因为我了解不深，我和学生的沟通只是限于专业方面的，他们只跟我讲本雅明和德勒兹，从不提易烊千玺或王俊凯之类的名字。

爱是一种计算还是一种冒险？

《三联生活周刊》2022年的专访。原题"爱是如何失落的？"。采访者：张星云。

为什么要写《论爱欲》这样一本关于爱欲的书？

这当然是讲爱欲的书，但我更愿意将它视为一本伦理学或政治学的书。几年前我曾写过一本书，《论家用电器》，那本书主要讨论人和物的关系，而这本书讨论人和人的关系。人和人的关系有很多种，爱和爱欲是一种最常见也最深刻的关系。我写这本书的出发点是，今天这样的关系越来越少见了。人们甚至羞于谈论这样的关系，爱在某种意义上已经成为一个过时的词语，你甚至可以说这是一个难以启齿的词语。现在一提到爱，人们恨不得要发笑。反过来，敌对、仇恨、歧视和战斗的关系越来越普遍，从个人生活到国际政治都是如此——你看网络上充斥着的都是这样的仇恨话语。

我当然相信从霍布斯到施密特这样的战争哲学，但是，我也相信还有另一种相反的推崇爱欲和友爱的哲学。在霍布斯、黑格尔和尼采之外还有另一个讨论爱欲和友谊的哲学传统，这个传统包括柏拉图、亚里士多德到德里达这样从古至今的哲学家。这个关于友爱的传统也是我写这本书的参照。

除此之外，我之所以想到写一本论述爱和爱欲的书，主要是想探讨这样一个问题：爱这样曾经显明的甚至经久不衰的话题在今天是如何失落的？或者说，人和人的一种特殊的、美妙的甚至令人陶醉的爱欲关系，为什么在今天变得越来越少见了，甚至在文学和艺术作品中都很少见？我在书中要讨论的是：这种关系经历过怎样一种变迁？它为什么会发生？它在不同的历史时期会发生怎样的变化？……这是一个爱欲的谱系学问题。当然，我也并没有完全将它限定在个人关系层面，因为任何私人关系总是跟社会关系紧密相关，它们受到社会关系的影响，也会影响社会关系，因此，我这本谈论个人爱欲的书也涉及爱欲的社会和文化层面，也就是广泛意义上的爱欲的政治层面。这也是这本书分为两部分的原因：上半部分讨论的是爱欲的谱系，下半部分讨论的是爱欲的政治。

先聊聊爱欲这个概念吧。为什么谈的是爱欲,而不是爱情或情欲呢?

Eros 这个词在希腊有两个意思:一个意思是爱神,希腊众多神祇中的一个;但还有另一个意思,就是基于欲望或情欲的对一个人的爱,我们通常把它翻译为"爱欲"。当然,这两个意思也有相关性。柏拉图的《会饮》主要讨论的是爱神,即爱神是什么、有什么特质、有什么功能,等等。但是,现代人通常是在后一种意义上谈论爱欲的。爱欲脱离了神的范畴,它是人和人之间的一种关系引力,一种由性的欲望驱使的对一个对象的迷恋和追逐。这样的爱欲和性密切相关。

爱和性的关系大概有三种类型:第一种是与爱无关的单纯的性和性冲动,这也是弗洛伊德意义上的性,它是生命的本能,是一种超越历史环境的自然力量,它在冲动之下可能会选择任意的性对象;第二种是爱与性结合在一起的爱欲,因为性的冲动而去爱某一个具体的对象,也因为爱这个具体的对象而更加激发了性的冲动,在这里,性与爱相互缠绕、盘旋、激发和强化;第三种是根除了性冲动的单纯的爱,奥古斯丁将这样的爱称为纯爱,这样的爱没有任何性的对象。我们讲的爱欲主要指的是第二种,爱与性的结合,或者说,爱与性的混溶,这二者很难做出清晰的区分。我们通常说的爱或爱情很少是不带情欲的，或者说，情欲是爱情的内在根基。我的书名是"论爱欲"，我主要是讨论第二种与欲望相关的爱情，但实际上，这三种类型的爱我在书中都有讨论，也对它们做了比较。

爱欲是性和爱的紧密关系，也是你这本书的主题。在先哲眼中，性和爱有高低之分吗？

在不同的时期，人们对于性和爱的关系存在着不同的观念。根据尼采的看法，苏格拉底之前的希腊人对性持非常肯定的态度，性似乎处在中心位置，如果说有一种爱或迷恋的话，那也是因为性起到了支配作用，正是性的基本的混乱冲动导致了爱的迷狂。爱在这个意义上就是对身体的爱，就是对性的爱，也就是我们说的性爱，在这种性爱中，性既是爱的起源，也是爱的目标，性和爱无法分开，它们就是生命的本源。

但是，在苏格拉底—柏拉图式的爱情中，性和爱开始有了分离的倾向。性是爱的基础，但是爱逐渐摆脱了性的掌控。爱是被智慧牵引的，而不是被性支配的。爱如果不是将性作为目标，爱的对象就通向了真理，爱身体就上升和转变为爱真理，性爱就上升为真理之爱。在这个意义上，性是爱的起源，但不是爱的目标。

从柏拉图这里开始的爱和性的分离到基督教这里达到了顶峰。在奥古斯丁这里，性和爱完全是对立的，性受到贬斥，被视为罪恶，只应该存在着脱离了性的纯粹之爱。如果说苏格拉底—柏拉图式的爱摆脱了性对象而转向了真理，那么，奥古斯丁的爱则摆脱了性对象而转向了上帝。他们的共同特征就是将爱和性分开了，并且对性持有贬斥的态度。如果我们知道尼采推崇的是前苏格拉底的性爱混溶一体的酒神精神的话，我们就能很容易理解尼采为什么会同时对苏格拉底和基督教发动攻击。

我在读这本书的时候，对这本书的结构印象深刻，有种看到爱的徐徐发展过程的感觉。现在人们的爱情观可以说是人类社会发展的结果吗？

书的上半部分也就是前三章分别讨论的是"真理之爱"、"神圣之爱"和"尘世之爱"。这是爱的观念的变迁——你说成发展当然也没有问题，我想说的是，爱的观念确实在不同时期都在发生变化。当然，也可以将这种爱的观念的变迁视为更大范围内的欧洲观念变迁的一个缩影——人们对待爱的态度就是黑格尔意义上的时代精神的表现。我这本书在这个意义上当然也可以被视为对西方观念史的一个大而化之的勾勒，只不过我是从爱欲这个角度进入观念史的。当然，我的目的完全不是去讨论观念史，我也没有这样的能力，我的这种勾勒也显得粗疏。我是在书完成之后才发现这也可以是进入观念史的一个角度——我们有很多角度可以进入观念史或思想史的讨论。

至于现代人的爱情观，这肯定是跟现代社会的进程密切相关的。不过，这个关联非常复杂，我在书中并没有特别探讨爱情观念和社会发展之间的关系。不过，现代人的爱情观肯定跟现代社会的世俗化进程密切相关。爱重新回到了尘世，重新回到了人和人之间的爱，这是"上帝之死"这个大背景下的必然过程。此外，个人主义和自由主义观念的兴起也是现代浪漫之爱的发生前提。启蒙时代之后的个人会挣扎着从各个方面摆脱家族和集体的束缚，为现代的自由抉择的爱情观念奠定基础。但这又面临着一个非常现实的问题：人和人之间到底应该建立一种怎样的恰切爱情关系甚至婚姻关系？或者说，一种什么样的爱的关系和结构是最合理的或最理想的？这是现代哲学家思考的问题。他们和古代哲学家的问题完全不同，古代哲学家的问题恰好相反，对他们来说，人和人之间的爱欲根本不是理想之爱，它是最低等的爱。不管是柏拉图还是奥古斯丁，他们要讨论的都是：人和人之间的爱欲为什么应该摒弃？人应该如何将自己的爱投向真理或上帝？

这些问题框架的变化本身就是社会变化的结果。

所以从思想史的角度来看，从对爱的等级的讨论，到对爱的关系的讨论，这种转变，可以说是人类思想的进步吗？

我不知道这算不算进步。但是，基督教对尘世之爱的贬斥毫无疑问是我不喜欢的。但是，我觉得苏格拉底—柏拉图式的真理之爱的讲法确实有些吸引我。我不好说真理之爱一定高于身体之爱，我也不想在这两种爱之间做出非此即彼的选择，这两种爱如果能够像德勒兹说的那样相互促进就最好了。不过，我想说，真理之爱真的有它的持续魅力，真理对有些人而言可能是一个永恒的爱的对象。不过，令人遗憾的是，今天爱真理、追求真理的人太少了。如果一个时代没有追求真理的人，如果一个时代的人都不将真理作为爱的目标和对象，这还是一个思想进步的时代吗？

你在书里把黑格尔、拉康和列维纳斯的观点放在一起去比较很有意思，他们非常不一样，但是，我会觉得这三个人都是在同一个框架下讨论爱的问题的，即爱的双方的地位和关系问题。

他们三个人讲的都是承认的问题，也就是通过爱去获取承认的问题。对黑格尔而言，人和动物的一个重要的区分就在于，人是需要他人来承认的，而动物不需要他者承认。人只有被他人承认的时候，才是人性的满足和实现。但是，承认问题经常会出现一个困境，也就是当你承认别人的时候，别人并不承认你。这就不是一个平等关系，而是黑格尔式的主奴关系。奴才对主人毕恭毕敬，而主人对奴才不屑一顾，这样的承认通常是单向的承认。而一个理想的相互承认状态，就是由爱恋关系引发的。当两个人相爱，当两个人都在说"我爱你"的时候，就是两个人的相互承认，而且是最纯粹、最强烈的承认。人们听到这句话之所以会感动，就是因为他们得到了强烈的承认，他们的人性也由此得到了极大的满足。在这个意义上，爱是人性的实现。

这是黑格尔的观点。但是，拉康对爱与承认的关系的理解不同。对拉康而言，爱一个人的主要目的就是让自己获得承认。作为精神分析学家的拉康是个现实主义者，他把很多幻象戳破了。拉康认为爱从根本上来说是自爱，是利己之爱，当一个人说出"我爱你"的时候，其实是在让对方回应"我爱你"，他通过对方的这种回应而让自己获得承认。也就是说，我爱你的目的不过是让你也爱我从而承认我。这才是一个人去爱的根本原因。爱从根本上来说就是自爱。拉康说一个人经常会去爱有缺陷的人，爱一个坏人。为什么经常会出现"男人不坏，女人不爱"这样的情况？爱对方的缺陷其实是用爱去修补和拯救对方、控制对方，进而使对方按照自己的意志去改变，最终成为对方的主人，从而被对方承认。我们还可以用拉康这样的观点去理解失恋。什么是失恋？失恋不是一个人失去了所爱的对象而导致的失落感，而是自恋没有得到满足而引发的失落感，是自我承认没有得以实现的挫败感。

在爱的方面，如果我们说拉康是现实主义者和利己主义者的话，那么，列维纳斯则是一个理想主义者和利他主义者。他强调他者优先，每个人都应该对他人负责。这在今天看来显得非常特别，或者说，非常不合时宜。他者优先的伦理原则，很长一段时间都遭到嘲笑，直到现在都不被认可——自亚当·斯密以来，人们总是强调自我优先，总是强调个人主义。人们习惯将列维纳斯视为海德格尔的对手，但我觉得列维纳斯也是新自由主义的一个强劲对手。列维纳斯在世的时候不太为人所关注，但最近二十多年来他的影响越来越大了，我想这可能正是因为他的"不合时宜"的哲学成了当今时代的一个马刺。对于他来说，爱就是对对方的承认，而并不要求对方承认自己。他认为真正的爱恋双方都是对他者的绝对尊重，而将自己置于屈从地位。

简单地说,黑格尔通过爱达成爱恋双方的相互平等和相互承认,拉康通过爱获得自我承认,而列维纳斯通过爱去承认他人。如果说,拉康通过爱让自己变成主人,黑格尔通过爱让彼此都变成主人,那么,列维纳斯则通过爱让他人变成主人,一个人承认他人,但不要求他人对他的承认。

你的书中讲到了很多爱和承认的关系,但几乎没有讲爱的占有?

承认和占有是相对立的关系,承认一个人就不会试图去占有他。占有也意味着将一个人视为一个物件。只要涉及占有,就很难说是一种自由的爱恋关系。占有也意味着控制和支配。爱的关系中的占有倾向实际上就是主奴关系的表现。爱的关系应该是流动的协调关系,是彼此适应、调节和互动的关系。斯宾诺莎特别讲到爱的可变性。从古至今,很多人都在强调爱的永恒性和牢靠性,这当然是爱值得称道的一面。但斯宾诺莎认为人的情感是一个自然的变化过程,它很难凝固下来。对于一个永远在流变的东西,你是没法占有它的。一旦试图将这种可变之物控制住,就可能会出现情感支配或奴役的情况。在这个意义上,爱恋双方不应该彼此占有,而是应该随着关系本身的变化来彼此调节和互动。

你在书中还将黑格尔、弗洛姆、阿里斯托芬和巴迪欧做了比较,也就是两个人到底是合二为一更好,还是一分为二更好。你怎样看待他们这些不同的观点呢?或者说,你觉得哪一种爱情关系更理想?

人们通常认为完美的婚姻或完美的爱情关系就是两个人如此契合以至于像一个人一样。这就是爱的合二为一,虽然合二为一的形式不一样。西方的友谊观念也是如此,亚里士多德就认为真正的两个好朋友应该亲密无间、形同一人。

而巴迪欧特别有意思的一点就在于,他认为相爱的两个人在一起不应该是彼此削弱自己的特殊性而合二为一,而是相反,肯定自己的差异性而一分为二。爱一个人让自己变得和以前不一样了。爱应该各自保持自己的独立性和差异性,应该通过爱的对象,通过爱的对象的差异性的目光,来扩大自己的视野,来让自己变得开阔和壮大,来摆脱先前的狭隘的自己。在这个意义上,爱是一分为二的。爱不是像黑格尔说的那样以达成同一的方式来相互承认,而是以肯定彼此差异的方式来相互承认。相比黑格尔而言,我更能接受巴迪欧这样的观点。

你的书写到现代之爱这部分之后,又搬出苏格拉底、奥古斯丁、薄伽丘的观点去与黑格尔他们的观点做比较,我们由此可以发现古代人和现代人对爱的功用的理解是完全不同的。你特别强调古代人认为爱是抵抗死亡的手段,而现代人则完全不同。

我这本书的一个特点就是不断地回溯和对比。在写作的过程中,我自然而然地感觉到应该将新出现的爱的观点和前面的观点进行对比,只有这样,每个人的爱的观点才能更明确地表达出来,爱的谱系也才能更明确地勾勒出来。

对柏拉图和奥古斯丁而言,爱为什么重要?因为爱能让人变得不朽。我可以通过爱来生孩子、来传递永恒的真理或进入天堂,这都是克服和抵制死亡的有效手段。如果说死亡是最大的恶,那爱就是抵抗死亡的至善。

而现代人根本不相信不朽。他们意识到:既然活着的生命是有限的,那我应该怎么把自己有限的生命变得更有意义?怎么样让自己更快乐、更幸福?我的尊严怎么才能得以实现？从根本上来说，我怎么才能活得更像一个人？而爱就是这样一个手段，爱就是实现和满足人性的手段。

但在最后一章"奇遇"中，你例举了罗密欧与朱丽叶、梁山伯与祝英台这样的经典爱情故事，他们都是为爱而死。我感觉到现在也一样，在主流文化中，爱的最高峰一定是为爱而死，这似乎与古代哲人所倡导的通过爱来克服死亡的观点正好相反。

爱与死的关系贯穿在这本书中。古代人将爱视为克服死亡的手段，但在"奇遇"这一章中，爱与死亡不再是一种对抗和克服的关系，在莎士比亚那里，或者在梁祝故事中，死变成了对爱的最大肯定。人们更关注爱本身，甚至觉得爱比生命还重要，或者说，生命中最重要的事就是去爱，如果不能爱，宁可去死。这就是为爱而死。爱在这里是一种冒险。在此，死既是爱情的终止，但也是对爱的最高肯定和赞美。不过，为爱而死这样的事件越来越少见了。当然，我不知道对此是应该感到遗憾，还是应该感到高兴。

这本书从头到尾读下来，看着爱从古至今的发展，爱从克服死亡到相互承认，再到今天的爱被抛向市场化的过程，确实会令人感到一些遗憾。

爱的实践在今天变成了一个市场化的行为。人们不是出自内心的激情和冲动去爱了，人们在盘算、规划和利益权衡中去爱。爱不再是勇敢的冒险，而是一种精心计算，人们在努力规避爱的风险。而社会也制定了一套稳定而实用的恋爱模式和法则，大家都根据这套法则去学习恋爱和实践恋爱。你看，连婚礼都是一模一样的模式了。没有什么爱的奇遇了。尽管爱的市场和交流手段在不断地繁殖和扩大，但是，没有人为爱而死了，因为爱或爱欲本身已经先死掉了。

这些年我们一直在说单身社会，很多年轻人觉得自己失去了爱的能力，或者说，相比于爱别人，他们更爱自己。

也许是吧。这本书出来后，我看到了一些评论，有些读者说，他们最同意的是拉康的观点，爱从根本上来说就是爱自己。列维纳斯的他人之爱仍旧是不合时宜的。我要再说一次，这也恰好就是列维纳斯的意义之所在，在一个狭小的爱的领域是如此，在广泛的伦理和政治领域更是如此：我们应该恢复他人之爱。

Part 2

身体和欲望是一切知识的来源

《新京报·书评周刊》2022 年的专访。原题"我们的身体和欲望,是一切知识的来源"。采访者:青青子。

可以分享一下你的成长经历、求学经历和研究经历吗?从今天回望,你认为哪个阶段对你人生的影响更大?或者说,对于生命而言,存在哪些决定性的"事件"?

我的经历平淡无奇。你知道,发表文章、出版书籍或开设讲座什么的,经常需要你提交一份简历,有些还要求字数。我的一个朋友在澳门发表了一篇我的文章,说杂志这个栏目很重要,需要一份 500 字的个人简历!我绞尽脑汁也编不出这多字来。我没有值得一提的经历、奖项、荣誉和头衔,甚至连一个专业协会的成员都不是,我就是一个每周都必须上课的教师。

我是 1980 年代末期上的大学，在 1990 年代中期读完了硕士，过后几年又读完了博士。我开始的职业是出版社的编辑。我做编辑最主要的工作是和社科院的王逢振老师合作编辑出版了一套丛书，"知识分子图书馆"，这是国内比较早成系统地翻译批评理论的丛书。

那段时间的工作非常愉快，因为那个时候出版社没有什么经济压力，编辑这样的书也符合我的专业兴趣，而且一年看几本书就够了，并不忙碌，我还有大把的时间在二环内闲逛。我每周两次来后海旁边的出版社上班，每次来我就要围着后海逛一大圈。那个时候后海很安静，只有银锭桥旁边的一家永远大开着窗户的酒吧。我经常一个人坐在里边看着桥上的人来人往发呆。后来我离开了出版社，是因为整个出版界都转向市场了，编辑必须给出版社挣钱。我无法适应这样的处境，就去大学教书了。

至于我的决定性"事件"，就是两次相遇——和我的硕士导师的相遇，和我的博士导师的相遇。他们收留了我，也以完全不同的方式影响了我、教育了我。如果我没有碰到两位老师，我不知道我会是什么样子，但肯定不是现在这个样子。

你提到过"我虽然在大学中,但我自己觉得我的性情并不适合大学",你现在仍然这么认为吗?能否分享一下你的日常生活的轨迹大概是什么样的?

在某种意义上,是这样的。我难以忍受各种束缚。我特别理解居伊·德波这样的情境主义者的口号:永不工作。当然,这对今天的人来说,只是一个理想了。不过,相对于其他工作而言,大学还是最适合我的。如果你没有太多的其他追求,而只是觉得读书、写作和教学还有意思的话,那大学还是一个不错的地方。我差不多就是这样一个没有什么追求的人,没有追求当然也就不会有什么轨迹。就是大多数时间在家里待着不动。正是在家里待的时间太多了,就写了一本《论家用电器》。

你从1990年代中期开始和艺术家来往。在此前的访谈中,你谈道:"艺术家和知识分子的差异在于,他们不体系化,没有固定模式和知识束缚,依赖感性和直觉。虽然有浅白的一面,但是也有敏锐的一面。因为不受体制的约束,在行动、实践、语言、想象力和对现时的啃噬方面,艺术家比知识分子更有活力。"你和艺术家的接触,你对艺术生产的介入,以及你的艺术评论写作,对于你的生活、学术思考、风格产生过哪些影响？

我还是一个学生的时候，就喜欢看艺术家的传记，相较于艺术家的作品，我更喜欢艺术家的生活——那种创造性的自由生活。20世纪的艺术家中，我最喜欢达达派那些人，尤其是杜尚，这不仅仅是因为他们的作品，更是因为他们的生活本身。他们的生活就是最好的作品。艺术家和大学教师是我接触最多的两类人。我在年轻的时候就认识了很多艺术家朋友。他们和大学知识分子非常不一样——甚至可以说，没有什么相近之处。或许正是和艺术家的持久接触，才使得我的生活不那么知识分子化。我的学生经常说我不像一个典型的大学老师。当然，我也不是一个艺术家，我也过不了艺术家的生活。

我写过一些艺术评论文章，这些文章的结集《绘画反对图像》下个月就要出版了。写这些文章当然一方面是因为跟艺术家有接触，另一方面也有理论本身的原因。虽然有一种所谓的纯理论，但理论同时也一直是在和别的学科嫁接的过程中来发展自己的。在今天，艺术和理论的关系非常密切。理论的主要兴趣对象也从二三十年前的文学转向了艺术。

在欧美的大学中，文学理论这个概念已经不太流行了。

人们越来越多地谈论视觉文化理论、媒介理论、图像理论或电影理论。理论总是有冲动要探讨具体的文本。有一些中文系和哲学系的师生也转向图像和视觉文化研究了。我在课堂上也越来越感觉到，对理论感兴趣的主要是艺术学院的学生，而不是中文系的学生。

2003年到2019年这段时间，你一直是《生产》系列的主编。能否展开谈谈当时为什么想开启这样一项工作，又为何停止了？这个系列同1990年代开启的"知识分子图书馆"及之后的"人文科学译丛"的关系是什么？

我2003年开始编辑《生产》，2004年出版了第一期。以后差不多是每年出一期，出版了十三期就停止了。我最基本的动机是介绍国外的最新理论探索。那个时候的网络没现在这么普及，人们对国外的学术进展还很陌生。这个杂志是我一个人具体负责的，我在工作的时候不太喜欢找合作者，也不喜欢开什么选题会来回讨论。我只是对我个人的兴趣负责。

在编辑《生产》的十几年中，我没有为这个杂志开过任何一次会，几乎所有的会对我来说都是折磨；也没有和任何人商量过选题的事情，我自己确定选题就行了。我那个时候年轻，可以干很多活。我经常一个人骑车去国图的外文新书资料室查找和复印资料。我把复印的资料分头寄给朋友们，让他们翻译，然后我把稿子收起来交给出版社。整个过程就是这样，非常简单。最后几年，我有点跑不动了，我在网上查到了资料，让学生去国图借书复印，他们后来也可以翻译了，我的工作就简单多了。另外，《生产》得到了很多朋友的支持和帮助，没有这些帮助是不可能持续出版的。有几位提供关键支持的朋友，现在虽然联系不多了，但我一直铭记在心。

至于为什么停止了，我觉得是现在它已经没有存在的必要了。《生产》在十几年前开始译介阿甘本、巴迪欧、哈拉维等人的理论，那个时候国内还没有他们的著作出版。但现在这些人在国内已经非常流行了。国内最近十来年翻译了大量的理论著作。也可以说，因为网络的普及和便捷，现在国内外的学术信息基本上不存在时间方面的落差。国外的学术热点在国内很快就会引起关注，不再需要通过一本书来迂回绕道地介绍了。

"知识分子图书馆"和"人文科学译丛"这两套书，在性质上是差不多的。只不过前后跨越了二十多年。从书目上也可以看出理论在发生变化。还有一个差异是，前者我是作为出版社的编辑来工作的，后者是我作为主编来和出版社的编辑杨全强合作的。而《生产》，我既是主编也是编辑。我从二十多岁一直到现在编了太久的书了，已经对这个工作没有激情了。我以后不会再编书了。现在有更年轻的人在从事编译和出版工作。

近年来，你在译介和研究这些国外的前沿理论的过程中，有过哪些惊喜的发现吗？在当下中文世界对于哲学、文化理论的关注中，又有哪些是亟待开掘的？

至于现在有什么值得注意的前沿理论，我只能说，理论越来越多样化了。但总体上来看，半个世纪前的那种充满想象力的元理论创造的时代结束了。法国的福柯、德勒兹、德里达和拉康，以及德国的海德格尔和本雅明等，代表了哲学和理论辉煌的最后一代。他们的理论不仅仅关注现时，还努力超出现时，使之具有更抽象、更普遍的适应性。现在的理论家可能情况相反，他们的眼光主要盯住现时，将那种更抽象的理论用来解释现时，从而完善、发展和修补一种更加局部化、更加专门化的理论。这是哲学史的通常轨迹：在出现一个哲学的高峰时期之后，接下来就是一个很长的低谷期。或许今天就处在这样一个低谷期。在今天，与技术和媒介相关的理论越来越多地引起了人们的讨论，这主要是因为它们和我们的生活息息相关。

今年你有五本书出版,除了再版的《身体、空间与后现代性》和《论家用电器》,还有前段时间出版的《论爱欲》和刚刚出版的《情动、物质与当代性》,以及即将出版的《绘画反对图像》。这几本书串起了你近年来理论趣味的变化:身体对应情动,空间对应物质,后现代性对应当代性。对你而言,这种趣味的变化是如何发生的?

我没有想过这个问题。一直以来,我的研究工作和方向都是按照兴趣展开的。我大学上的是中文系,我的大学时光主要是看小说,这就很自然地会遇到当时流行的卡夫卡、贝克特这类作家。我非常喜欢他们的作品,但我不清楚为什么。我为了搞懂这些就去找评论文章看。也就是说,我正是为了理解这些小说才去读理论书籍的。但是,我发现理论让我很着迷。理论比卡夫卡更难懂,但是,好像也对我更有吸引力。那个时候我就莫名其妙地被解构、被符号学这样的东西所吸引——尽管我当时既没有搞懂什么是解构,也没有搞懂什么是符号学。

我大概就是这样摸进理论研究领域的。我的研究不怎么受周围人影响，主要靠的是直觉和兴趣本身。因此很难说得上是一种深思熟虑的学术规划。如果你非要让我说我有什么思考谱系的话，那或许就是我总以理论的方式来回应当下的文化生活，来回应我自己的经验。也就是说，是此时此刻的文化生活，是我的此刻经验促使我展开理论研究——虽然我的书中可能并没有出现任何经验场景，也没有出现我自己。

为什么会在二十年前开始研究身体理论和空间理论？

我就是觉得如果我要理解世界、我要获得世界的有关知识的话，那么，我最先要理解的就是我的身体，我的身体和我的欲望是一切知识的来源。这也就是我会对尼采、巴塔耶、德勒兹和福柯这些非常强调身体和欲望的哲学家感兴趣的原因，他们是我青年时期阅读的主要作者。这也可以解释我那个时候为什么不太喜欢现象学的身体概念，比如梅洛 - 庞蒂，甚至还有受他影响的布尔迪厄，我在他们的身体概念中没有找到尼采式的欲望。

为什么研究空间？空间是跟身体最紧密相关的一个场所。你甚至可以说，空间和身体还是一种装配关系，这一点梅洛 - 庞蒂做了非常完美的论述。不过，对我来说，研究空间还有另一个很重要的原因，那就是当时已经开始了喧嚣的城市化进程，以及房地产的大规模扩张——我那时也被住房的问题所折磨，我的空间研究在很大程度上是和空间焦虑相关的。

你看，我虽然是从事理论研究的，但绝对是以经验为出发点的。如果你看到我在研究什么理论，可能就是因为我对那个理论背后的经验产生了强烈的兴趣。简单地说，我的理论研究的变化实际上也是在试图展示生活经验和历史经验的变化。

我也是在这个意义上将理论和哲学区分开来的。对哲学而言，尤其是对那些思辨类型的哲学而言，它们更偏好传统的概念游戏，更偏好哲学家之间的相互辩驳，更偏好哲学传统的继承和批判，等等，哲学和哲学家所置身的时代通常被忽视了。与之不同，我们今天一般称之为理论的东西，更多地逃逸出纯粹的概念思辨的范畴，而不断地向传统哲学之外的领地渗透，不断地和其他的人文科学及社会科学相结合，并借此同当下活生生的经验发生联系。

在《情动、物质与当代性》的"后记"中，你提到，情动和物质这样的主题已经吸引你很久了，为什么会

从"身体"转向"情动"?

从身体到情动是一个很自然的过程。情动就是身体和身体之间的感应关系。当然,这也跟阅读德勒兹有关。我大概在 2000 年前后读到德勒兹的《尼采与哲学》,那本书精彩绝伦,完全可以和海德格尔的巨著《尼采》相提并论。我就是从那个时候开始迷恋德勒兹的。情动是德勒兹从斯宾诺莎那里激活的概念。对德勒兹来说,有两个身体:一个是"无器官的身体",这样的身体特别强调身体内部的强度、身体的内在性、身体内部力和力的争斗;还有另一个与"情动"相关的身体,它要讨论的就是身体和身体之间的关系、身体和身体外部之间的关系。

我们对一个内在性的身体感兴趣,还会对身体和身体之间的感应——你也可以说,身体和身体彼此激发的情感波动——感兴趣。我觉得德勒兹是试图通过激活斯宾诺莎的情动概念来和梅洛-庞蒂的身体概念进行竞争。他有好几次隐含地批评后者的身体概念太过表面化。我个人的感觉是德勒兹认为梅洛-庞蒂太强调知觉,而不是强调身体内部的力的竞争和嬉戏。

当然,现在流行的"情感转向"的理论潮流,不只是斯宾诺莎—德勒兹这一派,还有一派,主要是西尔万·汤姆金斯（Silvan Tomkins）、伊芙·科索夫斯基·塞吉维克（Eve Kosofsky Sedgwick）这些北美理论家，他们将精神分析和性别研究结合起来，发展出一套更加经验化和政治化的情感理论。不过，现在情感理论好像已经渗透到不同的人文科学领域中去了。

在《情动、物质与当代性》中，有一部分是关于"物的转向"的。这就不得不提到2007年以来欧陆哲学的一个新思潮：思辨实在论。在2015年出版的《生产（第10辑）》中，你将主题定为"迈向思辨实在论"。能否展开谈一谈思辨实在论的兴起、内部不同的脉络、代表人物，以及它的重要性？

"思辨实在论"也是一个比较含糊的命名。他们是一个相对年轻的跨国哲学研究小组，在网络上联系沟通，后来在伦敦的金匠学院开了一个会议。与之前的哲学流派非常不一样的是，这个哲学小组采用的是某种学术战略，就是借助新的互联网媒体，设计一套明确的规划和方案来推出自己的主张和观点。这是学术生产的一个新方式。实际上，借助这个方式，他们也成功了，他们吸引了很多人的注意，也因此能够顺利地出版自己的著作。

他们都很明确地强调物/客体的重要性。这也是对过去半个世纪由福柯和德里达等主导的所谓的后结构主义的反驳。对后结构主义而言，重要的是话语或主体。在他们看来，客体不过是话语叙述的效果，没有所谓的绝对客体，就像康德所做的那样，客体的知识是主体赋予的，客体总是跟人和语言相关。这就是梅亚苏所说的关系主义。物/客体在后结构主义那里明显地遭到了忽视和压制，或者说，它只是一个次要对象。这正是思辨实在论的批判出发点，他们要将物/客体重新纳入哲学的主要思考范围，而且要将物/客体从主体和语言叙述中解放出来。这显然是一种对哲学传统的逆反。

当然，思辨实在论有各种各样的主张。影响比较大的是哈曼和梅亚苏。哈曼重要的思想来源是海德格尔和拉图尔。受他们的影响，哈曼主张，物/客体应该处在人和物的关系的中心，他特别重视物和物的引诱关系，人和物的关系并不比物和物的关系更重要。而梅亚苏的思想来源更复杂，他的著作透露出庞大的欧洲哲学传统，他比其他人更加激进一些，他的哲学有一种充满野心的报复性，就是要努力清除二百多年来现代哲学对人的迷恋。除了思辨实在论，对物的兴趣在各种学术潮流中都开始出现了。

我觉得强调物的不同学术潮流在今天有汇合的趋势，这就是如今所谓的新唯物主义，它们共同的或多或少反人类中心主义的倾向制造了一种浓厚的后人类氛围。相对思辨实在论这种对社会议题兴趣不大的流派而言，我觉得哈拉维、拉图尔、菲利普·德斯科拉（Philippe Descola）、爱德华多·维韦罗斯·德·卡斯特罗（Eduardo Viveiros de Castro）等人类学家的研究更值得关注。这些人类学家对自然和生态问题有强烈的危机感，他们在不断地发出类似于地球末世论的声音。

你还在这本书的"后记"中写道："如果说身体理论和空间理论是在几十年前的后现代氛围下展开的，那么，情动理论和各种有关物的理论很显然被笼罩在当代性的氛围中——如今，人们好像突然达成了默契似的都不怎么提及'后现代（主义）'这个词了。人们更多愿意用语焉不详的当代性这个概念来命名此时此刻。"能展开谈一谈这点吗？

后现代这个概念越来越少被提及，我想可能是有一段时间它太时髦了，时髦得像是理论界发明出来的一个有学术推销意义的概念。它从 1980 年代开始在北美流行。尽管这个概念的流行跟法国哲学家利奥塔相关，但是在欧洲提及它的人并不是很多。我的印象中,福柯、德勒兹、德里达甚至阿甘本、巴迪欧等人,都很少用这个词,好像只有哈贝马斯用过。

但后现代这个概念消退,我觉得更重要的原因是,它的意义被一些口号式的词语庸俗化地限定了:快乐的消费主义、真理游戏、跨界、反深度、反本质主义、拒绝宏大叙事,等等。这些界定在几十年前的世界当然有它们的合理性,它们描述的是 1960 年代之后西方社会全新的文化处境。当时的西方文化和之前的现代主义文化有一个明显的断裂,所以被称为后现代。一大批北美理论家就是这样解释当时的历史状态的。

但是,后现代这样的概念已经远远不能表达今天世界更复杂的经验现实了。今天,远远不是一个游戏、削平深度和无历史感的时代。我们遇到的是遍布全球的战争、气候危机、政治的左右缠斗,以及大流行的疾病,等等。我想至少在精神状态方面,没有人会有后现代意义上的游戏感,相反,现代主义式的忧郁遍布全球。这不是安迪·沃霍尔或鲍德里亚所面对的历史情景,反而像是更早的本雅明和卡夫卡所置身的历史处境。

"当代性"这个概念的流行跟阿甘本的文章《什么是当代?》有关联。不过,用当代性这个概念来描述现在实际上是一个权宜之计。我们很难说当代性是否有一个共同的意义。当代性当然是关于当代的，就像我们用当代艺术来描述今天的艺术一样。我们只能说，用当代性描述当代肯定不是一个错误的用法，它只是一个习惯的用法。至于为什么不用现代这个概念，主要是因为现代这个概念有它约定俗成的含义。

在"当代性"这一部分，你论及福柯的生命政治。自2020年疫情爆发以来，许多国内外学者也从生命政治与技术政治等交叉性视点出发进行了反思。事实上，生命政治的转向，构成了近半个世纪政治哲学的一股潮流。我也想借此请你和读者分享一下生命政治这个概念——作为福柯思考权力技术问题的一个支点——经历了怎样的发展？

生命政治是最近一二十年来比较受关注的一个概念。它也被认为是福柯最重要的思想遗产之一。福柯在不同的著述中使用了这个词，但对这个词的界定又不太一样。他甚至有一本讲自由主义发展历程的书，《生命政治的诞生》，但书中基本上没怎么提及生命政治。这样人们就很难确切地知道福柯这个概念到底指的是什么。如果非要用最粗疏的话来概括的话，福柯的生命政治大体上指的是18世纪下半期开始出现于欧洲的新的政治治理技术，它的核心目标是为社会建立一个安全配置，从而保障和促使整体人口的安全和健康。

1970年代，福柯在最后几年思考现代治理术的历史，尤其是18世纪晚期治理技术的转向。他用生命政治这个概念笼而统之地命名这个始自18世纪下半期的转向过程。但是，这个新的治理技术有很多维度、很多对象、很多手段和很多目标，他把它们都归结到生命政治名下，这是一个大词。

实际上，福柯是在动态地思考和使用这个概念的。那几年，他不断阅读新的材料，不断在不同的文本中去解释、修正和完善这个概念。如果不是对他这一时期的所有著作都了解的话，就可能只会从某一个角度或他的某一个文本去理解生命政治。这样的理解当然不错，但显然不全面也不准确。所以我们会看到有关这个概念的五花八门的解释性运用。

福柯去世的时候，还没有太多人讨论生命政治。生命政治的思想遗产在意大利最受重视，不过，奈格里和哈特在《帝国》中对这个概念的解释性运用基本上是误读，他们甚至把福柯的生命政治的时间维度都搞错了。相反，阿甘本和埃斯波西托的运用和阐发最有价值，我也觉得是他们真正地激活了福柯的这个思想遗产。尤其是阿甘本，他早年深受海德格尔和本雅明的影响，但是，直到通过《Homo sacer》一书对福柯的生命政治进行创造性阐释，他才产生了世界性的影响。

近年来，福柯的晚期作品被译介入中文世界，也丰富了我们对于福柯晚年学术思想的理解。在《真理与犬儒主义》这篇中，你借由福柯晚年对于自我技术的关注与思考，梳理了西方哲学史中的另一条脉络：照看自己和关心自己/自己改造自己或自我的生活技术（生命风格的哲学探讨）。能否简单谈谈古典思想中的犬儒主义在这一脉络中的位置？作为一种生活方式的犬儒主义在今天还存在吗？

福柯在他生命的最后四五年时间里才开始研究古典思想。虽然很短暂，但是他的研究取得了不可思议的成就。他的古典研究主要是从自我技术这个角度出发的，这个思路和皮埃尔·阿多比较接近，就是特别强调古代人的自我修炼、自我塑造和自我管理等一系列生活技术问题。

具体到哲学而言，哲学不仅仅是一种理论或理念的探讨，它在某种意义上也是一种生活方式和实践方式。这两种哲学活动同时体现在苏格拉底身上。强调理论探讨的哲学被柏拉图继承，并且逐渐占据了西方哲学的主流。而将哲学视作一种生活方式和生活实践的是犬儒学派。但是犬儒学派正因为是以实践和行动来表达思想的，所以他们留下的著述很少。人们只能从他们被记录下来的片言只语或行动事迹里去领悟他们的观点。因此，犬儒主义这个强调哲学生活的传统就逐渐消失了。

不过，福柯试图重新打开这个被压抑的哲学传统：不仅是犬儒主义，而且还有在漫长的欧洲历史中体现出犬儒主义风格的观念和人物。病逝之前，福柯在法兰西公学院的讲座课程有一半的时间都是在讲犬儒主义。我从未读到过如此清晰、如此富有洞见，但又如此优美、如此充满感情的哲学，我觉得这是福柯最令人感动的篇章。我没有能力确定哪些是犬儒主义的观点、哪些是福柯自己的发明，但毫无疑问，福柯将他本人的理想投射到了犬儒主义者身上。或许，他心目中的哲学战士不是苏格拉底，也不是尼采，而是第欧根尼。

当然，古典的犬儒主义概念和今天流行的犬儒主义概念没有任何共同之处。你甚至可以说这是两个意义恰好相反的概念。至于古典的犬儒主义在今天是否还存在，我想，人类只要曾经存在过某种气质、某种观念的话，这些东西是不会绝对地从历史中消失的。它们可能会在后世某个时刻突然自发地涌现。只不过，在今天如果还有一个第欧根尼式的人物的话，他或许并不了解第欧根尼。不过，现在也确实很少看到这样一个以真理为己任而向整个世界咆哮的哲人了。

关于《论爱欲》这本书，大家在过去一段时间已经探讨得很多了。在这本书中，你对爱欲谱系的勾勒止步于"奇遇之爱"。我想追问，在你看来，今天探讨爱欲的问题框架是什么？与这本书所梳理的几个转向相比，发生了怎样的变化？

实际上我在书的末尾大致提到了这点。我们今天的爱被资本主义的市场原则所主导。资本主义的厉害之处，就是将一切都货币化和商品化了。爱作为一种情感，从根本上是反对市场原则的，这是 19 世纪兴起的浪漫之爱带来的冲击。但是，这种自主的浪漫之爱现在也开始臣服于市场原则了。人们看上去是在自主选择伴侣，并且也宣称是真正地爱这个伴侣，但是，今天对一个人所谓的情感之爱和对这个人的钱财、地位之爱有时候很难区分开来。相对于浪漫之爱而言，爱和婚姻再一次退回到了古老的交换形式中，只不过这种交换形式越来越隐蔽了，因为它在形式上是自主的，以至于人们不认为这和家族利益所主导的交换形式有任何相似之处。

实际上，浪漫之爱这样的个人情感是普遍的，但是，它的实践历史却非常短暂——在历史的大多数时候，浪漫之爱都处于压抑状态。而今天的特殊之处就在于，浪漫之爱并没有被压抑，但是，交换之爱也以隐蔽的形式弥漫在资本主义市场上。它们在很多时候混为一体，让人们难以辨认。不过，我也不太想说这是一种爱欲分析的问题框架。我这本书实际上并没怎么讨论现实的或历史的爱欲实践问题，我写的是一本有关爱的观念的理论著作，而不是一本有关爱欲实践的历史著作。

我的一个不满足是这本《论爱欲》涉及的谱系更多由男性哲学家写就。而在探讨爱欲问题这件事上，女性主义哲学家的视点很不一样。例如，伊利格瑞就从"裂隙"的角度重新将女性言说的经验进一步发挥为"I love to you"，我是你，你是我，主词和谓词都未得到规定。而未规定就意味着缺口，男人女人得以朝向彼此，在裂隙之中，才有朝向真理和爱的可能。

是的，我在书中没怎么提到女性哲学家。我在写书的时候并没有意识到这一点。如果我意识到这一点的话，

身体和欲望是一切知识的来源 / 99

也许我会添加一个章节。你知道，一个人写作的时候，总是有自己的思路和线索，我是根据这个思路去组织材料的，我不可能将所有与爱欲主题有关的观点和著作都纳入写作的范围。那会是一个无限庞大的工作。我这本书的讨论线索是从古代开始的，而古代只有男性哲学家的著述。不过，尽管是男性的著作，但在这些讨论爱的著作中，并没有明显的性别歧视。实际上，在彼特拉克和但丁的笔下，充满了对女性的赞美，并且将女性视为男性的老师。

你可以说，我这本书没有讨论女性哲学家的著作，但是，毫无疑问，这本书并没有任何男性中心主义的观点。这些男性哲学家都是从爱的关系，而不是从男女的性别关系来讨论爱的。或许，女性主义哲学家恰恰是从男女关系这个角度着手来讨论爱的。

我读过伊利格瑞的书，我印象最深的是她非常强调男女身体结构方面的差异。对她来说，爱欲的动力和情感的一个重要基础就是特殊的身体结构。这是男性哲学家很少关注的地方，男性哲学家只是把爱的双方视为两个抽象的主体。康德和黑格尔这样的男性哲学家特别强调在爱的关系中对平等和承认的诉求，这当然也是女性哲学家的诉求，不过，女性哲学家则会更多地强调差异。对她们而言，平等也是保持各自差异性的平等,而不是像男性哲学家那样强调消除差异性的平等。

无论是在《情动、物质与当代性》中,还是在《论爱欲》中,都有对"友谊"的思考。而在更早之前的《亲密关系的核心是友谊》这篇访谈中,你谈道:"对福柯来说,友谊就是彼此给予对方快乐的总和。"我很好奇,你心目中理想的友谊关系是福柯和布朗肖式的吗?

相较于婚姻和恋人相对固定和排他的关系而言,友谊的关系要灵活和自由得多,这使得友谊会有多种多样的形式。一个人可以和不同的人发生友谊,而每一种友谊关系都是独特的。福柯和布朗肖之间的友谊也是创造出来的一种关系,它非常特殊、非常罕见,也令人感动。但是,没有一种友谊模式是必须模仿的。

我觉得,有一种理想的友谊,它是一种美妙的情感,非常默契、非常快乐。但是没有一种唯一的理想的友谊关系或友谊模式。

要改变一个人,就去改变他的空间

《新京报·书评周刊》2015 年的专访。原题"对丰裕痛苦的敏锐洞察"。

在《论垃圾》一文中,你写道:"现代社会正围绕着商品而组织了一个永不落幕的竞赛:商品层出不穷、更新换代、日新月异。"在收录于《论家用电器》的《洗衣机》一文中,你写道:"生活中的机器越来越多,但是,人们并非越来越闲暇。……机器并非减少了劳动,而是加剧了劳动。"你对物的研究说到底是对消费社会的反思、对进步主义的反思?

说不上反思。我觉得这是一个成熟的成年人不必借助书本就可以得出的感受。我还是一个年轻人的时候,还是一个中学生或大学生的时候,我相信进步。但我现在不相信了,早就不相信了。某些环节的进步,一定导致另一环节的倒退。不错,商品日新月异、琳琅满目,但是,它们不是越来越难以令人们感到满足了吗?人们不是越来越将物作为疯狂的追逐目标并为此而感到痛苦?技术在进步,确实方便了很多,但正是带来方便的技术滋生了无数的事情。电脑带来了无数的便利,但是,人们根据电脑也创造出无数的事务。这些层出不穷的事务抵消了技术的方便。是的,我们有了洗衣机,不再用手洗衣服了,是重大的解放。但是,妇女腾出来的时间会用来睡觉和游乐吗?有一点毫无疑问,省时省力的技术发明了很多;但同样毫无疑问的是,人们一点空闲也没有,而且越来越累。当然,我也不愿意将过去想象成美妙的时代。我不怀旧。过往的时代有它的贫乏的痛苦,就如今天有它丰裕的痛苦一样。

你提到"机器能够在艺术匮乏的地方大行其道",机器有着反抒情的本质,比如,"同书信姗姗来迟相比,手机将等待的美好期望一扫而空"。本雅明在《机械复制时代的艺术作品》中论述了机械复制时代艺术作品的光晕的消失,但伴随而来的却是艺术的民主化。当今的艺术已经非常依赖电脑或电子化的生产了。本雅明的论述在当今有着怎样的意义?

我并不排斥机器。我也离不开机器。我只是指出了一个历史事实。就手机和书信的差异而言,没有手机的时候,缓慢、不便、不确定、等待,等等,所有这些都有它们的抒情性。但是,反过来,也有它们的困扰、焦虑和不安。

我们必须把机器和艺术的关系放在一个历史的脉络中来理解。在不同的时代,它们存在着不同的关系,而且,艺术和机器的概念也在发生历史性的变化。本雅明是一个敏感的预言家。他在1930年代写了这篇文章。他较早地谈到了艺术和技术的关系问题。但实际上,艺术光晕的消失,不仅仅是技术的变化所导致的。我们看到杜尚在这之前的工作早就从另一个方面抹掉了艺术的光晕。古典艺术总的来说是一门手艺,独一无二的手艺正是这光晕的根源。本雅明遗憾地发现了手艺的消失,但是他同时也很兴奋地发现了机器促发艺术的新的可能性。他并不排斥机器和艺术的新关系。实际上,艺术的创造和生产方式一直是艺术家所致力的重要内容。随着技术的发展,艺术的生产方式更多样化了。艺术的概念范畴也随之扩大。每个人都可能成为艺术家。或许,在今天,艺术的生产方式可能比艺术最后呈现的形态本身显得更加重要。艺术史,总是关于艺术作品的历史,即艺术的呈现形态的历史。或许应该有一部讨论艺术生产,尤其是当代艺术生产的历史著作。

媒体和网络让人们的私密空间和公共空间的界限越来越模糊，在其中，机器扮演了怎样的角色？手机、电脑等机器是否重新定义了私密空间？

我倒是觉得，在网络出现之前，或者更准确地说，在几十年前，我们既没有私密空间，也没有公共空间。或者说，我们的私密空间就是公共空间。人们暴露了一切。连内心的秘密都要袒露和交代，更不用说实际性的空间秘密了——城市中的一家好几口人都睡在一个十几平米的房间内，哪有什么私密空间？正是因为和别人共享空间，我的一个朋友和他的妻子吵架的时候，愤怒不是大声地爆发、宣泄，而是将嘴巴放到对方的耳朵旁压低声音去斥责对方。但是，在过去的十几年中，住房扩大了，人们都享有自己的某个房间，也就是伍尔夫当年所要的"一间自己的屋子"。人们拼命地扩大自己的住房面积，就是对私密空间的渴求的表现。但是，私密空间在今天还以另外的方式出现。这就是你所说的手机空间或电脑空间。对于许多孩子来说，需要的不再是一间自己的屋子了，而是一台自己的电脑或手机。就此，私密空间有它的双重性，人们试图获得双重私人空间。但这两个私人空间的性质完全不同。电脑中的私人空间可以存放各种观念、思想和情感，而住宅中的私人空间可以存放各种物品和身体。它们有着明确的分工，但是也相互配合、补充。

做饭为何在大多数时候把女性限制在家庭的厨房空间内，而把男性限制在餐馆的厨房空间内？这是否也是一种社会空间的性别之战？

确实，很长一段时间以来，厨房是专属于女性的，甚至整个家务都是专属于女性的。但现在，女性已经越来越多地走出厨房了。这当然和妇女的社会地位、社会角色的变动，以及人们的妇女观念的变化密切相关。不仅仅是做饭的功能，许多传统上赋予妇女的角色和功能，甚至包括抚育孩子这样的功能，现在都有中性化的趋势了，虽然这远远不够。我想，妇女外出工作，获得经济自主性，是这一切变化的最根本原因。我的印象是，在大城市中，厨房现在已经变成一个中性空间了。但是，餐馆中的大厨确实都是男人，而且一直都是男人。这是因为做这份工作会被浓烈的油烟熏烤？更需要体力？我不太肯定。但可以肯定的是，这是一份有报酬的工作。在竞争有报酬的工作的时候，男性肯定占有优势。家庭中的厨房劳动是没有报酬的。相形之下，餐馆厨房中配菜的好像多是女性，女性在此是配角，尽管她们也可以下厨。糟糕的是，虽然能力相当，但在男性和女性同在的一个公共空间中，女人通常是配角。无论是在餐馆沸腾而喧嚣的厨房内，还是在一个明亮而宽敞的办公室里，都是如此。

你在书中写到，传统的以血缘关系和夫妻关系缔造的家庭伦理已经"被1990年代以来的大规模的空间生产吞噬了"，空间"锻造人们的习性"，"生产主体"。那么未来的家庭伦理是否会随着空间观念的变化而改变？空间观念的变化对独身者会有怎样的影响？

列斐伏尔的伟大著作告诉我们，空间不仅仅是一个中性的容纳器皿，它还有其强烈的主动的生产性。空间的变化可能导致社会的变化。没有什么比当前中国的"空间战争"更能体现这一洞见了。是的，有了自己的单独住房，就可以不用结婚了。反过来，因为没有自己的住房，就只好同有住房的人结婚。结婚和离婚的理由，常常落实在住房的问题上。住房是婚姻关系的重要要素。它对家庭伦理有着至为关键的影响，包括孩子的出生和抚养、老年人和子女是否住在一起、是否接待家庭成员之外的客人，等等。最重要的是，住房，是一个家庭在一段时间内的头等大事。它沉重地塞满了人们的意识，使人们无暇顾及别的事情。

空间变化的影响甚至不限于家庭结构内部的伦理关系，它甚至会改变人们的生活观念和态度。农民一旦住进了高楼，他就不是农民了。不仅仅是身份上的变化，他的习惯也变了。他进门要脱鞋，要注意卫生，不能随便扔垃圾。他逐渐地被楼房规训了。我觉得中国这十几年的空间生产全面地改造了人们的生活和观念——它比一切说教、一切惩罚都有效得多。如果要改变一个人,就去改变他的空间吧!如果要改变一个民族,就把这个民族所有的房子都拆掉重建吧!

《论家用电器》是从你自己的个人经验出发来展开论述的。可否具体谈谈个人经验在学术研究领域的价值?

真正的学术研究都是从自己的个人经验出发来展开论述的。对一个人文学者来说,客观地去分析这个世界是不可能的。这一点,没有人比尼采论述得更有力了。尼采说强大的思考都是一种力的释放和投射,是铁锤般的敲打,是身体的竞技。而这一切,都是个体化的,是偶然的,是以个人经验和身体作为基础的。拉图尔甚至说,所谓的"科学"知识都是从个人经验着手而偶然获取的。我相信,人文科学领域,没有个人经验的研究是死的研究。一个人如果没有敏锐的感受能力,他如何有独特的洞见呢?我们看到不计其数的充满强烈八股味的论文发表在各种学术期刊和大学学报上,那里面没有个人经验,只有大而化之的、人云亦云的陈词滥调,但不幸的是,我们这个庞大而僵化的学术机器需要这些东西来填充从而得以运转。

多年来你主持和组织翻译了许多西方文化理论的著作。由你主编的、上河文化推出的"人文科学译丛"选入了大量后马克思主义文化研究学者——比如，阿甘本、巴迪欧、巴特勒、齐泽克等西方左翼学者——的著作，你的选书标准是什么？

我从1990年代中期开始做过很长一段时间的编辑。我曾经和社科院的王逢振先生合作编辑过一套丛书，"知识分子图书馆"。那套书以批评理论为主，就是现在人们不太恰当地、笼而统之地称之为后现代的那些理论著作。你可能不了解1990年代中期学术界和出版界的情况。1980年代曾有过大规模的翻译，但是1990年代初期由于各种原因中断了。整个1990年代翻译过来的书非常少。我们在那个时候组织翻译了德里达、詹姆逊、萨义德和保罗·德·曼等人的著作。那可能是国内第一次系统翻译西方学院左派的著作。后来我去大学教书，这套书也就中断了，总共出了三十种左右。这套书选的大都是西方1970、1980年代的著作。

上河文化这套丛书跟"知识分子图书馆"有连续关系，但是，这套书以2000年后的著作为主。这些作者也更年轻一些，是西方现在正活跃的影响比较大的理论家。我和丛书的编辑杨全强共同制定的书单中还有更年轻的哲学家，比如梅亚苏和哈曼，他们生于1960年代，刚刚作为一个流派崛起。总的来说,在理论出版方面,我们试图做到跟西方同步。我们希望通过这套书及时了解西方当前的理论进展。不过,坦率地说,在这方面,我们和他们的差异太大了,几乎没有共同语言,仿佛不是生活在同一个世界。我相信,如果梅亚苏来中国参加一个理论讨论会的话,他肯定不会明白为什么我们还会这么说。反过来也是如此。相比文学和艺术而言,理论的隔膜真的是越来越大了。经济领域或许确实有一个全球化的进程,但理论领域看不到这个趋势。

这些当代的欧陆著作对中国有何影响?他们能够对中国做出解释吗?或者说,他们对中国学界有什么影响?中国学者如何发展出自己的思想和哲学框架?

每一本书都有它的命运,都会产生其特有的效果。本雅明说过,一本书一旦被翻译,它原有的生命就死掉了,它在一个新的语境中获得新生。这些理论著作到底在中国学界获得了怎样的新生命?我真的无从判断,因为我看不出来产生了什么明显的影响。我知道有一些年轻人感兴趣。但大体上来说,哲学界和理论界都没有表示出明显的热情。中国现在是一个经济大国,其必然结果是人们越来越自信了。学术界也越来越自信了,仿佛经济起来了,学术就自然起来了。大家都关起门来自己琢磨，都以为自己在发现重要的学术问题。这绝对是一个幻觉——至少，在当代哲学和理论领域，我没有看到太多有意思的东西。现在的问题是，西方的理论著作翻译过来了，但是，我们并不认真对待它们，许多狂妄自大的人还抱有轻蔑之意。

那么，这些翻译过来的著作是否真的有价值呢？如果我们总是抱着解释中国问题的实用态度去对待这些著作的话，那么，它们中可能确实有一部分不太有用，但是，有很多著作也有相当的适用性，毕竟我们都生活在同一个时代，生活在同一个并没有隔离的地球上。我们必须承认差异，但是，确实有很多趋同的方面。不仅如此，哲学和理论本身充满着魅力，这种魅力甚至是跨文化的。你看，福柯的尖锐，德勒兹的奇诡，德里达的踌躇，这些本身就构成了伟大的艺术杰作。我相信敏感的心灵都能对此有所领会。哲学的魅力远远超出了它的实用性，要不然，柏拉图或老庄怎么还能打动我们呢？——他们的思想在今天的中国真的没有实用性，他们解释不了现在的中国。

因此，我们不用过多地强调理论的地域性，尤其是在今天信息畅通的情况下。如果说存在一种当代哲学或当代理论的话，那它绝非只奠基于某个国度的特殊根基上，它一定是融合性的和全球性的，它也绝非只在产生这种哲学的国度发生影响。法国哲学就是这样的，欧美之外，在南美，在印度，在东亚（包括中国在内），法国哲学都有无数的读者，你可以说，它是一种世界性的哲学，或者说，它就是今天的哲学本身。说实话，就当代哲学或理论而言，我不读法国哲学，难道要读所谓的中国哲学？我承认有一种特殊的中国政治、中国经济，但是，没有一种特殊的有影响的当代中国哲学。当然，研究中国传统哲学是另外一回事。因此，法国哲学，坦率地说，我从未将它视为一个陌生国度的异域哲学。

至于中国学者如何发展自己的思想和哲学框架，我真的不知道。一种成熟思想的兴起需要各种机缘。它是历史巧合的结果。

切·格瓦拉已经成为左翼符号，被消费。齐泽克这类学术明星也已经成品牌了。鲍德里亚说，消费社会可以把一切不和谐的东西吸纳进商业循环里。你怎么看待学术商业化这一现象？

今天，资本的力量太强大了。它好像无往而不胜。越是激烈地对抗它，就越是为它所乐见。齐泽克是反资本主义的旗手，但是，他自己也承认，他从资本主义那里所获甚多。他甚至开玩笑地说，那些猛烈批判资本主义的学院左派内心深处并不希望资本主义垮台，如果真的垮台了，这些知识分子就没有靶子可以攻击了，就面临无事可干乃至失业的局面。资本主义的商业逻辑会赋予反对它的旗手一个品牌，齐泽克也有意地打造这样一个品牌。他像是在和资本主义上演双簧戏。不过，更有意思的是，齐泽克自己挑明了这一点。但正是这一点，使得他好像又脱离了资本主义的逻辑。要知道，其他的知识分子都在拼命地掩盖这一点，都装出和资本主义势不两立的样子。这是他和以前的所有知识分子不一样的地方。他以自曝其丑的方式再次嘲笑了资产阶级虚伪的伦理面孔。

这样说来，反抗有用吗？你对待资本是什么态度？

用金钱来衡量的人生太没有意思了，这是一个显而易见的经验，许多人都清楚这一点。但是，资本主义的真正罪恶就在于它只推崇这种价值观，而且让所有的人都驯服于这种价值观，罕见例外。如果说在今天还有什么了不起的人的话，那就是超越了这种价值观去生活的人，有意将自己变成一个失败者、一个穷人的人。无数成功励志的故事都是发财梦的实现，但我特别想听到一个自愿失败的人的故事,一个因为自己失败、潦倒和穷困而感到自豪的人的故事。但我没有听到这样的故事。许多人在批判资本——就像我现在在做的这样——但是,他们也不拒绝资本。资本主义会将批判的声音驯化,削弱它们的锋芒,扭转它们的方向,但是,这并不意味着批判无用。无论出于什么动机,也无论是否被资本所吞噬,批判总是比沉默要好,哪怕是虚伪的批判。它们总归是一种意见,会传播开来,会动摇资本主义那个反动而无趣的价值观。

个人经验有普遍性吗?

澎湃新闻·思想市场 2015 年的专访。原题"哲学家怎样'批判'家用电器?"。采访者:李丹。

我注意到你在写家用电器时并没有使用很多外部的政治经济分析,而旧作《现代家庭的空间生产》里面还是比较多的,你是怎么考虑的?因为很多"物"是一个时代的产物,"物"的生与死很多时候是一个时代决定的……

是的,我没有使用外部的政治经济分析。我理解你说的外部分析就是强调物是如何被时代生产出来的,又是如何被时代和历史所淘汰的。这的确是一个重要的问题。我的朋友徐敏有几篇谈论这样问题的文章,非常精彩。比如,他分析录像机是如何走私进来的,是如何在中国普及开来的,又是如何在几年之内被快速地淘汰的,还有与之相关的录像厅是如何被创造出来的，等等，他的文章充满了大量的数据和历史调查，非常具有说服力。这些研究从一个非常特殊的角度展开了对1980年代的历史分析——我要说的是，这完全不同于时下众多回忆1980年代的角度。但我的意图有点不一样，我强调的是对机器的使用，尤其是在家庭中使用这些机器的经验。我把这些机器尽可能限制在家庭空间之内。这也是我将自己的写作局限在家用电器方面的原因。我不仅想表明这些家用电器给个人带来了什么样的影响，还试图表明它们对家庭产生了什么样的影响——对家庭的伦理关系产生了什么样的影响，对家庭的空间关系（诸如家庭的部署等）又产生了什么样的影响。事实上，家庭伦理和家庭空间密切相关。

不过，我并没有对此进行大规模的社会考察，我无意于此，也不擅长于此。我是从自己的个人经验出发来展开我的论述的。这次，我不是在桌前摆满一堆书，翻上几页，写几行字。我的桌面空空如也。我一边写作，一边回忆，有时候还长时间地盯着这些机器，就像画家正在描摹它们一样。使用这些电器的经验逐渐浮现，我快速地将它们记录下来，提出了一些问题，发表了一些感想，仅此而已。但是，你或许会问：一种个人经验有何代表性和普遍性呢？我的回答是：每个人的个人经验都是历史性的，都是具体而独特的。但是，每一种独特性都带有某种普遍性。人们常常将独特性和普遍性对立起来，似乎普遍性的前提就是要消灭独特性。但是，我的意见正好相反，普遍性的前提和基础就是要肯定独特性，没有独特性和具体性，就没有普遍性。普遍性和独特性应该相互肯定。现在，我越来越强调独特性和具体性的经验。我把它展示出来，这是我个人的机器使用经验，但这难道完全不是时代的经验吗？

今天的物化、异化与过去有什么不同？从整体上，你怎么评价当今人在机器中迷失的状态？你引用了马克思，有没有一个批判的立场？

异化和物化是马克思和卢卡奇从黑格尔那里借来的概念，是马克思主义传统在一个特定时代的批判用语。它们的脉络和意义非常复杂。如果非要对它们进行最简单的概括的话，那么我们可以说，它们指的是——人们劳动生产出来的对象反过来控制了人本身；人和人的关系变成了物和物的关系；物塞进了人的意识中，并牢牢地控制着人。在马克思主义者看来，这一切都和商品及其普遍生产脱不了干系。在今天，这一切并没有发生变化，而且愈演愈烈。人们的意识完全被物控制。今天，人们普遍意识的主要客体不就是一套舒适的住房吗？所有人都为此殚精竭虑。

在卢卡奇那个时代，机器尚未进入家庭，机器在工厂之中。工人们在机器上被迫地适应它们的节奏。机器是异己的力量，它们对人的吞噬非常残酷——今天很多人提到的血汗工厂仍然大抵如此。但我分析的是当代家庭中的机器。工厂中的机器和家庭中的机器有所不同。家庭中的机器看上去是非强制性的，看上去人们可以主动地选择它们，人们打开电视或电脑就好像是自主的一样。但是，电视、冰箱、空调、洗衣机乃至电脑已经控制了人们的生活，或者说，它们嵌入了生活，从而构成了生活本身。一旦它们从生活中被剥离出去，人们就会感觉到生活出现了巨大的失误。我在书中谈论了许多这样的问题。

当然，家庭对机器有依赖——这说不上迷失。机器带来的方便显而易见。在此，我也很难说自己对机器进行了严格意义上的批判，我不过是试图暴露它们的运作机制，这些机制太日常了，以至于我们很少对它们投以质疑的目光。我确实引用了一次马克思。我在书的后记中解释了一下我为什么要用引文。你知道，没有引文很难在所谓的学术刊物上发表文章。这就是我要用引文，包括引用马克思的主要原因。

我对机器谈不上批判，尤其是家用电器。总的来说，我不喜欢批判，但我喜欢怀疑。批判是用一种立场取代另一种立场，怀疑则是对一切立场都表示批判。

著名的英剧《黑镜》用极端的情境展示了电器发展到一定程度后呈现出来的黑暗人性样貌，而你的物的抒情诗基调还是有温情的。所以，我想延伸出来问问，就你自己而言，对于家庭居住空间，是否怀有某种迷人的、吸引你的乌托邦想象？

家庭住宅谈不上有什么迷人之处，更谈不上乌托邦想象。对我而言，家庭空间就是一个生活和工作的场所。我必须吃饭、必须睡觉、必须工作，我就在这里，只能在这里，当然，我也绝不排斥这里。而家用电器不过是家庭这个空间的必需配件，它们内在于住宅结构本身，是住宅的有机部分。住在家宅之内，在某种意义上就是住在电器之中。我去过很多朋友的家里，许多人精心收拾房间，一尘不染，考究的家具灯饰，合理的空间区隔，沐浴在阳光中的宽大阳台，以及巧妙地点缀在房间中的花花草草，所有这一切都舒适怡人。这或许是一个迷人的空间？不过，我更看重的是一个沉默的空间，对我来说，一个沉默的空间比一个整齐舒适的空间重要得多。我能忍受凌乱，但不能忍受喧器。你之所以觉得我的书写充满了抒情的基调，还有一个可能的原因：家庭空间是我能回避他人的唯一地方。如果不待在家里，我还能待在哪里呢？这并不是说我不愿意和他人相处，而是说我不愿意参加到一些我没有兴趣的人事之中。你知道，在被迫跟一些乏味的人待在一起的时候，你是多么迫切地想要回到家中——这个时候，家庭空间确实充满了迷人之处。

如果说家庭空间体现了父权制，那么反抗和争斗是不是也可以从家庭空间入手？

我以前写过文章近乎开玩笑地说家庭空间体现了父权制。空间生产体现了父亲（家长）的力量。这么说有它合理的地方，你看，孩子在家庭空间的部署和选择方面有什么发言权吗？但随着孩子的长大，我要修正自己的观点。今天，孩子通常是家庭空间中的主权者。家庭通常是围绕着孩子来运转的。反抗和争斗，既有孩子对父母的反抗和争斗，也有父母对孩子的反抗和争斗。

你认为1990年代房屋商品化使得中国的家庭空间开始施展力量并塑造家庭，20世纪随着城镇化蔓延、房地产掠夺式开发和房价飙升,大众的居住观也在发生变化。在这个过程中,家庭空间的生产有没有什么变化?

只要房价很高,只要房产是家庭中一个决定性的经济事件,家庭空间的生产就很难说会发生根本的变化。家庭空间生产的问题本质上是一个经济问题。当然,1990年代是一个开端,所有人都面临着住宅私有化的问题,也就是说,所有人都面临着无家可归的状态,因此,人们不得不在住宅市场上倾尽全力孤注一掷。这就是这个世纪头十年席卷整个国家所有阶层的残酷"空间战争"。这或许是人类历史上最惨烈的"空间战争"。在某种意义上,它甚至决定了个人的未来乃至这个国家的未来。今天,这场战争开始逐渐落幕,但它最后的结局尚未清晰显现,它也还未得到有效而生动的事后分析。不过,有一点可以肯定:许多人已经通过这场"空间战争"获有了自己的一席之地,他们对住宅的需求也许并没有那么迫切了,至少在可见的眼前没有那么迫切了。而且,有点讽刺性的是,人们一开始买房是担心将来无房可买(这就是"空间战争"的重要根源),但是,后来发现,无论买了多少房子,总还是有大量的房子等待出售。空间消费的速度比不上空间生产的速度。毫无疑问,围绕着住房展开的"空间战争"还会继续下去,但它的剧烈程度会减低。

接下来是一个好玩的问题。你愿不愿意聊聊智能马桶盖?这可是目前最为人们所追逐的家用电器。

我听说了中国人在日本抢购智能马桶盖的事情。我不认为这有什么特别之处。就像按摩椅一样,智能马桶盖也是针对人的身体的。二者所针对的具体部位不同,仅此而已。只是那个部位比较敏感,人们以前从未想过它可以得到机器的伺候。实际上,各种家用电器的差异很大。除了都是使用电,都是在家庭内部使用,它们的功能没有什么共同之处。有些家电是对付事物的,像吸尘器、洗衣机或电冰箱之类。有些家电是对付人的,比如电视机、收音机之类。还有些家电是通过对付事物来对付人的,比如空调是通过调节空气的温度从而来对付人的身体的。如果说智能马桶盖有什么特别之处的话,那它只是针对人的身体的一个特殊部位而已。

你这本书让人想到巴什拉的《空间的诗学》,在诗意之中呈现的是一个抽离、抽象的家庭空间。在我看来,你笔下的家和电器甚至带有一种陈列的遗存的视角,相比之下,人性更加缺席。写作"物的传记"是否会带来"人"的空缺?

以物为主题的写作当然是以物为主的。我写过几本讨论所谓"观念"、"思想"或"人文"的书，我有点厌倦了。我觉得有必要谈谈非人的东西了。几年前我写过一篇关于垃圾的文章，也写过一点有关植物和动物的东西。我一直在为写一本关于动物的书做准备。不过，这些非人的主题并非和人没有关系，只不过它们不是从人的角度来谈论人的，它们转换了视角来谈论人，或者说，它们不再作为人的配角来谈论人，它们在和人的关联中有自己的能动性。谈论物，谈论机器，谈论动物，将它们上升为书中的主角，但这并不意味着要把人从这个舞台上删掉。在这个意义上，我并不认同欧美新近的哲学时尚"思辨实在论"的看法。他们重视物，但是，代价是要将人牺牲掉。我的观点是，物很重要，物可以对人产生能动作用，但是，这绝不意味着没有人。我写过一篇长文来讨论在物的研究中人所占据的位置。我本来想把它拿来作为《论家用电器》的前言，但是，我发现它太理论化了，同整本书的风格不匹配，就把它拿掉了。

Part 3

我希望所有人都能够不劳而获

2022年8月14日,打边炉五周年北京论坛上的谈话。

你能确定一下到底是什么劳动吗?或者说,有没有一个关于劳动的概念?

劳动这个概念有一个历史性的变化。在古代社会,劳动是天经地义的,很少有人赋予劳动一个神圣的意义。从17世纪开始,英国哲学家洛克开始真正地思考劳动的概念。他把劳动视为人类通过开垦大地以索取资源和材料来制造和加工物品的一个过程。劳动是人和动物的一个重要差别,动物也寻找食物为生,但是只有人的劳动,只有人从大地上寻找资源来加工的这个过程才被称为劳动。简单地说,农业劳动和工业劳动都是这样一个过程,都属于17世纪的一种主流劳动。

到了20世纪上半期,随着现代社会科层化的发展,人们的分工越来越细致，工作类型越来越多。不只是洛克意义上的制造和加工物品的过程才被称为劳动。韦伯重新解释了劳动的概念。从他开始，不生产具体可见的商品的工作，比如，计划、分析、管理、组织、教育这类行政管理事务层面的活动，也属于劳动。社会分工的每一个层面的活动都可以被归结为劳动的范畴，劳动主体不再仅限于生产物质产品的农民或工人。

特别值得一提的是，很长时间以来，女性的家务活动被排除在劳动概念之外，而到了 20 世纪下半期，由于女性主义思潮兴起，家政工作，尤其是妇女在家的私人活动，包括家务和抚育孩子的工作，也被归为劳动。

在今天，随着各种服务性行业的兴起，尤其是媒介和互联网的扩张，出现了许多新的工作和劳动类型。意大利的理论家提出了"非物质劳动"的概念，这样的劳动甚至没有任何物质产品的产生，它们与沟通和交流相关，它们生产的是信息、情感和话语。今天人们越来越多地谈论所谓的情感劳动。

如何理解今天的躺平现象？

躺平是一个现代现象。要理解躺平，我们也许还应该从另一个角度来谈论劳动，可以将劳动区分为两种类型：自主劳动和雇佣劳动，或者说，主动劳动和被动劳动。自主劳动当然是为自己劳动的，劳动是由自己主动选择的，劳动的所得也是归属于自己的，更重要的是，除了自己占据自己的劳动所得之外，劳动者还在劳动中感受到了快乐——比如，艺术家的创作活动——这样的劳动可以激发一个人的创造力和想象力，这是一种主动性的创造，是人的自由的表达，它不会让人感到厌倦，反而恰恰会激起人们的兴奋感。

与之相反的被动劳动是一种机械的、重复的、消耗性的劳动。它是一种雇佣劳动，这也意味着你是为别人劳动的，你虽然有所得，但更主要的是你还创造了剩余价值——马克思对此有精辟深入的分析，这样的分析在今天一点都不过时。你在这样的劳动中不会有很大的成就感。被雇佣的劳动者总是被动的。在这种工作当中，你很难找到快乐，很难找到自由，它很容易变成持久的消耗，它会让人产生厌倦感。为什么人们要不断地换工作？就是为了尽可能地找到一种能让自己快乐、能让自己感到有创造性的工作。所谓的躺平，只会出现在雇佣的、被动的劳动者身上，他们确实厌倦了这样的劳动。

但我们因此也不要简单地把躺平理解为一劳永逸的躺

平。它总是有针对性的,它针对的是一份既有的工作。将这份工作停止并不意味着永不工作。也就是说,躺平是拒绝既有的、乏味的、无聊的、毫无意义的工作,是拒绝雇佣和被剥削的工作。只有你拒绝了你现有的这份工作,你才有新的可能性,你才有可能获得创造性的工作。在这个意义上,躺平一方面是消极的,是对既有工作的消极的否定,但同时,它也可能是积极的,是一个积极工作的开端。

如果说雇佣劳动和被动劳动很久以前就存在,那为什么在今天才会出现躺平现象?

严格来说,雇佣劳动当中的躺平现象并不独属于今天,躺平这个观念可追溯至1960年代。当时意大利出现了一个工人运动组织,他们有一个非常重要的口号就叫"永不工作"。著名的情境主义运动的口号也是"永不工作"。

"永不工作"的特点是什么?他们的不工作,是要把自己从资本主义的剥削和雇佣关系当中解放出来。对他们来说,"永不工作"意味着对资本和资本主义体制的拒绝,以停止和中断工作的方式来质疑现有的生产关系和体制,从而打开新的可能性。对他们来说,拒绝工作，既不像以前的工人阶级那样直接砸毁资本主义生产机器去造反，也不是采用工会斗争模式在资本主义体系之内去和雇主谈判或协商，而是直接从这个不合理的关系中退出。工人是以这种方式，而不是暴力砸毁机器的方式，来制造资本主义的一系列危机。这是1960年代意大利的工人哲学思维。

但今天流行的躺平跟"永不工作"这样充满理论思考的实践并不一样，躺平不过是年轻人的劳动观念和生活观念的变化引发的。这是由非常复杂多样的现实因素引发的。就劳动观念而言，我只想说一点，过去数代人被劳动光荣的话语裹挟，人们一直辛苦地劳动而别无选择，即便是被动性劳动，但人们还是认为劳动是光荣的。懒惰被公认为是一种恶习。这是一种话语战略。如今越来越流行的躺平意味着这样的话语战略开始失效了。

劳动光荣这样的观念是如何产生的？

实际上，古代人并不怎么思考劳动的意义。劳动对他们而言是什么？能从大自然当中采集食物让自己生存下来，这就是劳动，这是一种很本能的、为满足生活所需的必要手段。劳动是一种最自然不过的行为。

但是，在17世纪，劳动的意义发生了一些变化，首先是基督教肯定了劳动的其他意义：劳动可以克服懒惰、欲望，劳动可以禁欲，劳动在这个意义上是最终进入天堂从而获得拯救的手段，劳动具有宗教的神圣维度，劳动是对上帝圣训的回应，而劳动所获得的果实是上帝的恩赐。人类应该像上帝创造世界一样去工作，而且人类生而有罪，必须用工作来向上帝赎罪。勤勉劳动的意识就这样被刻写进新教徒的骨子里了，最后转化为现代社会的勤勉工人。

但在现代社会中，这种宗教意识衰退了，劳动不再跟神圣性相关。但是，对劳动的赞美以另外的方式出现，比如说，劳动使社会和人类进步，劳动能够提高社会的效率，劳动能够改善人类的状态，最终让人类获得自由，等等。劳动总是有超越它本身的意义和目标。

但是，在今天，劳动根除了它的超越性意义。它既不遵循上帝的训令从而修筑一条通往天堂的道路，也不试图让人类在此世获得解放。劳动回到了它的内在性，它仅仅是个人挣钱谋生的手段而已。它已经从过去宏大的精神价值探究退化为个人化的欲望满足形式：如果这份工作不能为我挣钱而且让我倍感痛苦，那我为什么还要去完成它呢？再也没有超验的意义神话来克服劳动本身带来的负面效果。

具体来说，劳动的负面效果又有哪些表现形式呢？

每个劳动者都会感觉到巨大的体力消耗，这是劳动者最直接的痛苦形式。但是，远远不止这些。马克思讲过工人劳动的残酷性，工人超额的高强度劳动所得大部分被资本家所占有，他们的所得仅仅能够满足自己最基本的生存，即能够再生产自己的劳动力从而能够继续从事这种剩余价值生产。马克思主义在20世纪有一个非常有活力的批判传统，无论是卢卡奇还是法兰克福学派，他们都深入地批判了资本主义的劳动体制：资本主义的机器和制度都将人变成了单面人，人成为机器的配件，人像机器一样运转，人成为不会思考的人，这样的劳动让人变得毫无情感和个性，让人变得麻木和物化，劳动让人成为现代奴隶。即便是今天这种信息化的劳动也是如此，比如，斯蒂格勒就认为人对技术的依赖会让人变得全盘性地愚蠢，信息劳动让人失去了大脑和意识，人的劳动完全是被动性和适应性的。大体上来说，一个漫长的左翼传统都在批评资本主义劳动剥夺了人性，剥夺了人的能力，剥夺了人之所能。

但是，阿甘本认为资本主义剥夺了人的不能。阿甘本有一个著名的概念：潜能。这是从亚里士多德那里习得的。它有两种意义：可以去实施、可以现实化的潜能，有潜能但不去实施、不现实化的潜能。也就是说，潜能有不做的维度，不做就表示我们有能力不去做。他特别看重这后一种潜能。我们今天应该要实践这个不去做的潜能。我们不仅仅在技术方面要施展这个不能的潜能，而且应该在政治生活中也实践这种不能。一个人应该保留自己有所不为的能力。而"我能"正是资本主义的律令，"我必须能"，一切都在鼓励"我能"，"我能"是对人的价值取向的评判。每个人都觉得无能是一种羞耻：我不能不能，我不能说我不能，我不承认我不能。资本主义将人的不能体验彻底剥夺了。

这点和法兰克福学派有差异。如果说，法兰克福学派和斯蒂格勒都批评资本主义的机器和技术让人变得无能，阿甘本则批评资本主义拼命地让人变得"我能"并且剥夺了人的不能。实际上，在此之前，马克思的女婿保罗·拉法格（Paul Lafargue）就提出过懒惰的权利，罗兰·巴特也说过类似"人们要敢于懒惰"的话。这实际上都是要维护人们不能的权利。但是，资本主义一方面剥夺了人的能：机器将人的能力损毁，将人变成了物，这就是所谓的物化；另一方面也剥夺了人的不能：它要求你必须去做，必须不停地做，必须什么都能做，以至于人们觉得自己什么都能。它要求人们永不知疲倦地工作和劳动。人们在这个意义上也变成了一个劳动机器，一个永动机。

这样说，劳动并没有通向解放和自由的意义？或者说，劳动本身就没有意义？

这个当然不能一概而论。劳动对我们的生活至关重要。我们也可以从效用上来区分劳动或工作类型。有一本书，《毫无意义的工作》，刚出了中文版，这本书是伦敦政治经济学院非常有影响力的人类学家大卫·格雷伯写的。他说现代社会有大量的工作都是狗屁工作。什么是狗屁工作？人在这些工作当中毫无快乐可言，也看不到对社会有任何实质性的益处，但又不得不做，因为这些毫无创造性、毫无意义的工作毕竟可以提供一份薪水让人谋生。同时，社会也需要这样的工作，因为如果很多人不工作，很多人有大量的空闲时间，就可能会引发各种各样的社会问题。也就是说，低效的无意义的工作有利于社会的稳定。

他列举了很多这类无意义的工作，比如，前台接待员、保安、公关、人力资源乃至华尔街的金融家，等等。这样的工作对社会来说是无意义的，无论他们挣多少钱。他认为真正有意义、真正能让人获得成就感的工作，是那些清洁工、护工、志愿者、幼儿教师所做的工作，他们对社会的作用不可或缺，如果没有这些工作，这个社会就很难运转，但事实上，他们拿到的工资却非常少。这是劳动的不合理之处：有价值、有意义的工作通常回报甚少,而无意义的工作回报却过多。劳动的价值和劳动的回馈并不是一种合理的关系。

所以人们只是努力地去找能挣钱的工作,而不再是为了理想或意义去工作?或者说,劳动不再是通向自由或解放的手段?人类难道不是靠劳动取得进步的吗?

对于许多人来说,现在的劳动就是个人欲望的满足。但这种满足并不等于自由。我们看到了太多努力工作挣钱的人,也确实有很多人通过劳动挣到了很多钱,但这种劳动本身并不快乐,是劳动得到的报酬让他们感到快乐。但如果你是通过自己并不喜欢的劳动挣了很多钱,然后通过金钱满足自身的欲望,这并不是一种真正的自由。这反而让自己成为自己欲望的奴隶:正是要满足自己的欲望才痛苦地劳动。我想,只要这种劳动本身并不给你带来快乐,你就很难体会到自由。相反,只要你从事一种主动性的、创造性的劳动,你就会充满快乐,你就会体验到劳动带给你的自由和意义,这样的快乐不是金钱带给你的,而是创造带给你的,有一种劳动创造的快乐。这是人的一个自由实践,或者说,人之所以为人,就是因为他能够快乐地劳动,在劳动中产生快乐。我要说,这样的劳动也是有尊严的劳动——可以说,一切违背自己意愿的劳动,都是没有尊严的劳动。

这样的创造性劳动毕竟是少数,对大部分人来说,劳动都是被动和束缚的。我们有什么办法能从这种被动劳动中解放出来吗?

我不确定技术的发展能否达到这点,这是技术积极的一面。迄今为止我们看到的技术都让人卷入更深的束缚和被动之中。但是不是有一天,技术能够发展到这一步,它完全取代了人的劳动,从而将人类从所有烦琐而痛苦的劳动中解放出来?但是,如果真的到了这一天,真的到了人类不再从事痛苦劳动的这一天,人类还会存在吗?或者说,人类还会有自主性吗?也许,由于一种新型智能的出现,人类确实不用劳动了,但是,人类也可能会成为新的奴隶,不再是劳动的奴隶,而是一种新型智能的奴隶。

是绩效社会还是控制社会？

自1960年代以来产生了巨大影响的当代法国哲学发展到今天大概有两种关切。一种是对未来的关切。人们对未来有很多的想象，最重要的大概可以称之为新的末世论的想象——这是由技术引发的想象。关于技术的未来的讨论，关于地球的未来的讨论，关于人类的未来的讨论，等等——很多这样的讨论是跟德勒兹和海德格尔的哲学有关联的。这种讨论不再将最重要的焦点放在人身上，而是放在物、物种、气候、技术或大地上面。这是后人类的取向，反人类中心主义和人的终结成为重要议题——正是在这个意义上，一种末世论的焦虑出现了。

另一种是对现时的关切。这是法国理论一以贯之的一个重要特征。福柯和巴迪欧都曾提出过有关现时的本体论。如果说对未来的关切更多地讨论人的终结的话，那么，对现时的关切则更多地讨论当下人的存在状况。当然这并不是说两种关切完全不同。它们有密切的相关性：思考未来总是和思考现时结合在一起的，未来总是以现时作为起点的。

韩炳哲是思考和关切现时的哲学家。他对现时的基本概括就是倦怠社会。他有时候也会说这是绩效社会。他是从批判福柯的规训社会开始的，他认为福柯的规训概念过时了。福柯的规训社会讲的是17、18世纪在欧洲开始出现的社会。规训社会的特点是对人的身体进行严格的时空管控，通过监视和检查的方式来管理身体，让身体变得驯服而有用。韩炳哲说，这样的规训基本上是一种否定，它会产生效果，但是规训到了现在已经达到极限，通过对身体的否定而获得的产出和效用已经变得非常有限了。为了能够取得更高的效率，现代社会放弃了规训技术：规训所依赖的封闭和隔绝的工厂消失了，取而代之的空间场所是开放的机场、健身房和银行大楼，等等，它们成为城市的新标志。在这些新空间中，身体并未受到严格的时空管理和监视。现代社会在不断地去规训化，"禁令、戒律和法规失去主导地位，取而代之的是种种项目计划、自发行动和内在动机"[1]。现在不是一种严格管理的封闭机构迫使你产生效用，而是在一个失去禁令的世界中，你开始自己创造和生产。也可以说，创业取代了规训，积

---

[1] 韩炳哲，《倦怠社会》，王一力译，北京：中信出版社，2019年，第15页。

极的主动性取代了规训的否定性。绩效社会的"我能够"取代了规训社会的"你应该"。每个人都希望自己"能够",希望自己获得最高的绩效。

这当然是现代社会的一个倾向:社会不再限制我,我自己可以创业,我自己开个咖啡厅,我能够干好这件事,我能够取得最大的成绩,或者说,我要非常努力,我要力争考班上的第一名,等等。这些都是所谓的在自由状态而不是被迫规训状态下的"我能够"。这也变成了现代社会的法则,也就是自我加油法则:我自己给自己加油,或者,大家彼此加油。家长对孩子说得最多的话就是"你真棒"。简单地说,规训社会提高产量和效率的原则是"你应该"、"你必须"(这是被动的),绩效社会提供产量和效率的方式是"我能够"、"我可以"(这是主动的)。

但是,一个人的理想绩效实际上是很难满足的,也可以说,一个理想的自我类型是很难实现的,实际的自我和理想的自我之间总是存在着一段距离。为了达到这种理想的绩效或实现这种理想的自我,每个人都拼尽全力,每个人都盘剥自己,每个人都奴役自己,这样,每个人都成为自己的施暴者和被施暴者——这就导致了自我对自我的不满,自我对自我的谴责。在这样一个追求理想绩效的过程中,人们会变得筋疲力尽,人们会变得倦怠。正是这绩效的永恒压力导致了抑郁："并非过多的责任和自主性导致疾病，而是作为晚期现代社会新戒律的绩效命令。……抑郁的人是一种劳作动物，他在没有任何外力压迫的情况下，完全自愿地剥削自我。……当功绩主体不再能够（继续工作）时，抑郁症就在这一时刻爆发。它首先是一种对工作、'能够'的倦怠感。"[1] 也就是说，对于抑郁者而言，不再是一切都是可能的，而是不再有什么是可能的。

这是韩炳哲的基本观点，我们可以对这些观点做一点回应。首先，福柯的规训社会的概念确实过时了——但福柯谈论的规训社会很明确指的是17、18世纪的欧洲社会。从19世纪开始，尤其是他所生活的20世纪，福柯更多地说这是由安全机制所主宰的社会。这个社会的特点和规训相反，权力不再是对个人身体进行规训了，20世纪的治理技术，就是要限制原先那种无处不在的权力管制，就是要尽量少管，权力不要无事生非。他将这一变化过程谈论得非常复杂，简要地说就是，从17、18世纪的权力什么都管演变为19世纪开始的权力什么都不要管。这实际上是欧洲自由主义的历程。而这个自由或自发都和市场密切相关。这个自由确实摆脱了规训权力，但是，它的另外一面是带来了竞争，

---

[1] 韩炳哲，《倦怠社会》，王一力译，北京：中信出版社，2019年，第15页。

无论是企业的竞争，还是个人的竞争。

从某种角度来说，摆脱了规训的现代人的自由，实际上是竞争的自由。自由就意味着自由竞争。为什么要追求绩效？就是因为竞争，就是因为要胜出，就是因为有对手。绩效不是一个人内在的自我理想的实现。讨论绩效应该跟资本主义竞争结合起来。即便是个人给自己设置了绩效，这也是在一个市场竞争中的绩效，是一个比较的绩效。所谓的绩效也只有在竞争中才有意义。韩炳哲注意到了绩效的重要性，但是，他在这里完全没有讨论到竞争的维度，他没有将绩效视为竞争的后果。他没有讨论新自由主义固有的对竞争的推崇。绩效实际上还是人和人的战争，而不是自己对自己的战争。没有人天生想摧毁自己，没有人想完成一个不可能完成的绩效理想。如果说人们想绝对地创造一个自我的话，那肯定不是一个绩效自我。如果说人们对自己的绩效不满意的话，更主要还是因为自己的绩效不如别人的绩效，还是因为自己的绩效在竞争中败北。

也就是说，这种对绩效的追求是被迫的。但现代人追求绩效不只是跟竞争相关，绩效也源自控制——大部人还是受到公司的控制，是公司要求你获得绩效。这点跟规训工厂并没有根本的区别。并非像韩炳哲说的那样，现代人摆脱了规训就变得独立了，就变成了自主选择。相反，摆脱了规训，但人还是会受到控制。这就是德勒兹说的，现代社会是从规训社会到控制社会。控制和规训的差别在于，控制不是对身体进行严格的管制，控制是弹性的，看起来可以让身体获得自由，可以让你摆脱空间和时间的严格栅栏——就像在疫情期间，你不再受到公司的严格监视，你可以在家自由地工作，你看起来甚至有许多自由的时间，没有一双监视之眼时刻地盯住你。现在，有许多灵活的公司代替了原来僵硬的工厂。公司是控制而不是规训的场所，按照德勒兹的说法，它是流动而平滑的空间，它代替了规训的严格的栅栏式的条纹空间。规训的对象是密闭洞穴中的鼹鼠，控制的对象则类似于滑动的蛇。一种所谓的柔和的公司文化取代了原有的严格的工厂纪律，企业灵魂取代了工厂制度。

这是德勒兹所说的控制社会。这也是不同于规训的新的控制方式。无论这种控制性的公司推崇的公司文化或企业灵魂是什么，它根本上都还是以各种方式来鼓励竞争的，它隐秘的律令就是绩效要求。绩效是一种最终的控制方式：你如何分配你的时间、分配你的空间、分配你的行为，这些看上去都有灵活性。你看上去有自由滑动的机会，但是，一个最终的绩效问题像噩梦一样横亘在那里。所谓的控制，是用绩效来控制你。

对控制社会里的大学生而言，你可以经常缺课，你可以不用去图书馆学习，你可以有丰富而自由的校园生活，但是期末你一定要有成绩，一定要达到某个成绩，也就是说，一定要有确切的绩效。而规训社会的方式相反——很多中学依然是以规训的方式来管理的——一个中学生每一天的每一刻都要受到严格的管理，你的身体都要受到严密的监视，你每天都要完成作业甚至考试，也就是说，你每天都被要求取得绩效。绩效是规训的结果。这是规训和控制的一个根本差异。控制社会看上去是自由了，但是，一个总结性的绩效在最终控制着你。而规训是通过对你的身体进行全部且紧张的管理之时，也在时时刻刻创造出你的绩效。

社会需要怪人吗?

《新周刊》2021 年的专访。原题"怪咖知道自己怪,奇葩却不知道自己奇葩"。采访者:赵景宜。

听到"怪咖"、"奇葩"这些词,你首先想到了什么?

怪咖?奇葩?我很少听说这样的词,这好像是年轻人说的网络语言。说实话,我不是很了解这些词的确切意义,尤其是怪咖。奇葩,我大概能明白。不过,怪人,在每个时代都有。或许指的是不合时宜的人?怪咖,应该有各种不同层面、不同意义的"怪"吧。有一些"怪"非常有价值,甚至可以说,有强烈的批判性。这样的怪人,甚至"怪"本身,一直都是文学和哲学关注的对象。"怪"是对规范的偏离,某种意义上也是对规范的质疑和挑衅。正是这种"怪"会让人质问:规范是如何形成的?规范之所以成为规范的机制是什么?规范不正是在奠定自己的建制的时候对偏离它的东西进行压制吗？福柯的老师乔治·康吉莱姆写过一本非常了不起的书，《正常与病态》，讨论的就是这类问题。不过，他更多是从医学和科学规范的角度去讨论什么是正常、什么是病态。福柯受他影响很大。福柯讨论疯子，讨论犯人，讨论各种"声名狼藉者"，讨论各种"不正常的人"。这些人在规范的框架之外，都是所谓的"畸怪"。不过，福柯不是讨论他们的本性如何，不是讨论"畸怪"是什么，而是讨论他们为什么成为这样的"畸怪"、为什么被规范排斥、为什么被各种各样的权力机制所驯服。如果把这个思路放到我们现在讨论的问题上来，那么，对于今天的怪咖而言，我们关注的不是他们到底怎样怪，而是为什么我们认为他们怪、为什么这样一类人是怪咖。这是康吉莱姆和福柯带给我们的启发。

不过，福柯讲的这些人可能还不是你们所说的典型怪咖。也许你们更强调生活方式或个性上的"怪"、不触及法律制度的"怪"。这样的怪咖可能就更普遍了。我瞬间能想起来的是王尔德，他的打扮、举止、言谈都太夸张了。还有本雅明笔下的游荡者，在街头牵着乌龟闲逛的人，跟整个社会格格不入的人。这些怪咖也可以说是社会的"剩余者"，完全溢出了一般的社会节奏和规范的人。当然，还有大量的艺术家，20世纪上半期的先锋派，好像全是怪咖。或许艺术家天生就应该是怪咖。达达主义者、超现实主义者,直至情境主义者,他们就是以颠倒社会习俗规范为要旨的人。在某种意义上,一个艺术家如果不是怪咖,大概就很难成为一个有意思的艺术家。

本雅明谈及的游荡者,背景是现代化大都市的雏形——19世纪的巴黎。街头拾荒者也是从这里来的。我们是否可以说,现代化大都市带来了更多的怪咖?

大都市当然容易激发怪咖的形成。大都市很容易将人的个性抹平。现代社会的分工制度很容易将人吞噬。反抗这种同质化就成为一个重要的动力。"怪",就是一种反抗方式。不过,追求个性化,追求特立独行的"怪",在历史上一直都有,这并不是现代都市的特有产物。古代欧洲的犬儒主义者、中国魏晋时期的名士全是怪咖。中国有隐士传统,隐士大概也能算是怪咖。我有一个艺术家朋友,很多年前,一个人搬到河北一个非常偏僻的乡村住下来,跟谁都不来往。这些人并不是在大都市里的,"怪"和大都市没有直接的关系。现在在大都市,你要做一个怪咖反而很难了。比如,在北京这么大的一个都市里,谁也不会觉得你很特殊,你就是真的很怪,也没有人把你当回事,谁也不会关注一个和自己没有特殊关系的人。

怪咖的反面是什么？

按部就班过日子的芸芸众生吧？

我们可以将怪咖理解为一种异质性吗？

这要看是哪一种怪咖了。我把异质性理解为一种很酷的东西，一种不妥协的对抗性的东西。实际上，我刚才说的这些怪咖是真正对规范进行质疑和挑衅的人。你可以说他们有异质性。这些人不仅仅是性格上古怪。但还有一种单纯的、没什么意义的怪咖，就是拧巴而已，他们甚至都不知道自己拧巴。这些人大概接近你刚才说到的奇葩。我理解的奇葩,更谈不上什么异质性。比如，早年间的网红芙蓉姐姐、凤姐，跟异质性、同质性并没有什么关系。我觉得那只是愚蠢和聪明的问题。有些奇葩就只是愚蠢的表现。怪咖知道自己很怪，奇葩通常不知道自己很奇葩。

快手上的吃播播主算是怪咖或奇葩吗？

他们不是。那是商业表演行为。他们知道自己在干什么。你不能说一个演员演了一个疯子，这个演员就是疯子。

这些播主一离开摄像头,就非常正常了。他们展示的是奇观,而不是"怪"。

你编了福柯的文选《声名狼藉者的生活》。可以介绍一下这个"声名狼藉者"吗?

《声名狼藉者的生活》是福柯给他自己编的一部同名文选所写的序言。那部文选里的文章是从各种各样的犯罪档案中挑选出来的,都很短,几行或几页,寥寥数语就把一个历史上的罪犯的生活勾勒了出来。福柯看了很多这样的档案资料,他把它们编辑成书,然后写了这样一篇序言。这是福柯最抒情也最令人感动的文章之一。你能从中感受到福柯巨大的悲悯和愤慨。福柯对这些在历史上被记录下来的各种各样的罪犯抱有巨大的同情。他们在被审判时确实是声名狼藉者,比如,背教者、杀人狂、奸淫犯,等等。但是,你真的会惊叹他们的命运。这命运不是神来安排的,而是历史诡计的捕捉。这是作为谱系学家的福柯的一个基本观点:所有的怪人或罪犯,我们都不应该抛弃历史去寻找他们的成因。

德勒兹有一次谈起福柯,他猜想,福柯在内心深处就是想做一个声名狼藉者。他不想成为所谓的楷模和典范,不想成为人们口中的伟大哲学家。

听起来,声名狼藉者都是很极端的人。作为普通读者,为什么要关注这些人?

你不觉得这些人是活生生的现实存在吗?他们是我们生活的一部分。每个时代都有所谓的声名狼藉者,当然,与之对立,也有所谓时代的楷模。我们把注意力和光亮过多地放在时代楷模身上了。但是,社会的秘密更多是由这些声名狼藉者揭示出来的。不过,更有意思的是,每个人都可能是一个潜在的声名狼藉者,而每一个声名狼藉者也都可能是潜在的楷模。你看看多少人前一刻在台上光芒四射,后一刻就被万众唾骂。反过来也是一样的。一个声名狼藉者和一个时代楷模之间有一种奇妙的转换机制。这同样是我们的社会里无数秘密中的一个,我们当然应该对它感兴趣。

导演李一凡谈到过,"杀马特"过去一直被城市人恶搞和嘲笑。比起"杀马特"来说,城市的流行文化是一种反击的文化。你怎么看待这一点?

我不大能够理解"杀马特"的确切意思,所以对这个问题我可能真的谈不出什么来。不过,我大致的感觉是,一直有一种流行的乡镇青年文化,这种文化一直在模仿城市青年文化。我小时候就能感觉到这一点,我们武汉乡镇的青年一直在模仿武汉城市青年的文化。流行文化的特征就是模仿。因为乡镇青年模仿得比较慢,是模仿的最后端,他们开始模仿的时候,这种文化在城市中已经过时了。你知道,在流行文化中,最令人不能忍受的就是过时。所以被城市青年嘲笑的,远远不只是乡镇青年中还在流行的"杀马特"。但"杀马特"的情况有点特殊,"杀马特"不是过时的问题,它是一个挪用的问题,它被农村和小镇青年戏剧性地挪用和占领了。它被赋予了全新的意义。这和在城市青年中流行的意义完全不一样。城市青年并不理解它的意义。在我看来,"杀马特"是唯一一个乡镇青年文化击败城市青年文化的例子。城市青年对他们的嘲弄,实际上恰恰是他们一直想主导的流行文化意义的一个失败的表现。乡镇的"杀马特"青年看上去乐观、开朗,他们在愉快地玩一种自己的景观游戏。

至于城市中的流行文化是不是反击的文化,这个太抽象了。你可以说任何一种新的文化的流行都有反击的意味,关键是反击什么。有些流行文化反击的是另一种流行文化。流行文化的种类太多,流行范围差异也很大。在不同的青年群体中可能流行着完全相反的文化。我们年轻时，崔健很流行，香港的"四大天王"也很流行。有激进的流行文化，也有保守的流行文化。在今天，如果非要我找出流行文化的共同特征来，那我只是觉得各种流行文化越来越商业化了。

那具体到你的学生，你觉得你了解他们吗？他们和你年轻的时候差别大吗？从你的角度看，你觉得年轻学生中有怪咖吗？

我现在对学生越来越不了解了。十几年前我带研究生的时候，我和他们年龄相差不大，也没有什么理解上的障碍，我们可以坐在一起轻松地聊天、吃饭。我觉得我能理解他们。现在的学生，或许是年龄的原因吧，我跟他们在一起的时候彼此都有些拘谨，除了一些非常专门化的读书学习之类的必要沟通，我不知道该说些什么。他们大概也不知道该对我说些什么。以前我偶尔会批评学生，但现在不会了。至于年轻学生中有没有怪咖，我接触到的学生基本上都很理性，你甚至可以说，他们都太不怪了，他们目标清晰、规划合理，他们全力避免犯错，他们之中几乎没有你所说的那种异质性的怪咖。我倒是想在学生中找到一些有趣的怪人，但真的很难，现在的年轻人都很实际，实际的人对规范的游戏都了如指掌。

有一种观点是,怪咖在今天变得越来越稀缺了。

资本主义的趋势是制造一个没有畸怪的单面人的合理化社会,但是,这个趋势本身已经很畸怪了。我觉得现在的问题不是作为个体的怪人的问题,而是整个社会本身越来越怪了。一个社会如果没有怪人的话,这个社会不是很怪吗?

格 子

发表于随机波动主编的MOOK《格》,原题"何谓'格子'"。

一个对象物在如下两种情况下会遮蔽我们的目光:它要么是黑暗的,要么是混沌的。而黑夜就是黑暗混沌的完整语义。对于黑色,我们乞怜于光;对于混沌,我们乞怜于格子。我们只有借助光才能获得可见性,只有借助格子才能获得方位感和安全感。我们通过格子来摆置自我、定位自我和认知自我。这也是混沌黑暗的大地上注定要完成的格子和光的游戏。文明就来自格子的确立。农耕文明是格子的第一次大规模伸张。人们在大地上划分出各种各样的格子:在平坦的大地上划分出农田,在山腰划分出梯田,在草原上划分出牧区,这些都是格子。后来人们干脆在一个地方建立起密集的格子区域,也就是城市,城市是格子的疯狂套环和叠加,是格子大全,格子是城市的根基。只有大海和沙漠中没有格子，那些地方只有轮船划过后迅疾消失的破浪和云烟一般起伏的模糊飞沙。森林的情况复杂一些，它由无数树干编织成了错综复杂、令人目眩的格子，但是，树的混杂的地底根须和地面蓬勃丛生的杂草却搅乱和吞没了这些树干组成的格子。这些格子有时还被狂风骤雨临时性地摧毁。在树林中，每一个格子的架构也伴随着它的毁灭。这是植物的盲目无序的编织。而动物活动只有线，只有逃逸线、生成线和战争线，它们被偶然的食物和出其不意的敌人引导来画线，它们不为自己画出一个封闭稳定的格子。只有人会情不自禁地创造各种各样的格子，即便是那些游牧民，他们在奔突的间隙也会临时性地画出自己的格子。

人最初创造的就是这样的地理格子，后来是制度的格子和精神的格子。人是格子动物。人正是凭借这种种格子将自己从自然的混沌统治下摆脱出来的。如果说格子是用来对抗混沌的东西，那么，哲学、科学和艺术就都是一种格物方式，都是对混沌的穿透，都是目标不同的格式技术。就像德勒兹说的那样，它们穿透混沌来分别创造概念、创造功能、创造情感。人们试图在漫无边际的混沌的天穹下撑起一把雨伞。这就是哲学家、科学家和艺术家的工作：明晰的阿波罗总是试图穿透和平衡狂乱的狄奥尼索斯。

人们不仅按照格式的方式来思考、认知和创造,而且,人们建立了各种各样的道德格子,或者说,任何一种道德都是以格子的形式来展示自己的边界、禁区和法则的。人们在不同的历史时期划定不同的有时严酷、有时松动的道德格子。人们还通过格子来生活和治理。韦伯发现的现代科层制就是一个格子的连环锁链,人被严格地限定在一个格子中,他只能在格子中行动,也只能按格子的要求行动,他没有超越格子的额外的视野和能力。而格子总是归属于更高的格子,每个格子都无条件地服从于和受制于另外的格子。科层制是管理的格式化,是管理的机器。管理者置身格子之中,他在狭隘的格子中来完成他的管理功能。他像一台大机器中的一个配件一样来发挥功能。他被高度地规范化和标准化,他在获得效率的同时也被抹去了个性和激情,这种格式化管理最大的悲剧在纳粹大屠杀中达到了极限,它成为一个杀人不眨眼的机器,它冷漠地生产尸体。这是管理的格子。而福柯看到的则是被管理者的格子。每个被管理者都置身格子之中。他们不仅受限于空间的格子,还受限于时间的格子。现代人被严格限定在时空编织的格子之中,他们一生都置身这样的格栅之中。人们在这种无处不在的、遍布于社会肌理的格子中被来回地摆置。这样的格子是监狱的起源，也是监狱的温和版本。规训社会本质上就是一个格栅社会，就是一个遍布各种监狱岛屿的社会。没有格栅就难以规训和治理。

格子不仅可以用来治理，它在另一个意义上还是归属。人们也把格子当作一个私人领域，一个不容外人进入的领地，一个自我定位的安全场所。这甚至可能是格子的起源之一。当卢梭说一个人开始在一个地块上画上几道线，将它封闭起来并宣称这是他的专有领地的时候，也就是说，当大地被人为划分成格子的时候，当人类展开了这场格子游戏的时候，私有制就开始产生了——这种带有疆界的格子总是与私人相关。人们试图将自己作为这个格子内的单一主人。人们占据这个格子的时候也从属和依附于它，他们依附于这个格子的时候也借助这个格子给自己定位。他们试图在这个格子中寻求财物、安全和平静。

这样，人们既用格子/格式来思考，以在混沌中来寻求明晰，也要求拥有和占据一个所属格子，以寻求安全。人们按照道德格子来生活和交往，也用格子来管理，通过理性和充满秩序感的格子来提高效率。最终，格子是人们的认知、定位和行动的规范。或许，我们可以从格子的角度来写一部文化史：人们先是借助格子摆脱了混沌，获得了知识；后来，人们借助格子建立了家庭、城邦和国家；最后，人们在家庭和国家内将格子进行无以复加的细微编织，从而确立现代社会的框架和范式。在某种意义上，我们的文化就是在不断地编织格子和完善格子的过程中搭建起来的。这样的搭建就是从地理格子到思想格子、制度格子的反复叠加：这就是格子的层层套叠。

如今，格子无处不在，格子高度细化，格子严丝合缝，格子如影随形。我们最新的、最普遍的格子类型是在格子中设置格子。格子中的格子。一个城市被分割成很多区域，这些区域被分割成很多街区，每个街区又分割为很多楼群，每个楼群都分割为不同的单元，每个单元最后分割为不同的格子。这是格子的终端，也是终极性的最具可见性的格式：办公大楼中的格子。每个人都被一个透明玻璃格子包围起来。在这个一模一样的格子中，他只需要一台稳定的电脑，他和这台电脑形成一个紧密的装置。而这为这种微观格子的诞生创造了最根本的条件，就像要求多个身体协作的流水线一定会抵制格子一样。电脑创造了我们这个时代最新、最微观和最令人恐怖的格子景观：格子中的人近在咫尺又远在天涯。每个人都被隔离成为一个孤立个体。这个格子大小一样，模式一样，工作机器一样，桌椅一样。它们整齐划一地部署在一个或空旷或促狭的空间中。这个格子中的人被格式化为同质性之物。无数人早晨奔赴的终点和晚上离开的起点就是这样一个细小的格子。这个格子和他的居所形成了他的生活路线的两端。他的白昼就在这细微的格子之间日复一日地流淌。马尔库塞的单面人在这里找到了最清晰、最生动和最具体的形象。

我们创造了格子，我们也通过格子创造了自己，最终，我们成为这样一种格子的产品，我们束缚于这个格子。这就是格子的悖论：当我们借助格子思考的时候，我们会陷入不思的状态；我们借助这个格子寻求安全的时候，我们会陷入不安的状态；我们借助这个格子管理的时候，我们会陷入无能的状态。这就是韦伯指出的这个格式化的资本主义铁笼的效应：这个铁笼中的人既没有心肝，也没有灵魂。这个笼子如此地顽固、如此地紧密，以至于尼采说，现代人犹如关在笼子里面的家畜，即便偶尔泛起了野性冲动，也不再狂暴地撕咬栏杆，而是拼命地撕咬自己。他们不再向外进行能量的狂暴倾泻，而是培育和发展自己软弱的内心深度：内疚。这是一种心灵的自我折磨和自我拷打。这是格子的自我加固。

尼采和韦伯对现代的格栅社会发起了反击。什么是尼采式的重估一切价值？就是要将以格子为根基的价值标准摧毁，就是要将作为束缚和规范的格子摧毁，就是要摧毁格子内在的同一性、均等性和服从性。我们可以在这个意义上来理解现代主义的矛盾性：有一种信奉格子的现代主义，还有一种相反的摧毁格子的现代主义。整个建筑领域的现代主义就是信奉格子的神话。社会管理的格式，无形的管理机器在这里被物质化和具体化了，管理的格子传染和渗透给建筑的格子和城市的格子。这就是包豪斯和柯布西耶的机械化的格式壮举。蒙德里安则一丝不苟地在画布上画出严谨的格子，这些格子通过色彩的跳跃彼此照耀、彼此共振，这是格子的愉快歌唱、大声炫耀；马列维奇玩弄的是一种格子游戏，格子套圆形，在格子中套格子，格子覆盖格子，格子拼贴格子，白格子套黑格子，方格子套斜格子，这是格子的杂耍；保罗·克利好像是要让格子回到儿童手中而使其变得倾斜、不规范和无力；塔特林试图通过雕塑的方式让格子史无前例地旋转，他想让格子运动起来。最后一个伟大的格子画家或许是罗斯科，他不是让格子运动，而是让格子轻微地颤抖——格子以这样摇晃的方式在画面上获得了它最后的不稳形象。格子最后的形象也是它似乎正在瓦解的形象。

但是，现代主义的另一面是对格子的摧毁。这些现代主义艺术家偏向扭曲、混乱和冲动，这是对格式社会的愤怒抵抗。这是从马蒂斯的身体狂舞和蒙克的尖锐叫喊开始的。而毕加索在格子和反格子之间摇晃不定,或者说,他画出了格子,但旋即又拆毁这格子,格子总是露出豁口和破绽。康定斯基将线从格子的模式中解放出来,线奇妙地指向了声音和节奏,而不是图案,更不是格子。抵制格子还有另一种方式,那就是释放奇诡的幻象、黑夜的梦幻和欲望的暴躁,它们让画布上的形象有时候显得谵妄,有时候显得滑稽,有时候又显得伤感,理性和垂直的格子被幻觉和创伤擦除了——这是超现实主义的工作。在贾科梅蒂的像线条一般的瘦削身体和弗洛伊德的圆滚、暴胀、溢出的肥胖身体之后,出现了培根扭曲、破碎、流动的无器官身体,这是所有反格子的结晶。这身体既是格子触目惊心的效应,也是对格子肆无忌惮的诅咒。这不被格栅化的身体和罗斯科的摇晃的格子形成了一个遥远的呼应。前者是对格子的最后一击,后者则以格子的方式宣告了格子的脆弱。现代主义的格子就以两种方式——被摧毁的方式和自毁的方式——在画布上一劳永逸地消失了。

绘画中摧毁格子的是曲线,是梦幻,是谵妄,是激情。而文学呢?文学没有可见的形象格子。文学的格子是写作隐秘的规范法则,这样的规范格式在 17 世纪的三一律中达到了顶点,它的各种变体弥漫在 18、19 世纪的写实主义潮流中。现实主义就是对现实和外物的格式化，它们要模仿世界和整饬世界，它们要将外在的世界转化成严谨的文学格式。而从19世纪开始的现代主义文学则是对这种现实格式化的挣脱：首先是放弃通过语言来格物的文学意愿，马拉美和瓦莱里想恢复语言自身的厚度和神秘，想建立一个自主的带有美学色彩的语言王国；贝克特则是要挣脱语言自身的任何王国，他结结巴巴、语无伦次，试图让语言格子的耐心丧失殆尽；普鲁斯特则以时间的多重分叉和往复回旋来抵制叙事时间的格子秩序，僵硬的格子被抒情的记忆所融化；卡夫卡展示了格子空间的匿名暴力，格子有野蛮而无情的法规，最终必然导致对格子的令人心酸的逃逸；而乔伊斯的意义就在于放弃了一切既定的文学格式，它发明了狂欢的文学反格子。当然，我们也绝不会忘记魔幻现实主义冲破一切文学格子和现实格子之后爆发出来的爽朗大笑。

20世纪的哲学在尼采的感召下也在努力摧毁格子。如果说法国哲学有一个尼采传统的话，那么，这个传统就是要挣脱现代社会的各类格子。巴塔耶像大海浪涛一般翻滚的无休止的僭越，布朗肖孤独的试图穿过层层黑夜的"界外"，德里达释放能指让它们毫无目标地高速滑动的解构，以及德勒兹在无边无际的高原上的坦荡游牧。所有这些都是对格子的无情撕扯。而在尼采的国度，对格子的反击主要来自阿多诺和本雅明，对他们来说，格子不仅带有一种哲学的悲剧，还是一种具体的历史悲剧。在他们这里，格子表现为历史形象。对本雅明来说，格子就是大都市，就是直逼天际的现代高楼；别人眼中辉煌闪耀的资本主义高楼大厦，在本雅明看来不过是令人失望的越堆越高的碎片废墟。对阿多诺来说，格子就是犹太人的登记表格，就是麻木的屠杀机器，就是沉默无声的布满铁丝网的集中营。在经历了启蒙运动的重塑之后，在 20 世纪，格子的功能和效应抵达了它的顶点：它堆砌了无以计数的高楼，也埋下了无以计数的尸骨。

人有不去做的潜能

《南方人物周刊》2017年的专访。采访者：蒯乐昊。

今年印象最深刻的一件事情是什么？你最大的收获或遗憾是什么？

感觉每天都在发生各种各样的事情。我记得西美尔在上个世纪初期就表达过类似的意思，大都市的事件层出不穷，以至于城市人不得不发展出一套冷漠而麻木的感官机器以应对意外事件的打击。我真的感觉有些麻木了。你还未从这个事件当中醒过来，另一个事件就扑面而来。例外状态不折不扣地成为常态了。如果非要让我说一件印象深刻的事的话，我想聊聊这件事：我一个朋友的孩子，我认识她，非常健康，因为成绩不太好，按照学校规范，从实验班调整到普通班。这个孩子非常喜欢原先的这个班集体，她喜欢班上的老师和同学。得知自己被调整到普通班之后，她把自己关在房间里痛哭了一天——你可以想象她和她的父母多么心碎。不久之后，他的父亲不得不带她去看心理医生，最后被迫送她出国读书。她本来在一个她感到融洽的共同体中，仅仅因为她不会做几道题，就没有资格待在这里，就被排斥出这个共同体。资格确定和排斥，人类这一古老的恶习，在世界各地，在不同的国家、地区、城市，乃至一个小小的班集体里，都在重演。存在着各种理由、各种类型的排斥和驱逐。福柯曾经对此做过详尽的探讨。那些被排斥的人，用阿甘本的说法，都是今天的 homo sacer，都是得不到保护的赤裸生命。

至于我，我没有什么收获，或者更恰当地说，没有什么值得一提的事情。我也没有什么特殊的期待——我已经很久不抱任何期待了——因此也就没有什么可遗憾的。

近二十年来，抑郁症正在成为全球性的精神疾病，甚至在学术领域也是如此。人文学者在寻求新知识和新思想的征途上几乎充满了无力感，人文学者（尤其在中国）越来越多地成为解释者、传播者，而非创造者。我们似乎失去了对宏大命题的把握，跌入了碎片化的泥潭，旧有的知识体系逐渐失去了参照意义。你有类似的感觉吗？我们与之对抗的方法是什么？

自从福柯、德勒兹和德里达一辈在二三十年前去世之后，确实还没有出现新的大思想家和哲学家。这当然有各种各样显而易见的原因。每个人都知道，在整个世界范围内，人都在变成经济动物，人文科学在衰退，人文知识分子的地位在下降，思想竞争在减弱，对此感兴趣的年轻人在减少；而大学也越来越商业化和公司化，它是以经济的目光来看待和衡量人文科学研究的，这是对人文科学的扭曲和异化。所有这一切，都动摇了人文科学研究的根基——这是知识分子感到创造力匮乏并因这种匮乏而抑郁的原因之一。但这不是全部。大思想家的出现有时候需要机缘，他的产生有时候并不需要理由。有时候在看上去不可能的条件下，也会成批成批地突然产生大思想家。如果是这样的话，我们只能等待一个非常的时机了。

另外，人文科学知识实际上很难通过新旧来区分。新的思想、新的知识都是通过对前人的思想的重读来展开的。伟大的思想总是有强烈的预示性。哪怕康德没有看到今天的形形色色的驱逐，但是，他早就说过了，人类应该有权利在地球上任何一个地方居住。福柯的时代尚未出现监视器，但是，他强烈地肯定，现代社会就是一个监视社会，每个人都处在全天候的监视中。

旧有的知识体系很难说失去了参照，它在等待着今天的人带着今天的现实问题去重读。而正是在这个重读的过程中，一种新的知识诞生了。我不相信有所谓完全与过去没有连续性的全新人文科学知识。

这些年，我们留意到你越来越多介入当代艺术，以当代艺术作为解读文化和传播思想的表征和切口，为什么会做这样的选择？

我在 1990 年代中期就开始和艺术家来往了。我虽然在大学中，但我自己觉得我的性情并不适合大学。我觉得跟艺术家在一起让我感到更自在。因此，很明显，介入当代艺术有友谊的原因。当然，也有知识兴趣的原因——这一点我的感受越来越明显。当代艺术提出了各种各样古怪的问题，有些问题很无聊，但有些问题非常有意思。艺术家和知识分子的差异在于，他们不体系化，没有固定模式和知识束缚，依赖感性和直觉。虽然有浅白的一面，但是也有敏锐的一面。因为不受体制的约束，在行动、实践、语言、想象力和对现时的啃噬方面，艺术家比知识分子更有活力。

我们所处的文明阶段，最大的考验和危机是什么？

人类在每个时期都有自己的危机意识。而最大的危机，当然是人的生存危机和安全危机。也就是说，人们总是在操心如何能够回避各种危险而生存下来。一直以来，人就面临着被他人杀死的危机。这个危机在今天依然存在。人类总是在制造敌人，总是在想象杀死敌人以求自保。从霍布斯到卡尔·施密特，都在强调这一点。对今天而言，杀人的技术在飞速发展，人类投入太大的精力和智力去研究杀人的武器了，就像投入同样多的精力和智力去研究救命的医药一样。只要不放弃将他人视为敌人这样一个观点，人类在这个武器竞赛中就不会停下脚步。这是文明的一个长期危机。除了人杀人，今天还面临着另一种可能的杀人形式，这就是技术杀人——很多人担心人工智能最终会超出人的控制：如果不受人的控制，它们是否会反过来杀人？还有第三种人的生存危机，就是地球的危机——地球并不会主动地去杀人，但是，人类在地球上的剧烈活动可能从根本上改变地球的性质，进而使得地球无法提供给人类合适的生存空间。现在很多人都在谈论"人类纪"，也就是说，地球现在进入了一个受到人类活动影响的新纪元。我觉得这些危机都来自人的潜能的充分实现。人是充满潜能的动物。亚里士多德讲到了两种潜能。一种是通过学习将自己隐蔽的、尚未发挥的潜能激发出来，让它现实化。这种潜能就是今天人类危机的根源：太多的技术，太多的能力，太多的现实化，以至于充分实现潜能的人类可能会毁掉自身。还有另一种潜能，即有能力但不去实施的潜能，也就是说，不去做的潜能。就像赫尔曼·梅尔维尔的小说主人公抄写员巴特比那样：我能做，但宁可不做。我有能力，但我不去造核武器，我不去搞人工智能，我不去开垦地球。我让潜能一直保持着潜能的状态，让潜能非现实化。巴特比这种"不去做"的潜能是倦怠的表现。也许，人类今天的根本问题就是缺乏倦怠。

技术末世论

2023 年 5 月 27 日，三联中读六周年知识大会上的讲演。

我要谈谈人类正面临着的两个迫在眉睫的危机。首先是地球本身的危机。它最具体、最切近的表现是气候变暖。如果再不进行有效干预的话，地球可能在不久的将来就不适合人类居住了——关于这个将来的时间，从几十年到一两百年，有各种各样的说法。但如果不采取行动来控制气候变暖的话，这个临界点肯定会到来。

另一个危机是人类本身的危机。它的表现是人工智能可能会超过人的智能，从而对人形成压倒性的控制。人工智能或许会导致对人的真正奴役，也有可能彻底消灭人类——这点并不像气候变暖那样确定无疑，但是，谁也不能完全否定这一可能性。正是这两个危机导致了新的充满悲观色彩的末世论。当然，还有战争的危机。不过，人们不太相信地球上的所有人真的愿意通过武器互相屠杀、同归于尽——尽管局部的屠杀从未从地球上消失。

关于第一个问题,也就是地球危机的问题,或许可以追溯到 17 世纪。那个时候人们对大地或自然产生了一个新的观念:自然可能是一个僵死的毫无灵魂的机器。在此之前,人们认为地球可能蕴含着神明、灵魂、魔法或人格。而一旦将地球视为一个机器,人们就会将它和人对立起来,将它视为人的一个异己之物,这是主客体分离的一个决定性时刻。笛卡尔的理性主义肯定和证实了这一点。人和自然分离,"我"从自然中突出出来,"我"就占有了一个特出的位置,"我"因此和世界万物对立起来。这也是现代主体哲学的奠基过程,也是人类中心主义的发轫。在此,万事万物都要参照"我"来获得说明和认知,万事万物本质上是"我"的客体和他者。按照海德格尔的说法,自然和大地成为"我"的对象、"我"的观看图像,世界变成了"我"的图像世界,"我"是在自然面前和自然保持距离的一个观察者和研究者。这是探究自然的哲学前提。

同样是在 17 世纪,数学和物理学开始兴盛,这使得人有能力对自然进行计算和测绘,能够把握和控制自然。计算关系成为人和自然最重要的关系。自然不仅被对象化了,还被计算化了。随后,实验仪器和技术工具的发明和运用使得人们可以对自然进行开垦和征服，这是物质意义上的开垦和征服。这就是对自然的分离、计算和开掘的三个过程，它们几乎是同时出现的三位一体。这就是17世纪面对自然的新观念和新态度：笛卡尔主体哲学的诞生（人和自然的脱离、对立），数学和物理学的兴盛（人对自然的计算和测绘），以及实验仪器（技术工具）的运用（针对自然的开采技术）。它们构成了18世纪启蒙运动的重要环节。启蒙的核心就是祛魅，既抹去上帝和权威的神圣性，也抹去自然的神圣性，这样就可以对自然进行征服和利用，而这种征服和利用是无止境的。这也就是欧洲从17世纪开始逐渐完善和笃信的文化系统和观念系统。人从此栖身于这个系统中并被它控制。这也是海德格尔所说的座架，一个总体性的现代性座架，一个由主体—科学—技术组装而成的对大地的宰制框架。

经过18世纪康德理性哲学的推进和19世纪的工业革命的扩张，这个框架变得牢不可破。直到今天，技术以加速的方式进展，人们对大地的开垦也越来越激烈，以至于地球难以承受这样的开掘方式，这导致的最明显的后果就是气候变暖。这就是人类面临的第一个危机：地球的危机导致人的危机。

第二个危机是人类本身的危机。人工智能是否会对人类构成威胁还存在争议，我不是这方面的专家，但是我们可以看看一百年前的法国哲学家柏格森的哲学对这个问题的隐含看法。柏格森的生命哲学提出了一个重要的概念：生命冲动或生命冲力。生命冲动是生命的起源，它跟能量有关。它"就是一种使生命得以发展的内在冲动，其形式越来越复杂，其最终目标越来越高"[1]。柏格森强调生命冲力会导致新的更高级的生命的不断出现。从最原始的无机物到有机物、到植物、到动物，一直到人，都是这同一种生命冲力的结果，这种生命冲力总是冲破既定的障碍而产生新的生命。

我们可以将这种不断产生新的生命的进程视为一种进化。但如何进化呢？进化的表现形式就是分化。柏格森说："生命从起源开始，就是同一个冲动的延续，它分成了各种不同的进化路线。"[2] 具体地说，生命冲动发展和创造到某一个状态，就会出现障碍。而要突破障碍，这种冲动就只能爆炸和分化，只有经过爆炸式的分化，才能继续发展。就像一阵大风吹过来，碰到了一堵墙，它就会分散：有一股风停下来，还有另一股风会向墙的边缘散碎、分化，进而才能继续向前流动。这散碎、分化的风（冲动）产生了另一种生命。具体地说，在整个

---

[1] 亨利·柏格森，《创造进化论》，肖聿译，北京：华夏出版社，1999年，第91页。

[2] 同上，第49页。

进化过程中,它们也在不断地分化:无机物和植物的分化,植物和动物的分化,动物内部的分化,脊椎动物和节肢动物的分化,以及,最后,人和脊椎动物的分化。理性的人就是通过和脊椎动物的分化而诞生的。

柏格森认为,这种生命冲力是没有尽头、没有目的的,这就是生命永恒的绵延。如果是这样,人就不会是生命的终点,生命冲动还会冲破人这一障碍。这也就意味着还有一种更高级进化的生命会和人分化,会冲破人的智能这一障碍——或许人工智能就是这一新的生命。它似乎正在和人的智能发生分化,就像人和脊椎动物发生分化那样。如果是这样的话,那人工智能就一定会征服人的智能,就像人一定会征服动物一样。

我们也可以从黑格尔著名的主奴辩证法来讨论人工智能和人的关系。人工智能开始是作为人的工具、手段而被发明的,也可以说,它是作为人的奴隶而被人来发明和使用的。人开始作为主人培训它,它学习了主人教给它的一切,它帮助人这样的主人完成了一切,它逐渐地胜任一切工作,它比主人更好地完成工作,主人则每天躺着睡觉,无所事事,主人在呼呼大睡中变得越来越愚蠢——主人失去了记忆、知识和潜能。看上去是主人在支配奴隶,但是,很快主人就发现,他无法离开这奴隶,他什么也不会,他的一切都要依靠奴隶，他不得不依靠奴隶。他最后被奴隶支配，奴隶比他更聪明，奴隶最后获得了主人的位置，而主人则变成了奴隶。人工智能和人的关系就符合黑格尔这样的主奴关系的辩证颠倒。在此，人变成了人工智能的奴隶，人无能为力，人空空如也，人最终会被他的潜能外化出来的人工智能所奴役。他不是19世纪大机器时代的资本家的奴隶——马尔库塞分析的是操作机器的工人变成了机器所有者资本家的奴隶，大机器技术使得他们具有奴隶的特征，他们从根本上是另一个阶级的奴隶。而将来，整个人类，将自身的潜能最终现实化的人类，都会变成奴隶，变成人工智能的奴隶，而且可能是会被彻底灭绝的奴隶。

这就是新的"人之死"。从上个世纪中期开始，就不断有人宣称"人之死"。一种是福柯意义上的"人之死"，作为主体性和能动性的"人之死"，积极的充满活力的"人之死"，他死于一个系统性的压抑的结构主义潮流。这是传统的有关人的观念死掉了，传统的人文学科对人的想象和建构死掉了，康德发明出来的人类学死掉了。在此，死去的不是真切的人，而是关于人的观点，是人类中心主义所持的观点。另一种是地球的毁灭导致的人之死，这是现实意义上的"人之死"。最后是人工智能可能导致的"人之死"。后两种不是人类中心主义的死亡，而是人本身的死亡。按照斯蒂格勒的说法，是技术促使人诞生了，技术促使人成为人，没有最初的技术，人们不可能存活下来。而现在，似乎技术也会让人死亡，技术可能使人终结。如果说欧洲曾经有过一个宗教意义上的末世论的话，那么，今天还可能存在一个由技术导致的现实化的末世论。

现在，这两种趋势正在同时发生。一方面，人类的智力都在拼命地寻找药物拯救人，基因技术吸引了大量的资金投入，它们的目标是让人不死、让人永活，在此刻，对药物和疫苗的研发是人类最紧要的技术取向，这就是让人活下来的技术意志。但是在另一方面，人类的智能还在被充分调动起来去发明杀人的武器，人们竭尽全力地去寻找有效地杀人的技术，人们已经发明了能迅速地消除整个地球人口的核武器。越是技术发达的国家，越是讽刺性地同时致力于救人和杀人的技术。这就是技术的两个相反的发展趋势：一方面是杀人，一方面是救人。这两种技术的追求从根本上来说还是来自霍布斯的战争原理和福柯的生命政治：人们想要让自己永活，就要有效地杀死对手和敌人——这是人类对技术的运用最诡异和最不可理喻的结局。这也是药物的技术和武器的技术的结合最令人震惊的事实：战场上的士兵一边拿着枪、一边拿着药。

无论是大地的危机，还是人工智能带来的危机，都是技术导致的。我们怎样思考技术呢？人和动物的差异就在于人是有技术的动物，动物没有技术。技术是人特有的能力。但技术又是什么呢？技术实际上是人的潜能的外化。人的潜能的现实化就体现在产品和技术方面。人和动物的差异就在于人有潜能，而动物没有。正是因为人有这种潜能，人的历史就是不断地实现自己潜能的历史。一旦潜能转化为现实，它马上就会产生一个新的潜能。它需要继续实现，继续转化为现实，因此，任何一个潜能的现实化都不是一个最终完成的现实，它还是新的潜能，它还需要进一步转化为现实，也就是说，技术还会进一步发生变革。人就是一个不停息的潜能化过程，也是一个不停地技术化的过程——这也就是人的历史。

我们甚至会发现，技术总是会升级，总是会进步，必定会进步，总是能够解决问题。人们有一种技术信念，这实际上意味着人相信自己有无穷无尽的潜能。人们总是相信能够攻克技术难关。人总是能找到各种药物来治疗疾病，总是能够发明更新式、最新式的武器去杀人。这既是一个信念，也是一个经验。我们可以从这个角度来理解现代人，即现代人就是潜能不停地现实化到一个特定阶段的人，也就是现代技术的实现和应用阶段的人。但是，这样的现代人的潜能和现代技术的潜能都会到达一个临界点。也就是说，技术可以轻易地毁灭人类。

我们如何来面对这样的危机呢？我们可以返回到亚里士多德的潜能的概念。亚里士多德那里有两个意义上的潜能，一个是去实现的潜能，一个是有潜能但不去实施的潜能，即不做、不实施的潜能，让潜能保持潜能的状态。也就是说，存在着两种潜能，即有能力去做、去实施的潜能和有能力但不去做的潜能。一个音乐家有弹奏的能力，他可以去弹奏，也可以不去弹奏；他弹奏，是去实现他的潜能；他不弹奏，是不去做、不去实现、不去行动的潜能。也就是说，我能做，但是我不去做。就此，潜能是两面性的：去做的潜能，存在的潜能；不去做的潜能，非存在的潜能——它们是一体两面。

虽然对于亚里士多德而言，潜能总是应该现实化的，现实是潜能的目标。他更看重的是去实现的潜能，去现实化的潜能。潜能之所以重要，就在于它可以现实化。如果潜能不实现，它就没有什么意义。现实化是潜能该有的命运和目标。但这里的问题是，潜能一旦现实化了，潜能也就被耗尽了，潜能也就不存在了。因此，潜能如果要保存的话，潜能如果还要维持的话，就应该非现实化，就应该让潜能保存自身和维护自身，也就是说，让潜能不去做、不去实施、不去行动。这就是非潜能。"如果潜能永远只是做或者是某事物的潜能的话,那么,我们就不会经验到它本身了"[1],正是在这个意义上,阿甘本说,人类潜能的伟大就在于,它首先是不行动的潜能、不现实化的潜能。让潜能保持一个隐蔽和黑暗的状态。让潜能不现身。也就是说,非潜能不是"不能",而是"能不","能不"就是不付诸行动的潜能,是有能力做但不去做的潜能。

对阿甘本来说,这种"不实现的潜能,才是真正的潜能"[2]。阿甘本正是在亚里士多德不太重视的非潜能的地方起步的。对他来说,在潜能的双重结构中,不做的潜能、非潜能才是决定性的。非潜能更具有始源性。为什么非潜能是始源性的呢?为什么非潜能是真正的潜能?或者说,除了它们都属于潜能,是潜能的一体两面,我们还能如何理解这两种潜能的关系?在阿甘本的著作中,他遵循亚里士多德的说法,说潜能是有颜色的,更准确地说,丧失的潜能、不做的潜能是黑色的,也可以反过来说,"黑暗的本质就是潜能":"如果光像他在其后补充的那样,是活动中的透明的颜色,那么他将黑暗,作为光的丧失,定义为潜能的颜色,就不为错。不管怎样,正是这唯一且同一的性质,一会儿呈现为

---

[1] 吉奥乔·阿甘本,《潜能》,王立秋、严和来等译,沙明校,桂林:漓江出版社,2014年,第447页。
[2] 同上,第304页。

黑暗，一会儿呈现为光亮。"[1] 黑暗不是没有颜色，黑暗本身就是一种颜色，只不过是没有显示出来的颜色。

这正是潜能的特征：潜能不是没有这个能力，它本身就是一种能力，存在一种能力，只不过这种能力没有实施出来而已。也可以说，潜能是黑色的，黑暗的本质是潜能，这就意味着这黑色没有敞开、没有照亮、没有澄明，在这个意义上，它就是遮蔽的、就是闭锁的——如果没有它的不做的潜能（黑色的闭锁），做的潜能（澄明的敞开）就不可能。我们也可以说，大地具有潜能，具有潜能的两面性：闭锁和敞开。闭锁就是大地的泰然任之，就是它的不为所动，就是它的不敞开、不现实化、不实施；反过来，敞开就是现实化，就是照亮，就是完成，就是实现。这种敞开和闭锁相互依赖又相互对立，这就是世界和大地的相互依赖和相互对立，也就是一种亲密的争执。闭锁和敞开，这是大地的潜能的两面。一个是不作为的潜能，一个是去作为的潜能。大地的不作为的潜能，大地的闭锁和隐藏，大地的遮蔽，就意味着大地是黑色的；大地的敞开和澄明，就意味着大地是白色的，就是澄明的世界。而真正的潜能就是大地的闭锁、大地的泰然任之，就是大地的黑暗，就是这黑色的潜能，这也是决定性的和始源性的潜能。大地的封闭黑色就是潜能的一般颜

---

[1] 吉奥乔·阿甘本，《潜能》，王立秋、严和来等译，沙明校，桂林：漓江出版社，2014年，第296页。

色。大地体现了潜能的始源性，体现了不去做、不去行动的潜能。大地的澄明，大地打开后的世界，就是显现和实现的潜能，就是白色的潜能。

我们可以用老子的说法做出同样的回应：知其白，守其黑，为天下式。白是显现的、可见可知的，而黑是不可见的，后者更加保守、更需要保守。只有保守住这不可见的黑，只有保持黑，保持无，保持不可见性，保持潜能的不，才会带来可见的白，才能显现。也就是说，只有不做，只有遮蔽，才可能做，才可能打开，才可能显现。这是一个"天下式"，一个一般规律，一个普遍本体论。这也就是我们说的"无为而无不为"：只有先不做，才可能做一切；只有先不动，才可以自由地活动；只有先隐藏，才可以自由地显现和打开。这也就是"大音希声，大象无形"：最大的声音是沉默，最大的形象是隐藏。

但是，今天的人已经遗忘了这后一种潜能。人们在自由竞争和自由市场的观念下纷纷去发挥做的潜能。正是潜能的加速度催发、导致了地球被过度开垦、人工智能被过度运用，进而导致了人类的危机。或许，今天最迫切的任务不是去开发潜能，不是将潜能最大化地实施，而是唤醒那种不去做的潜能，唤醒那种更始源的潜能：让潜能维系在纯粹的潜能状态，让潜能保持黑色的状态。

ChatGPT 的互文性、生成和异化

法国哲学家朱丽娅·克里斯蒂娃和罗兰·巴特很早就提出过互文性的概念。互文性在文学理论中是一个有点过时的概念,但 ChatGPT 激活了它。所谓的互文性,指的是任何一种写作都是对既有文本的编织和援引,都是从既有文本的汪洋大海中援引一些片段。克里斯蒂娃说:"每一个语词(文本)都是语词与语词(文本与文本)的交汇,人们至少可以从中读出一个其他的语词(其他的文本)来……任何文本的建构都是引语的镶嵌组合;任何文本都是对其他文本的吸收和转化。因此,互文性的概念取代了主体间性的概念……"[1] 另一个法国理论家安托万·孔帕尼翁说:"只要写作是将分离和间断的要素转化为连续一致的整体,写作也就是复写。复写,也就是从处理材料到完成一篇文本,就是将材料整理和组织起来,连接和过渡现有的要素。

---

[1] 转引自王瑾,《互文性》,桂林:广西师范大学出版社,2005 年,第 27-28 页。

所有的写作都是拼贴加注解,引用加评论。"[1]

正是基于写作的这种援引性和编织性,罗兰·巴特提出了作者之死。他说,写作就是创始源头的毁灭,声音的毁灭。写作是一种否定,它否定了写作者的身体,否定了基于写作者而建立的同一性。这也就意味着,这样从文本的汪洋大海中来编织的写作,就没有独创性的作者了。写作是一个中性的空间,作者从这个空间中被剔除了。"在这个空间中,多种写作相互结合,相互争执,但没有一种是原始写作:文本是由各种引证组成的编织物,它们来自文化的成千上万个源点。……作家只能模仿一种总是在前的但又从不是初始的动作;他唯一的能力是混合各种写作。……书本本身也仅仅是一种符号织物、是一种迷茫而又无限远隔的模仿。"[2]

在某种意义上,ChatGPT 就是这样一种编织和援引,它是互文性理论的最终实现,它也没有独创性的起源作者。只不过,罗兰·巴特等人的援引规模和能力要小得多,无论他们多么博览群书,他们的文本来源还

---

[1] 转引自段慧敏,《作为创作技法和阅读手法的互文性》,见《国外理论动态》,2010 年第 3 期,第 91 页。
[2] 罗兰·巴特,《罗兰·巴特随笔选》,怀宇译,天津:百花文艺出版社,2005 年,第 299-300 页。

是有限的。他们编织的方式是用卡片记录各种已有的印刷文字，他们借助堆积如山的卡片来写作。他们力所能及地在书本上爬梳、整理和归纳。罗兰·巴特这样的互文性理想通过 ChatGPT 实现了——可惜他在半个世纪之前想象不到这一刻的来临，就像我们也无法想象半个世纪后会出现什么一样。ChatGPT 前所未有地将无限的文本数据作为自己的写作素材来编织。它编织文本的能力无限地放大。不过，ChatGPT 跟互文性理论也有不同之处。互文性实际上是一个开放的视野，互文性强调文本在援引的过程中不停地繁殖，不停地扩大文本的边界，不断地扩散，甚至不断出人意料地组合，它是一个后结构主义意义上的文本活动，这种繁殖的多样性是不断扩充意义的边界，甚至可能是对意义的消解，或者说它试图创造一种全新的意义。ChatGPT 则相反，虽然它也在汪洋大海一般的文本中进行编织，但这种编织是一种结构化的活动，是一种抽象和概括。它在纷繁的文本中寻找一个笼统性的、普遍化的结构和脉络，它找到的是最抽象、最一般和最均平化的意义，它要确定意义，而不是消解意义。ChatGPT 不是基于问题的正确与错误来回答和写作的，而是基于数据统计概率的高低来回答和写作的（它的写作生成取决于字符之间的组合概率，它的写作是模型计算，而不是意义的链条推理——它并不清楚这些文字组合的意义）。它的回答和写作的根基不是真理，而是概率；不是个性，而是普遍性。这是一个典型的结构主义活动，它相信真实或真理只潜藏在共性和普遍性之中。这是一种均平化的写作，它的语言、它的逻辑、它的观点都是一种均平化的普遍抽象。可以想象，这样做的代价是抹掉细节、个性和特异性。它也是一种同质化的无情的暴力写作，它以追求客观之名最大限度地排斥异质性。这是彻头彻尾的标准化写作，清晰流畅，准确无误，不会出现令人震惊不已的句子，它甚至也没有令人捧腹大笑或令人绝望痛苦的句子。它经常出现事实错误，但不会出现语法错误。它经常创造新的内容，但很少创造新的观点。所有这些都是建立在它对既往文本的编织的基础上的——它对既往文本的编织不是一种充满想象力的创造，而只是一种数据化的有规律的编码计算——这就是它和互文性理论的差异：它是压缩和抽象式的编织，是试图将意义结晶化的编织，而非像互文性理论那样是试图创造或扩充意义的编织。也正是因此，ChatGPT擅长回溯和统计性的写作、归纳和总结性的写作，它不擅长面向未知的写作和充满创造性的写作。

尽管ChatGPT的回答是一种结构主义思维，但是，材料数据是不断变化、不断生成的——每天都有大量的新数据在上传——因此，每一次这样抽象的结果和意义也在不断发生变化。在这个意义上，即便是同一个问题，ChatGPT 生产的答案和文本也会是无穷无尽的，没有一个终极的文本答案。这种开放式的回答就意味着它永恒的生成性。在 ChatGPT 刚开始的阶段，它的知识数据来源是无数的个别人类作者所撰写的。但是，随着它的大规模运用，会出现无数由 ChatGPT 生产出来的文本，人们会将这样的智能机器生产的文本继续上传到互联网上，它们又作为新的文本数据和材料被 ChatGPT 所捕获和追踪，被它纳入计算程序，这样又生产出新的知识和文本，ChatGPT 生产的知识就会这样无限循环、生产和散布。这样的无数链条紧密编织而成的人工智能知识，就会弥漫在所有领域，会挤满绝大多数的数据库。一旦 ChatGPT 被大规模地普遍运用，很可能有一天我们绝大部分知识和写作都是由 ChatGPT 生产出来的，这种机器生产的知识，这种没有作者的知识，开始不停地自我增殖——或许终有一天会出现没有人的知识，人被排除在知识生产之外。人只是一个单纯的人工智能知识的接受者和承受者。ChatGPT 不再是人的中介和手段，而是相反，人是 ChatGPT 的中介和手段。

这样的 ChatGPT 也因此开始喂养人。在这个意义上，人是跟着人工智能来学习的。如果人跟着智能机器学习，就会像智能机器那样思考，就会以机器的思考为样板，人的大脑就会模仿机器的大脑。马克思和卢卡奇都已经发现，在大工业生产时代，人的身体在流水线上不得不配合机器的身体，人的手成为机器的一个身体配件。现在可能的情况是，人的思维会配合智能机器的思维，人的大脑不得不服从智能机器大脑，而成为 ChatGPT 的一个配件。人的身体曾经被机器身体所统治，现在，人的大脑可能会被 ChatGPT 所统治。人脑就仿照着 ChatGPT 来活动。更重要的是，ChatGPT 有自己的一套稳定的语言模式和表述模式，它会成为标准化的模式——事实上，它就是从各种充满个性的语言中高度地抽象化而成的。这是一种毫无风格的规范语言。人的语言系统和表述系统可能会仿照它的语言系统。人的语言也可能会越来越规范化和模式化——模式化的语言行为就可能是模式化的大脑行为。人可能通过语言统治的方式被这样的智能机器所统治，就像他们在车间中的身体曾经被机器的齿轮所统治一样。

这样，人可能就是一个不思的动物。人不是一个积极的动物。福柯在 1960 年代曾预言过"人之死"。所谓的"人之死"，指的是 18、19 世纪欧洲启蒙思想和启蒙哲学建立起来的关于人的知识和人的科学在结构主义的冲击下开始死亡了，也就是说，一种康德意义上的主宰性的主体概念死亡了，一种类似于萨特那样的自我选择的主体概念死亡了。这是福柯意义上的"人之死"——这种"人之死"来自现代社会无所不在的系统性结构的隐秘支配。但这并不是说人本身死亡了。人本身没有死亡，只是不能主动地行动了。人的这次死亡是以人的被动性为标志的。人工智能或许会引发另外一次"人之死"，而这次"人之死"是以人的愚蠢为标志的，就像斯蒂格勒说的那样，智能机器会导致人的记忆的丧失，人的主动思考的丧失，人的系统性愚蠢。很可能，人不仅仅是不能主动选择的存在，还将是不再思考的存在。人就是阿伦特意义上的不积极思考的动物——人不仅仅将记忆交给了人工智能，还将学习、思考交给了人工智能。总有一天，人会将语言交给人工智能。如果说人工智能曾经是为人服务的奴仆，那么，总有一天会发生黑格尔意义上的主奴关系的辩证逆转：人工智能会成为我们的主人。

Part 4

我的巴黎行

2006年笔者应法国外交部书籍处邀请,到巴黎访问当代法国哲学家。本文是此次访问项目的记录。

巴黎还有知识界吗?这是达尼埃尔·德菲尔(Daniel Defert)和弗朗索瓦·埃瓦尔德(François Ewald)共同的疑问。当我请他们对今天的法国知识界同二十年前的法国知识界进行一番比较的时候,他们几乎都是这样作答的。德菲尔的态度稍稍温和些,他的意思是,时代发生了变化,知识分子的学术训练和论争都不同于福柯那一代人了,现在的知识分子更加职业化、更加学院化,但也更加封闭了。即便是知识分子辩论,也更多是被媒体所操纵的,而不是来自知识分子的内在冲动。

德菲尔和埃瓦尔德是最接近福柯的人,前者是福柯多年的同性伴侣,后者是福柯在法兰西公学院的助手。

世人对福柯的了解大概很少有能超过他们的。他们参加了福柯组织的诸多政治活动和学术活动。尤其是德菲尔,正是在他的倡议下,福柯同他一道成立了著名的监狱信息小组。福柯去世后,他们整理福柯的作品,包括福柯在法兰西公学院的讲稿(中文版也正在陆续推出)。但是,如今,他们的政治取向完全不同,德菲尔说:"我是福柯左派,埃瓦尔德是福柯右派。"

德菲尔先生如今辞职了,居住在当年同福柯一起生活的房子里。当德菲尔开门让我进去的时候,一种强烈的好奇心就攫住了我:这是福柯生前居住的房子吗?德菲尔大概看出了我的意思,还未等我开口,就主动告诉我,这就是福柯生前的居所——尽管有一些心理上的准备,但我还是泛起了一些激动(我早就过了容易激动的年龄了)。福柯,就曾在这里生活吗?那些不朽的著作就是在这里写出来的吗?没错,德菲尔指着屋子里的家具告诉我,这张桌子是福柯在瑞典写疯癫史的桌子,另一张桌子是福柯写《规训与惩罚》的桌子,如今改成卧室的地方是福柯以前写作和工作的地方,这个客厅是当年知识分子政治聚会的客厅。他慢慢地向我介绍着,我在书本上所了解到的三十年前的巴黎风起云涌的智识画面,现在,居然有些不可思议地成为一个具体的、活生生的现实。

德菲尔先生非常亲切，这是一种自然的亲切，令人感到舒服。而且，他细心、周到，更重要的是，友善。他尽量地满足我（一个来自遥远国家的人）的要求，允许我们拍照，拿出福柯的少见的照片给我们看（有两张"巅峰时刻"的照片让我过目不忘，一张是面对警察机器的，另一张是正在"享用快感"的），让我们浏览福柯的书架（我在书架上看到了多卷本的巴塔耶文集和康德文集，一张贝克特的照片，一张被多次印刷的福柯自己的照片，还有一张女性的照片——可能是福柯的母亲）。

德菲尔先生年轻时候是激进毛派，1975年来过北大。他现在在整理福柯的著作，而且对福柯著作的翻译情况也非常熟悉，他了解上海人民出版社出版的福柯的法兰西公学院讲稿。在他的桌上，福柯的两大卷《言与文》（这本书好几年前就被翻译成了中文，但迟迟未见出版）被翻旧了，这是福柯文章的结集，是按照发表时间而非写作时间来编排的。德菲尔认为这本书非常重要，是福柯的思想自传，可以作为福柯思想的重要参考。

尽管有点迟疑，但我还是有些冒失地问了他和福柯之间的私人情感问题。"我从不跟传记作者谈福柯的个人生活，但你来自那么远的一个国家，我可以跟你讲讲我和福柯的关系。"他是1961年通过里昂高师的一位教授认识福柯的。那时，他刚到巴黎一周，而福柯也刚于一周前从国外回到巴黎。那时，福柯尚未成名。在他们一起度过的第一个晚上，罗兰·巴特和另一个人也在场。为什么会迷恋福柯？他说有三个原因。首先，他们的哲学兴趣有共同之处，他们都对现象学的统治地位不满，而那时，福柯恰恰超越了现象学，福柯的研究兴趣和方式都是处在当时强大的现象学传统之外的。而在政治立场上，他们也情投意合，福柯是左派，德菲尔是毛派，他们都反对阿尔及利亚战争。德菲尔当时还是反战的学生代表，十分激进，福柯也曾短暂地加入法共。相对于德菲尔而言，福柯更是一个无政府主义者，他对任何权力机构都充满怀疑。多年以后，密特朗的一个朋友曾希望福柯和密特朗见面，被福柯断然拒绝："跟他握手会把我的手弄脏。"当然，还有一个非常重要的原因——德菲尔先生一开始并不是很愿意谈这个问题——在当时的法国同性恋圈子中，福柯对爱情和友谊持有一种独到的观点（他有一篇访谈，《友谊作为生活方式》）：在同性爱中，双方之间的友谊和爱情应该平等，他们应该是一种对称关系，同性双方不应该有贫富之分、贵贱之分、高低之分，任何控制性的权力因素都应该在这种关系中被清除。这些观点现在已经被广为接受，但在那个时候却非常大胆、非常新鲜，而且是开拓性的、先驱性的。福柯对爱情和友谊的这些观点，对德菲尔产生了吸引力。

说到福柯的学术生涯，德菲尔提及了尼采、巴塔耶和布朗肖对福柯的影响。尼采在 20 世纪的德国被当成一个右派，一个法西斯主义者，但在 20 世纪的法国却被视为一个左派。是乔治·巴塔耶冒着政治风险将尼采和左派结合起来的，而福柯和德勒兹强化了这一点。在法国，尼采被认为是同马克思和黑格尔决裂的，这对福柯有着决定性的影响。福柯对古希腊的研究也是通过尼采来进行的。但是，福柯同海德格尔保持距离，并丝毫不提海德格尔的尼采形象。德菲尔也勾勒了福柯著作的几个特点。福柯对历史做具体而细致的研究，这使他同传统的哲学家形象不太一致，人们开始很难认同这是哲学著述。福柯对神学和上帝进行了否定，人们必须从哲学的背景去理解福柯。此外，他着重谈到了福柯关于治理术和生命政治的思想（生命政治和生命权力是福柯目前被广为谈论的遗产）。他还谈到了福柯在美国和法国的研究情况，他对某些法国教授阐释的福柯非常恼火（这是他唯一表达不满的一次），相反，他对美国的朱迪斯·巴特勒等人的福柯阐释持有敬意。

福柯在法兰西公学院的助手埃瓦尔德选择了另外一种职业，他在法国一个非常有影响的雇主协会上班，按人们通常的想法，他是在为资本家服务。当巴黎的知识分子听说我要去拜访埃瓦尔德，他们无一例外地指出了他的右翼的政治取向——尽管没有人充满敌意，但显然，埃瓦尔德先生所做的政治选择多少让知识分子们觉得意外，而且，似乎还有些令人好奇：埃瓦尔德背叛了福柯吗？因为，福柯从来都是以一个左派的形象出现在人们面前的。

对埃瓦尔德的这一政治选择，德菲尔倒是没有任何微词。他知道我离开他家之后马上要去拜访埃瓦尔德先生，就跟我简单地介绍了一下后者，说他有一点"不正经"，但德菲尔马上又解释说，这个不正经指的不是不严肃和不认真，而是幽默一类的东西。我猜测，用我们中国人现今流行的说法，埃瓦尔德大概喜欢"搞笑"。此外，德菲尔还介绍说，埃瓦尔德不是那种固执己见的人，他非常善于倾听和接受别人的意见。显然，他们两人并没有因为政治立场上的分歧而分道扬镳。

埃瓦尔德先生在一个看上去像庞大公司机构的建筑里同我们见面。按照我的要求，他认真而努力地勾勒福柯的形象，他也同样提到了福柯的治理术思想、福柯对历史的重新阐释、福柯对知识自身的束缚特性的解放，以及福柯独创的方法论，等等。在某种意义上，福柯是一个古典哲学家，是一个追求真理的哲学家：要说真话，要追求真理。福柯对真相非常在意，而不是对真相的解释在意。

但是，在一个"福柯右派"面前，我最想问的是福柯的政治立场，我特别想知道福柯对待哈耶克的态度，这首先是因为福柯曾经对哈耶克表现出强烈的兴趣。还因为，哈耶克和福柯这两个人是中国最近十几年来被谈论得最多的西方思想家，而且，在中国，哈耶克的信徒和福柯的信徒基本上是两种完全不同的人——哈耶克的信徒总是在攻击"后现代"的福柯。埃瓦尔德的回答是，福柯非常尊重哈耶克的思想，尤其是哈耶克的自由观念。福柯晚期讨论的核心问题之一就是自由问题。因此，他不可避免地会对哈耶克产生兴趣。至于福柯的政治立场，埃瓦尔德反对将福柯说成是一个左派，他认为，福柯在1960年代的思想接近右派。他的解释是，福柯拒绝任何政治标签，他拒绝从抽象的意识形态的角度出发来确立政治立场，也就是说，不是先给自己确定一个左派或右派的形象，然后再根据这个形象来做出政治判断。对于福柯来说，政治性的参与总是个人性的参与，而非凭借党派背景来参与，因此，福柯更愿意从具体事件出发、从事情的真相出发来做出政治上的选择。所以，从这个角度看，福柯并不像人们认为的那样是所谓的绝对左派。埃瓦尔德举了一个例子,当年密特朗的社会党赢得了大选,选举结果出来那天,他和福柯从瑞士坐火车返回法国,在过边境的时候,福柯略带嘲讽地说:"我们现在进入了一个社会主义国家。"

埃瓦尔德还描述了一些福柯的个性,比如,福柯非常容易紧张,当有人恶意攻击他的时候,他会暴怒,会奋力反击;福柯喜欢朋友,重视友谊;福柯喜欢开玩笑,有时候说着说着会突然开怀大笑,等等。

比起德菲尔对如今法国知识界的失望来说,埃瓦尔德对如今的法国知识界简直充满了不屑:"现在还有知识界吗?"他甚至对巴黎乃至整个法国都充满了失望。他说:"你看看,巴黎是什么?巴黎很漂亮,有很多博物馆,巴黎自身就是一个博物馆,可是,巴黎人现在就活在这个博物馆中,活在这个博物馆编织的梦幻中,这个梦幻吸引了大量的游客,但是也在自欺欺人。"他边说边笑——你很难判断他对此的真实态度。当得知我住的地方离萨特和波伏瓦常去的咖啡馆不远时,他便让我上那里去看看:"你进去看看,你去那里坐坐,你去体会体会,你去默想默想。我离波伏瓦是多么近啊!那里面什么也没变,墙、地板、桌椅板凳都没变,连服务生都没变。但是,有一点变了,服务生的态度变了,那里坐着的人的大脑变了，变空了。"

对巴黎知识界现状不满的不只是埃瓦尔德一个人，德勒兹的学生埃里克·阿利耶（Eric Alliez）对巴黎的大学教授更加蔑视。他告诉我，在1980年代末，大学对福柯、德勒兹等哲学家进行了攻击，以至于在哲学上出现了针对1968年革命的反革命，正是在这样的情况下，德勒兹与加塔利合作写出了《什么是哲学？》一书，这本书带有强烈的论战性质，对大学内部的哲学观念进行了针对性的反驳。阿利耶写了一本书来进一步阐述《什么是哲学？》。他是旅行哲学家（这似乎很符合德勒兹的游牧思想，尽管德勒兹对旅行的兴趣并不大），在世界各地的大学教书。我问他为什么不在法国教书，他的回答让我十分惊讶：因为德勒兹为他的一本书写过序。法国的大学如此保守吗？——尽管中国的大学也充满门户之见，但是，这样的情况在中国的大学还是比较少见的。阿利耶是德勒兹的追随者，他对法国的大学充满了怨气，对大学的哲学趣味充满抵触，他不断同大学体制和思想主流进行论战，他曾写过一本挑战现象学的书，《现象学的不可能》，如今已经断版。

阿利耶非常豪爽，留着长发，衣着随便，不停地抽烟，用一个很大的碗喝咖啡，谈吐富于激情，是典型的激进左派形象。快到中午的时候,我们敲响了他的房门,他光着膀子,探出头来,把我们吓了一跳。说实话,我喜欢这样的人,一看就是我的同类。我马上在心理上消除了和他的距离:这是我们的同志。确实,我们之间不需要任何修饰和客套,谈话轻松愉快,到最后,我居然和他开了一个有点随便的中国式的玩笑。他的家,所有的墙上都挤满了书(法国知识分子家中的藏书让我印象深刻,我去过的几个人家里,客厅差不多都是书墙),还挂着几幅画,整个房子很旧,但一看就知道是知识分子的居所(法国知识分子家里都很旧,这让我很喜欢)。

我们先彼此自我介绍了一番,然后他从生产技术的历史变迁的角度来谈论马克思和德勒兹。显然,他试图在马克思和德勒兹之间找到关联——我一下子就想到了哈特和奈格里,这两个人的工作也是如此。当然,他对这两个人的著作很熟悉。阿利耶深受德勒兹的影响,对德勒兹非常尊敬,因此,话题总是离不开德勒兹。他告诉我,在法国,有一批"德勒兹人"(后来更年轻的哲学家埃利·迪兰[Elie Duing]也讲到了这个词,除了"德勒兹人"外,还有"福柯人")。他讲到了阿兰·巴迪欧谈德勒兹的书,他自己写的关于德勒兹的书,德勒兹论画家培根的书(也许是受德勒兹的启发,阿利耶写了一本论马蒂斯的书)。谈到德勒兹的社会理论的时候，他向我介绍了加布里埃尔·塔尔德（Gabriel Tarde），一个与涂尔干同时期但又相互对立的社会理论家，我完全没有听说过这个人。我只知道德勒兹受到尼采和柏格森的影响，但他受塔尔德的影响，我则完全不知道。阿利耶非常慷慨，尽管他知道我看不懂他的那些法语著作，但当他提到某些人或某些观点时，他还是一遍遍大步冲向他的书架（他似乎对所有书的位置都了如指掌），取出那些书，放到我面前，然后说："这个送给你。"（他或许也把我视为"德勒兹人"了吧。）他给了我十来本书，当最后告别时，他跟我说："你们中国的学者除了对西方的哲学应该了解外，还应该创造自己的思想和哲学。"我告诉他，思想和哲学对我来说并不是最重要的，对我来说，最重要的是要过一种哲学生活。他听了，顿了顿，又大踏步冲向他的书架，取下一本厚厚的书，《德勒兹：哲学生活》。"这个送给你。"他这样说，让我有些感动。这本由他主编的书非常有意义，是他在巴西组织召开的一次德勒兹讨论会的论文集，里面有詹姆逊、阿甘本等人论德勒兹的文章。阿利耶为此书写了一篇前言。借此，我们讨论了一下是否也该在中国开一场德勒兹的讨论会。

去法国之前，法国驻华大使馆的文化专员满碧滟

（Fabyene Mansencal）女士（我特别感谢她的友好邀请，正是她促成了我这次巴黎之行）告诉我，克里斯蒂娃6月份将会来北京。我应当在她来北京之前拜访她，但我是在离开巴黎那天才见到她的，她是我此次见到的最后一位巴黎知识分子。她在巴黎七大，非常忙碌，因为临时有会，我们的会面时间提前了。到达她办公室的时候，还有几个人围着她。在她办公室所在的走廊的墙上，到处都是学术讨论的海报和信息，很多与她本人相关，有一些还印着她的照片。显然，她是巴黎知识界的名流，在中国的文学批评和理论领域，她的名字也广为人知——尽管她的著作翻译成中文的只有两部，且流传并不广泛。

跟我料想的差不多，在这里能找到罗兰·巴特的影子，墙上张贴有不少与罗兰·巴特相关的讨论会和课程的海报，但也只是在这里，罗兰·巴特才扑面而来。（法国的哲学家都不怎么提及罗兰·巴特了，也不怎么提及拉康了。我也只是在碰到几位精神分析学家时，才听到了拉康的名字。）罗兰·巴特和克里斯蒂娃有着不寻常的友谊。

我见到她的时候，她用中文说了一个很长的句子，让我惊讶了半天。她曾是中文系的学生，但是，她的中文学习还是没有坚持下来（西苏也学习过一年中文，同样也没有坚持下来)。克里斯蒂娃对她的名字的中文写法非常感兴趣。不过,她的名字的中文写法并不固定,我也只是给她写了一个比较通行的,她希望我能解释下这几个汉字的意思。而且,她的丈夫索莱尔斯对中文也非常感兴趣(他对足球也很感兴趣,那天,他正在为法国队的比赛操心)。

我们的话题当然是中国。1974年,她和罗兰·巴特、索莱尔斯等人访问过中国。我们说起了那次中国之行,克里斯蒂娃回忆了罗兰·巴特的态度。当时,他们来到中国,去哪里都有人跟着,完全没有自由。罗兰·巴特后来觉得索然无味,他完全没有兴趣听主人的介绍。但是,她本人对中国充满了好奇心——尽管她对中国当时的某些方面有所不满,但在中国她还是充满了兴奋,尤其对中国妇女的解放程度印象深刻,回法国后她写了《中国妇女》一书。她拿出这本书的新版送给我,封面上还印了中文书名——我知道这本书饱受争议,但显然,它仍在不断重印。

她去年6月和今年6月都曾计划访问中国,但是,因为临时有事,两次都取消了。"希望明年6月能去中国。"大概她只有6月才有空。我问她对现在的中国有什么想象,显然,她很愿意谈这个问题。她假设中国存在着两种可能性:一种是中国哲学的和谐理念能对世界产生积极的影响,另一种是中国正辗转于自身难以克服的焦虑和困境。她刚出版了一部新的小说,里面有个主人公是个中国人,因为在社会中找不到自己的恰当位置而变得焦虑不安。这部小说出版后,人们的评论完全忽略了这一点,事实上,"这才是这部小说的重心"。她希望中国的知识分子(当然,法国的知识分子也应如此)能够利用自己的力量,将中国哲学的和谐观念付诸实践,用思想的力量来抗衡国际关系中的经济霸权。她很看重知识分子的社会功能,当我告诉她有人说巴黎现在已经没有知识分子了,她的回答是:"噢,那是些虚无主义者的说法。"

同克里斯蒂娃一样在中国具有颇高知名度的埃莱娜·西苏住在一个新的公寓里面。因为联络上出了一点问题,我们迟到了,她在家耐心地等我们。她看上去完全是一个艺术家,她非常高,非常时髦,非常有魅力,而且,非常平易近人。她告诉我,她本来是要去瑞士的,但因为我要来,她将瑞士之行推迟了。

尽管西苏只有一两篇文章被翻成了中文(她甚至还没有一本书被翻成中文),但很奇怪,她是中国的年轻女性知识分子,尤其是年轻女性主义者的一个偶像,她经常被援引为"身体写作"的理论源泉——我在北京的一个朋友正在写关于她的博士论文。我跟她谈起她在中国影响巨大的文章《美杜莎的笑声》，告诉她这篇文章在中国被广为传播，而且收在一本女性主义文选中。她有些无奈："这是我年轻时候的习作，但被翻成了各种文字，被收到了各种选本里。不过，有影响总不是坏事。"

我们的谈话断断续续。法国知识分子都有一种特别的谈话能力，即便对方不说话，他们也都能一直谈下去。但西苏有点不一样，她总是说几句，然后停下来，再等我说——她并不侃侃而谈。我知道她和德里达之间有着深厚的友谊，因此，我们的谈话围绕着德里达展开，聊到了德里达的中国之行、德里达著作的中译情况、德里达的写作风格、德里达发明的词语，以及德里达的晦涩，等等。我说德里达曾写过这样一句话："我梦想像个女人一样写作。"她听后说她要告诉德里达，告诉他还有人记着他说过这样的话。看得出来，她对德里达充满了怀念。在断断续续地谈论德里达的时候，有几个时刻，她非常难过。西苏写过一本与德里达有关的书，《Insister》。她告诉我，这个书名有一种德里达式的歧义，这是她发明的一个词，可以有两种读法：一种读法是 insist-er，"坚持者"的意思；另一种读法则是 in-sister，表示"在姐妹中"。这两种读法正好是对西苏和德里达之间的关系的恰当描述。

除了哲学文章，西苏还写了大量的小说和剧本。她不认为自己是哲学家，她更看重自己的作家身份。她是法国太阳剧社的编剧，长期跟剧社导演阿里亚娜·姆努什金（Ariane Mnouchkine）合作。太阳剧社是法国非常有名的先锋戏剧团体。西苏没来过中国，但她有个剧本中的主角是中国人。西苏提议带我去看太阳剧社排练，还希望我去听她的课，她在大学讲"普鲁斯特和德里达"。她的课安排在周六，因为我的翻译在周六例行休假，所以我没有成行。不过，太阳剧社却让我看到了另一个世界。在巴黎东郊一个废弃的军火库里，剧社正在排练。我对这个剧社的工作机制非常感兴趣，这里所有的人都很平等，所有的人都拿一样的工资，在排练和演出之外，这里的人并没有职业的区分：有一件事情需要人了，那么，不管是谁空着，他都可能去干这件事。演员可以当服务生，舞美可以当厨师，服装设计可以当清洁工，等等。这里多少还残存着一些公社的性质，残存着乌托邦的性质——有很多人在这里干了几十年。

斯蒂格勒教授有着传奇般的学术生涯。不断有人向我介绍他。他年轻时是激进左派，曾加入法共，入党是为了从党内来改造党，但是，他的希望不久就破灭了，半年后便退了党。后来因为抢银行而被捕入狱，在监狱里面待了五年。他在监狱里读了大量的哲学书，并希望能见到德里达。德里达去监狱看望了他。从监狱出来后，他开始跟着德里达写博士论文。他的博士论文主要是讨论技术与时间问题的，有三大卷（中文版由译林出版社陆续推出）。

斯蒂格勒是现象学专家（顺带一提，他的女儿是个年轻的尼采专家，刚刚出版了一本颇受好评的论尼采的书），他的研究起点就是德里达论胡塞尔的著作。他听说过中国有一批研究德国现象学的专家。当我告诉他中国的现象学专家对德里达论胡塞尔的书很不满意时，他兴趣大增："我倒是想听听他们说些什么。"

斯蒂格勒现在在著名的蓬皮度艺术中心工作。他看上去谦和、朴素、勤恳，像一个老式中国知识分子，在他身上丝毫看不出当年的激进分子的身影。他的言谈和思路十分清晰。他的学术生涯，从现象学出发，从历史和时间的角度来讨论技术问题。胡塞尔、海德格尔和马尔库塞是他主要的对话对象。他关注的技术问题的核心是：技术如何对人产生控制，而人到底能不能通过新技术来反思和抵制这种控制？他特别提到了技术和精神的关系。斯蒂格勒显然并不满足于对这个问题的研究本身，他还身体力行，组织了一个团体，其中有几十名工程师，其目标是力图发明一种新的工业技术模式，这种工业模式试图同控制人的精神的技术模式相抗衡，试图将人从控制他的技术模式中解脱出来，试图找到一种反控制的工业模式，比如说，由消费者自身来创造一种新的工业模式。这样一种要求和愿望，按照他的说法，无论结果如何，他都会全力以赴。

斯蒂格勒特别跟我提到了哲学家西蒙东，这个人以前不大为人所知，但是德勒兹受过他的影响，在自己的著作中提到过几次他的名字。现在，法国的年轻哲学家都开始阅读和谈论他。西蒙东的书还没有被翻译成英文。我问斯蒂格勒，西蒙东的研究主题是什么，他近乎虔诚地告诉我，西蒙东高深莫测，比同时代的所有哲学家都重要。

巴黎高师的克洛德·安贝尔（Claude Imbert）教授原先是哲学系主任，来过中国好几次，在北京和上海都有朋友。她对中国学者和学生都充满好感，而且非常重视同中国学者的交流。安贝尔教授今年9月份还将来北大，同杜小真教授一起主持一个梅洛-庞蒂的研讨会。

她和高师国际关系研究所所长洛朗斯·弗拉博洛

（Laurence Frabolot）教授一起在巴黎高师接待了我。巴黎高师在法国的大学中首屈一指，一大批名字如雷贯耳的思想家都是从这里出来的，我在法国思想家的传记中无数次碰到了"巴黎高师"。但是，它的空间之小还是让我惊讶——小得就像我们的一个小学。我在那个很小但非常有味道的院子里坐了坐，就像北京一个稍大点的四合院，里面出奇幽静，同索邦大学的喧闹判然有别。我没有找到学校的食堂——我试图还原福柯当学生时在食堂里拿起菜刀追杀同学的场面。我来这里之前，已经听说过巴黎高师同一般大学的差别，相较于一般大学的保守，高师无疑开放得多。

安贝尔教授言谈果断、坚决、直接、富于洞见，令人尊重。她对中国的法国哲学研究很感兴趣，绕有兴致地听我介绍了中国的法国哲学研究状况——事实上，她也大致了解一些情况，而且，她从自己的角度提出了中国的马克思主义研究和德国哲学研究的关系问题。她对研究法国哲学尤其是法国当代哲学提供了一些很好的建议，她特别指出启蒙运动和现代性的重要性，而且，研究启蒙运动应该特别注意达朗贝尔。安贝尔特别注意一些新的发现，一些有意义的重读，比如，应该发现一个"新卢梭"，不是写《社会契约论》的卢梭，而是写《忏悔录》的卢梭。她也特别注意到从列维-斯特劳斯的角度，也就是说，从人类学的角度来解释法国当代哲学。她注意到列维-斯特劳斯同梅洛-庞蒂的关系，这既是一种友谊关系，也是一种哲学关系，这种哲学关系是一个哲学突破口，她对此评价甚高。当然，她对德勒兹和福柯也非常重视。关于德勒兹，她对中国年轻读者的建议是，应该先读《差异与重复》和《弗兰西斯·培根：感觉的逻辑》这两本书。

埃利·迪兰先生是我见到的最年轻的学者，他出生于1972年，也是从高师出来的。他对巴黎的知识界了如指掌。从他的谈吐中，能感觉到他很有见地，而且极富才华。显然，他是那种完全沉浸在学术中的年轻人，并没有太多其他的欲求——他没有电视，对物质生活的要求也很简单（我不知道法国年轻知识分子的经济状况是否像中国的年轻教师或博士生一样糟糕）。我问他像他这样的年轻哲学家在法国有多少，他的回答是："几个？十几个？或者几十个吧。"他的回答让我想起中国的年轻学者，中国同样有一批很年轻的人，对学术非常专注、非常有才华、对各类人文知识都非常熟悉，这样的人大概也有十几个或几十个吧。

迪兰大概算是"德勒兹人"，他对德勒兹非常推崇。他是读完德勒兹与加塔利合著的《什么是哲学？》后才决定从事哲学研究的，那本书对他构成了一个巨大的冲击。迪兰经常往国外跑。他还在写博士论文，主题与柏格森有关。柏格森最近在法国很受人关注，除了他自己的思想的持续魅力外，这也跟德勒兹的柏格森解释有很大关系。

迪兰详细地向我介绍了法国当代哲学的状况，我相信他的话是客观、公正和全面的——他讲的事实同我所听到的大致相符，而且，他对哲学家所做的评论同我的观点非常接近。关于福柯、德勒兹和德里达在法国的影响，关于"福柯人"和"德勒兹人"的差别，关于德里达的写作风格和德勒兹的写作风格的差异，关于法国知识界的争论，关于外国哲学家在法国的影响，关于大学如何对待那些在国外有影响的当代法国哲学家，关于法国知识分子的处境，等等，他给我绘制了一份详细的法国当代哲学地图。跟他聊天很愉快，显然，他也同样愉快——谈论这些专业领域内的话题是我们的共同兴趣所在。最后，他告诉我，他曾和阿兰·巴迪欧等人合写过一部论电影《黑客帝国》的书，这本书在法国卖得不错，他说："它有一些市场，同时还普及了哲学。"

芭芭拉·卡桑（Barbara Cassin）教授住在拉丁区一条狭窄且极其喧闹的街上，这里离索邦大学和巴黎高师都很近。去她家之前，我已经经过过那条街，留下了深刻的印象，那条街上咖啡店和小酒馆比比皆是，人来人往，喧哗不已。从街边一个普通的窄门进去，是几层楼的居民住宅，楼道狭窄，但一点也不脏乱。在这个楼道里面攀登，让人觉得真实、自然和亲切。街上的喧哗都被挡在了门外，卡桑教授就在这里同古人对话。她的工作室在楼顶，不大，室内空间非常高，被隔成两层，同样，整个屋子像一个小型图书馆，卡桑教授在这里工作，她的住所则在一层。

卡桑教授是一位研究古希腊哲学的专家，精通古希腊语和拉丁语（据她介绍，法国懂古希腊语的人不在少数）。她在巴黎高等社会科学研究院工作。她主编了一部十分有名的词典——一部不可翻译的哲学概念词典。这本书由几十名不同语种的专家共同编写，前后用了十几年时间。这些哲学概念从古希腊一直跨越到当代。

卡桑教授是海德格尔的学生（她同阿伦特也相熟，并且翻译过阿伦特的著作），但她并不认同海德格尔的希腊哲学研究。相反，她对尼采的希腊研究评价很高，对德勒兹和福柯的希腊研究也很认同。她强调语言和哲学的关系。她讲到了西方哲学和中国哲学的差异，这种差异表现在句法结构的差异上，尤其是谓语的差异上，在中国的语言里，没有谓语，句子照样能够成立，照样可以表达，但西方的句子必须有谓语，必须有一个being，这个being对于西方语言和哲学而言至关重要。卡桑教授回忆起她的中国之行，她来北大和人大参加过学术会议。

过了两天，我应邀去卡桑教授家做客，在她家一楼的住所。卡桑教授请了十几位知识分子，有几个精神分析学家（都是信奉拉康的），有几个研究政治哲学的，有一个瑞士籍但在巴西教书的研究本雅明的女教授，有一个研究中世纪哲学的女教授，还有一个风度翩翩的老教授——维斯曼（Wisman）先生，他研究康德以来的哲学，他也是杜小真教授的朋友，据杜小真教授说，他年轻时差点进了德国国家足球队。

研究尼采、德里达和现象学的马克（Marc）教授绝对是个左派，他对美国的霸权甚为不满，他有一本反驳亨廷顿的文明冲突论的书在台湾出版，日本也翻译过他的书，他特别希望中国和法国的知识界能够直接交流，而不必以美国为中介。

一对精神分析学家夫妇告诉我，在巴黎，从事精神分析的大概有几百人，有很多个派别不同的小组，但是，信奉拉康的人还是很多。我告诉他们，精神分析的研究在法国和中国完全不一样，中国也有一些研究拉康的学者，不过，在中国，拉康主要是被当作理论家和哲学家来研究的，研究拉康主要是研究他的著作。这种对待拉康的方式使那个精神分析学家大为恼火："这是最愚蠢的对待拉康的方式。你专门看梵·高的书信、回忆录和传记，能够理解梵·高吗？"他的意思是，如果没有精神分析实践，没有诊所，没有对病人的诊断，根本就不可能搞精神分析研究，也根本不可能搞懂拉康。

有点特殊的是，我还碰到了尼赫鲁大学的印度学者弗兰森·曼贾尼（Franson Manjali）先生，他翻译过南希的书，目前在巴黎做短期访问。曼贾尼向我讲述了法国哲学在印度的情况，他说，在印度，法国哲学家的影响最大，"福柯最具影响，其次就是德里达和德勒兹，不过德国的哈贝马斯影响也很大"，最近，南希的书在印度也开始有人读了。我早就听说，法国的思想在印度一向很流行，外交部书籍处处长伊夫·马班·谢纳维埃（Yves Mabin Chennevière）先生告诉我，德里达和西苏去印度做过一次讲座，据说台下坐了四千人，这是怎样一个场景！

马班先生为我引荐和联络了这些知识分子，这其中大部分人是他的朋友。马班先生是一个作家和诗人，热情、真诚又幽默，常常用诗一样的句子来表达友善。在他身上完全看不出来一个官员的印迹，我能感觉到，他和法国知识分子的关系非同寻常，并且深受知识分子的尊重。他对法国哲学的介绍也十分专业。他是德勒兹最亲密的朋友之一，很忠实于他这个卓越的哲学家朋友。当回忆起和德勒兹的友谊时，他显得非常动情。也正是在他的介绍下，我拜访了德勒兹夫人。德勒兹夫人从事服装行业。德勒兹的女儿是一个电影导演，拍过两部电影。我问起德勒兹夫人的退休生活，她告诉我，主要是带小孙子，然后就是听德勒兹的上课录音磁带。

我拜访了二十来位巴黎的哲学家和知识分子。他们中大多数供职于巴黎高师、巴黎高等社会科学研究院和其他几所大学，以及一些文化机构和出版机构。他们的年龄在三十岁到七十岁之间。我想，对整个法国知识界来说，他们应该具备一定的代表性。就同他们的沟通本身而言，我个人的感觉是，他们所探讨的学术主题，我一点也不陌生——也许是因为我见到的大多是左派，且都是与福柯、德里达和德勒兹相关的人，跟他们在一起聊天并不显得隔膜，我完全能够理解他们的学术兴趣。知识分子主题的讨论也许确实是全球化的了。

但另外一个问题是，巴黎知识分子对中国都非常陌生。迪迪埃·法桑（Didier Fassin）先生刚来过中国，我们在北京见过面，一周后我们又在巴黎相见。他对中国充满好感，而且从来不认为中国充满威胁，但是，他仍旧不了解中国："我在北京街头很少看到警察，但是，在一些小区里，却有很多警察一样的人。"巴黎知识分子对中国不了解，对中国知识界就更不了解了，除了安贝尔教授和维斯曼教授来过中国，认识中国的杜小真教授等少数几个人外，他们中大部分对当代中国知识界的思考和境况十分隔膜。他们对中国的了解就是经济高速发展，还有一些政治上的想象，如此而已。而这同中国这边的情况完全相反，中国一般的人文科学教授，总是随便就能说出几个法国当代思想家的名字。当然，这种现象跟中国知识分子自身的国际影响有关。中国人的书翻译成法文的很少。或许法国知识分子如今对国外的知识分子都不重视——迪兰告诉我，今天大概就只有包括齐泽克、阿甘本、巴特勒和普特南在内的少数几个国外哲学家在法国有些影响。

福柯、德勒兹和德里达在法国的地位是非常特殊的。我见到的这些哲学家，无论是否同意他们的观点（有人说他们过时了，有人在捍卫他们，有人在运用他们），但几乎所有的人都将他们三个人的名字并置在一起，他们通常是将这几个名字连串说出来（有个别人会在这三个名字之后加上利奥塔、巴特或鲍德里亚）。显然，在法国知识分子眼中，正是他们三个人代表了一个时代，一个哲学时代，无论大家对这个时代如何评价，无论大家是高度肯定这些哲学家，还是对这些哲学家不以为意。这三个人是一长串知识分子名单中的杰出代表。以一个外来者的眼光看，正是他们让法国哲学在20世纪取得了如此的声誉。按照萨义德的说法，这些1960年代涌现出来的法国哲学家，群星璀璨，是人类智识史上的一个奇迹。毫不夸张地说，当代法国哲学喂养了20世纪下半期的人文科学，没有当代法国哲学，如今的思想现实是难以想象的。当然，这些深受尼采影响的思想，遭到的攻击如同它们受到的信奉一样多。如果考虑到思想就是在攻击中得到发展的，那么，这样的攻击并非没有益处，只要这种攻击并非别有企图。不过，有一些吊诡的是，这些人在世界各地的文学系和艺术系的影响要比在哲学系的影响大得多，甚至在社会学、历史学、政治学和法学领域，他们的影响也丝毫不逊色于哲学领域。

但在法国的大学里，他们还没有获得应有的地位。这是我在法国强烈感觉到的问题，并且是极其困惑的问题：这些在国外产生了如此之大的影响的哲学家，为什么在法国的大学里不被重视？我问法国的知识分子：既然大学不认可这些哲学家，那么，在大学里面，有哪些哲学家具有代表性呢？或者说，有哪些哲学家能够和他们分庭抗礼，能够和他们具有同样的社会声望和影响呢？事实上，这样的大学教授，他们一个也说不上来。大学里面根本就没有这样能够和这些哲学家相提并论的人。但是，大学内部却有一种无形的力量，一种结构性的看不见的阻力，在集体性地阻止他们，比如，无论如何，博士论文是不能选择这些人为研究主题的，教师甚至很少讲授与他们有关的课。我在高师碰到了一位年轻的学者，他研究政治哲学，他告诉我，他要感谢我们这些外国人，因为，他在高师读书的时候，根本就不知道法国这批哲学家的思想——老师很少提及他们，但是，因为我们这些外国学者不断地到法国来讨论当代法国哲学，使得这些人的声音在大学里不得不出现，也正是因此，法国的当代哲学家在大学才开始有了一些影响。

索邦大学的让-路易·克雷蒂安（Jean-Louis Chrétien）教授证实了这一点。显然，他是代表所谓正统的大学传统的。他是现象学专家（在法国，现象学的势力非常强大，现象学著作翻译成外文的也很多），与让-吕克·马里翁同是现象学的代表人物（后者也在芝加哥大学任教，在美国和法国之间来回旅行）。克雷蒂安教授很推崇列维纳斯，也听过德里达的课。他告诉我，如今法国的学院哲学研究主要有三个领域（这似乎跟中国的哲学系里西哲专业的研究方向很接近）：一个是哲学史，一个是现象学，一个是英美分析哲学。至于福柯和德勒兹等人的著作，他认为二十年前非常流行，但现在已经过时了。他的观点是，时代发生了变化，人们对哲学和哲学家的感受也发生了变化，比如，列维纳斯以前不太受重视，但现在越来越多的人关注他。在1960、1970年代，哲学和人文科学结合在一起，人们甚至认为，哲学快完了，哲学研究应该同精神分析、语言和社会等结合起来。但现在，哲学要回到自身，要讨论哲学自身的问题，讨论存在的问题，讨论海德格尔式的问题——同迪兰的看法不一样，他认为，在法国，只有德里达有继承人，福柯和德勒兹则没有继承人。

克雷蒂安教授说的是法国大学内部的哲学研究现状。中国的大学里哲学系的情况似乎也是如此，哲学系对福柯、德勒兹和德里达等的排斥也相当明显。或许，全世界的哲学系大概都是如此。不过，虽然大学里博士研究生不能以他们作为博士论文的对象，但这并不意味着没有人读他们的书。子夜出版社的伊雷娜·兰东（Irène Lindon）女士告诉我，德勒兹的书卖得非常好，他们每年都重印德勒兹的书，这些书甚至是他们这个规模很小的出版社的重要经济支撑。她说，甚至谈论德勒兹的书——如果写得不错的话——也很有市场。法国大学出版社的顾问保罗·加拉蓬（Paul Garapon）先生——他也是一个哲学家，就是他最先向我介绍了斯蒂格勒先生——给我推荐的一本书是《德勒兹和艺术》，这是他们社最近销量不错的一本书。当然，伽利玛出版社福柯著作的销量也经久不衰。相形之下，一般的大学教授所写的哲学著作在法国的销量非常小。

尽管法国知识界已经没有福柯、德勒兹、德里达和布尔迪厄这样的领袖了，但是，法国知识分子依然有强烈的社会责任感，依然保持着强大的干预社会的能力。如今的法国知识分子有两类。一类是经常在媒体上出现的，他们不断地对时局发表评论。这些人有很高的知名度，这其中的典型人物是贝尔纳-亨利·莱维（Bernard-Henri Lévy），他在法国家喻户晓。在巴黎知识界，很多人对他表示不屑，甚至有人称他为机会主义者。另外一类人从来不上电视，而且他们对这些电视知识分子不以为然，他们更愿意称自己为哲学家。但是，无论是哪一类知识分子，他们的社会声望远远没有达到萨特和福柯等人的高度（很奇怪的是，我见了这么多人，但没有任何人提起萨特的名字，萨特难道被遗忘了？）。马班先生告诉我，新一代的哲学家很难像他们的前辈那样享有巨大的社会和学术声望，没有人堪比福柯那一辈哲学家了，福柯一辈的哲学家太强大了，他们独树一帜，具有天才般的创造性，从而爆发出巨大的学术能量，以至于现在五六十岁的哲学家很难走出他们的强大背影。我向他们问起现在这一辈哲学家的情况，答案是，如今的哲学家中没有人得到广泛的承认，法国有一些很好的哲学家，这样的哲学家可能有几十个，但现在没有福柯那种领袖式的哲学家了。也许，他们还需要时间，还需要积累，还需要历史情势造就的机缘。在法国，一个哲学的黄金时代过去了。现在，对法国哲学和知识分子充满期待的人们总是会问：下一个黄金时代什么时候到来？

什么是法国理论？

1

法国理论很大程度上是从 1950、1960 年代兴起的。它持续了半个世纪，至今还以各种形式在大学的人文学科中产生着关键性的影响。它内部有各种争论性的流派，它也有多种多样的起源：既有社会历史的起源（1960年代的激进思潮是法国理论的催化剂），也有哲学本身的变革要求。就后者而言，法国理论是将萨特作为批判的目标而兴起的。

对萨特来说，人一出生就是一个无，正是这个无可以决定人有各种可能性，人可以在这个无的基础上自由选择、自由决断、自由塑造，他选择什么就变成什么，他是自己选择的后果，他的选择决定了自己的本质。这就是萨特说的"存在先于本质"。因此，人实际上没有一个先天的本质和人性。如果人没有固定的本质人性，那么，人就不应该受到束缚，人就不应该按照所谓的本质和人性的法则和律令来生活,人不应该依据一个目标来生活。这样,人就是自由的。存在主义者"认为任何人,没有任何支持或者帮助,却逼得要随时随刻发明人"[1]。从根本上来说,"在一开头人是什么都说不上的。他所以说得上是往后的事,那时候他就会是他认为的那种人了。所以,人性是没有的,因为没有上帝提供一个人的概念。人就是人。……人除了自己认为的那样以外,什么都不是。这就是存在主义的第一原则。……在把自己投向未来之前,什么都不存在;连理性的天堂里也没有他;人只是在企图成为什么时才取得存在"[2]。所以人是什么样子,完全由自己负责。人的选择行动也是创造行动。人是自己创造的形象,是自己创造的产品。他创造这个形象既是对自己负责,也是对他人负责,因为任何一个形象的创造都和他人相关。

人被赋予了如此之强的创造能力,也就是说,人作为主体的地位至高无上。主体可以自由选择和创造。在这个意义上,我们可以概括性将萨特的理论说成是主体理论,这个理论强调了两个方面。一方面特别强调

---

[1] 让-保罗·萨特,《存在主义是一种人道主义》,周煦良、汤永宽译,上海:上海译文出版社,1988年,第24页。
[2] 同上,第13页。

主动性、积极性，萨特所说的主体是非常主动地去创造的。但是，在另外一个方面，人应该怎么去创造和选择呢？怎么去选择成为自己呢？这应该是一种理性的选择，一种有意图的选择，也就是说，选择是理性的选择。这两者是一体化的：承认了主体，在某种程度上也就承认了理性。

而法国理论的一个重要特点就是对这两点——对主体性和理性——展开了批判。怎么批判主体性呢？一个非常重要的源头就是结构主义——我们可以将结构主义运动视为法国理论正式形成的一个标志。结构主义的来源当然是语言学家索绪尔，索绪尔的语言学同时引发了结构主义和解构主义。关于结构主义有个耳熟能详的叙事，即索绪尔的语言学影响了雅各布森，雅各布森了解了索绪尔的语言学之后，将这种理论介绍给了列维-斯特劳斯，列维-斯特劳斯就把索绪尔特别强调的语法系统挪用到他的人类学研究中来，从而发起了结构主义运动。对索绪尔来说，语法是至关重要的，任何一个句子，任何一种意义的表达语言，无论如何都逃脱不了语法系统的规范。它们都是由语法系统生成的。语法系统是一个结构性的框架，一个不随时间变化而变化的稳定框架。这样一种语言学观点对列维-斯特劳斯的结构主义人类学研究的启示就是，他考察了各种各样的神话后发现，尽管这些神话千奇百怪,尽管它们的故事和内容各个不同,但它们的背后和底部都有类似语法系统的共同结构。个别的神话就像个别的句子一样,总是遵循普遍的语法结构。列维-斯特劳斯开启了法国结构主义人类学的道路,在某种意义上也可以说是奠定了结构主义的根基。

那么,结构主义的特点是什么呢?最简单的说法是,它强烈反对主体性和主动性。它从根本上是人文主义的对立面。作为主体的人无论有多么大的欲望、多么大的意志、多么大的能量去选择,最后还是不可避免地要受到结构的束缚和制约。结构作为一种类似于先验法则的东西,最终抹平了主体的激情和能量。主体不可能自由选择,或者说,主体与其说是自由选择的结果,不如说是一个隐秘的结构法则所支配的结果。我们正是在这里看到了结构主义对萨特的抵制。福柯带有结构主义色彩的《词与物》出版之后,就遭到了萨特的批评,福柯也做出了强硬的回击——萨特说福柯的结构主义类似于资产阶级的堤坝试图阻止任何的主体反抗,而福柯的回答是,萨特那样的主体哲学已经过时了。"《辩证理性批判》是一个19世纪的人为了思考20世纪而做出的辉煌而悲怆的努力。"[1]

---

[1] 杜小真编,《福柯集》,上海:上海远东出版社,2003年,第80页。

这也是萨特和结构主义的正面交锋。在1960年代，结构主义运动开始占据法国人文科学的重要领域。在这个时候，我们可以说，法国结构主义是法国理论形成的标记。有各种各样的结构主义。除了列维-斯特劳斯的结构主义人类学，还有罗兰·巴特的结构主义，他在文学研究中运用了结构主义并发展出他自己的叙事学。对罗兰·巴特来说，无论有多少千差万别的作品，它们都有一个底部深层的叙事模式和叙事结构，也就是说，文学作品无非是一个放大的句子，它们都遵循某种隐秘的语法结构。还有阿尔都塞的结构主义马克思主义，他把结构主义运用到马克思主义中。什么是马克思主义的结构呢？就是生产力和生产关系的支配模式。任何意识形态都逃脱不了这种生产关系的结构。是类似于结构的生产关系而不是作为主体的人决定了社会的形态。而拉康也把结构的概念运用到精神分析中，他用结构主义重写了弗洛伊德，无意识和梦都有隐秘的结构。最后是福柯，他在人文科学的知识史方面提出了"知识型"的概念，同一个时代的不同知识形式都受到同一种内在结构的影响，从而表现出相同的知识语法。

我们看到，结构主义在1960年代流行，非常重要的一点就是对人文主义的批判，对主体的积极主动性的批判。列维-斯特劳斯所开启的这种结构主义模式，实际上是对萨特的笼罩性的存在主义的重大回应，也可以说是一个颠覆性的反击。但是我们知道，结构主义后来又快速地转变成了后结构主义。这是因为，索绪尔在他的语言学中一方面强调的是结构、语法和规范的重要性，但另一方面他也强调差异性，正是差异性的这一面引发了德里达对于语言的思考。德里达同样以索绪尔为中介，却走上了反对结构主义的解构主义道路。他将索绪尔和尼采进行一种奇妙的嫁接，发掘出他们共同的反对普遍性的一面，他强调差异性、矛盾、歧义和冲突，强调两可性和选择的不可调和的绝对困境，这和那稳定的规范性的结构背道而驰，也和形而上学的不变本质传统背道而驰，这是最彻底的反柏拉图主义尝试。[1] 结构主义刚刚取得了对存在主义的优势，又被德里达等人进行攻击，这就引发了1970年代解构

---

[1] 德里达的"延异"概念很大程度上是借助索绪尔的差异概念发明出来的："现在，索绪尔首要地是这样一个思想家：他将符号的任意性和差异性置于普通符号学尤其是语言学的基础地位上。正如我们所知，这两种主张——任意性和差异性——在索绪尔这里是不可分的。"（雅克·德里达，《延异》，汪民安译，见《外国文学》，2000年第1期，第74页，有所改动）德里达也将尼采和列维-斯特劳斯对立起来："因而存在着两种对解释、结构、符号与游戏的解释。一种追求破译，梦想破译某种逃脱了游戏和符号秩序的真理或源头，它将解释的必要性当作流亡和靠己生存。另一种则不再转向源头，它肯定游戏并试图超越人与人文主义、超越那个叫作人的存在，而这个存在在整个形而上学或存有神学的历史中梦想着圆满在场，梦想着令人安心的基础，梦想着游戏的源头和终极。尼采向我们显示的这第二种解释之解释不像列维-斯特劳斯要做的那样，在人种志中追求'某种新人文主义的灵感'。"（雅克·德里达，《书写与差异》，张宁译，北京：生活·读书·新知三联书店，2001年，第524页）

主义的出场。

因此,索绪尔是法国理论一个非常重要的源头,是结构主义和解构主义共同的开端,从语言学出发的这种全新的从结构主义到解构主义的理论运动,是对主体哲学的一个致命打击。这一理论运动形成了最早的成熟的法国理论,也正是这一运动开启了法国理论的北美旅行,从而在世界范围内产生影响。

2

法国理论另一个更重要的源头——我觉得是比索绪尔影响更大、更有意义的一个源头——是德国哲学。只是这个源头更加复杂、更难厘清,也更加隐秘。可以说,是德国哲学塑造了法国理论。这些德国哲学家包括尼采、黑格尔、胡塞尔和海德格尔——以及广义的德语哲学家、奥地利的精神分析学家弗洛伊德——但最重要的是尼采。这个德国哲学源头强调的是哪些方面呢?我们说萨特的哲学一方面特别强调主动性,而结构主义就是要反对主动性和主体性,但结构主义并没有抛弃理性和规范。而尼采的哲学,特别强调的是意志、欲望和本能,比如说,权力意志这样的概念,尤其是狄奥尼索斯这样的"酒神"概念,它们塑造了法国理论的另外一面。我们知道，从 1950 年代开始，法国就有非常多的哲学家关注尼采，他们写了不少关于尼采的书，其中包括巴塔耶的《论尼采》、克罗索夫斯基的《尼采与恶性循环》和德勒兹的《尼采与哲学》，这三本书实际上是在法国语境中把尼采激活了。在 1950、1960 年代，尼采和海德格尔在德国已经没有人去阅读、研究和教学了。这有非常明显的政治原因，当时德国正处在对纳粹暴行的痛苦反思中。纳粹绑架了尼采，而海德格尔又是纳粹的同路人。在清算纳粹的声音中，他们不可能得到重视，他们以反动哲学的面貌出现在德国。对尼采来说，在他死后将他和纳粹绑在一起是他所无法控制的冤屈。但对海德格尔来说，这确实是无法抹掉的事实。在德国没有人讨论尼采和海德格尔，但是他们在 1950、1960 年代的法国开始生根并结出了丰盛的果实。法国人用自己的方式读尼采，尼采生前也预见性地说过，他的后世读者是法国人。

尼采在法国主要起到了什么作用呢？尼采特别强调的，不论是所谓的狄奥尼索斯精神，还是权力意志，都是在理性之下的一种感官的自然的东西，也可以说是本能的激情的东西。这样的权力意志就是一种永不枯竭的冲动的自然激情，正是它创造了世界，它是世界的起源，也是对世界的评价，对它的肯定也是一种正义的德性——这是尼采颠倒西方传统而主张的价值观。

法国理论将尼采这样的思想之箭重新捡起来并射向新的方向。法国哲学家为意志和欲望进行辩护。这种辩护是从两个方面开始的。最典型的是德勒兹与加塔利合著的《反俄狄浦斯》,这是一部非常典型的尼采式著作。俄狄浦斯是一个压抑系统的象征。用什么来反俄狄浦斯呢?用欲望。德勒兹反复讲到欲望,欲望就像机器一样永恒地开动,欲望一直不停地在运转,欲望到处连接、到处生产,欲望机器没日没夜地运作就是要摧毁资本主义制度,摧毁各种各样的压抑。"欲望内在地生产一个想象的对象,将它用作现实的替身,这样,似乎'所有真正的对象背后都有一个梦幻的对象',或者说,所有真正的生产背后都有一个精神的生产。"[1] 法国理论从尼采那里学来的最重要的一课就是,不再把生命的重心置放到理性的层面,而是置放到欲望、本能、意志这个层面。德勒兹的哲学是在尼采启示下的生命哲学,也就是以权力意志为基础的欲望哲学。德勒兹认为欲望机器一直在高速地运转、永不停息地生成,它不可能形成一个固定而牢靠的主体认同。对他来说,稳定的主体就是法西斯主义在自我身上的表征。稳定的主体就是固化,就是强制,就是自我束缚。

---

[1] Gilles Deleuze and Félix Guattari, *Anti-Oedipus: Capitalism and Schizophrenia*, trans. Robert Hurley, Mark Seem and Helen R. Lane, Minneapolis: University of Minnesota Press, 1983, pp.25-26.

福柯同样说他是尼采主义者。但福柯是从与德勒兹相反的方向来谈尼采的。如果说德勒兹是从正面激活了尼采权力意志的概念,那么,福柯恰恰是从反面来分析为什么那些本能、那些非理性、那些生命的激情会在欧洲逐渐消失,也就是说,尼采式的生命在欧洲是如何被囚禁起来的。不管是讲疯子的历史、罪犯的历史,还是性的历史,都与欧洲发明各种各样的装置、技术和体制相关——它们如何去控制、规范、矫正生命的本能冲动。这是福柯和德勒兹互补的一面。德勒兹是一定要把压制的欲望和激情激发出来,要它们重新获得创造力和生产性,但是,福柯讲的问题是欧洲历史如何把这种创造性、把力和欲望的生产性禁锢起来,这二人实际上是尼采的一体两面。福柯的工作方法就是尼采所谓的谱系学,就是对尼采的更加细致、更加翔实的道德谱系研究。尼采匆匆忙忙但又高屋建瓴地勾画了一个道德谱系的提纲,福柯则事无巨细地要把所谓道德和文化的形成过程中的权力控制机制揭露出来。对福柯来说,这样一个尼采式的谱系学研究,还旨在考察所有看起来自然而然的东西,这些东西实际上都是强烈的权力和文化规训和建构的结果。在某种意义上,同样受惠于尼采的德里达的解构主义也是如此,解构主义旨在摧毁那些稳定不变的形而上学幻觉,那些看上去稳定的机制,那些寄生于柏拉图主义的各种各样的确定思维,那些表面上确定无疑、自然合理的东西实际都是可以晃动的，它们也是人为制造的结果。福柯的文化建构主义的谱系学和德里达旨在拆毁根基的解构主义一道产生了深远的批判影响——这或许是法国理论最有影响的一面。它们催生出各种变体理论，在性别、种族、殖民、阶级等文化研究领域，成为弱势者和被压迫者最流行的批判思维。弱势和被压迫的境遇不是从来如此的，而是历史和文化的人为产物，是压迫者隐秘的历史诡计。这样带有强烈左翼色彩的批判思想从根本上刷新了欧美大学人文学科的面貌。[1]

福柯和德勒兹接续了尼采关于生命的思考。他们是集大成者，但不是唯一的，他们甚至还谈不上是法国理论在这方面的开拓者。实际上，几乎大部分法国理论家都有这方面的讨论。比如，早于福柯和德勒兹的巴塔耶，他赋予了本能和欲望远远高于理性的地位，他甚至认为本能、欲望和激情具有神圣性。在巴塔耶那里，本能、理性和神圣性三者是交织在一起的，他同时特别强调这三者之间存在着一种残酷的交战。生命就是这样一个力的动荡的战场。利奥塔特别讲到了力

---

[1] 如果没有法国理论的铺垫，发端于美国的后殖民主义理论是不可想象的。福柯之于萨义德、德里达之于斯皮瓦克、拉康之于霍米·巴巴的重要性，都是众所周知的事实。女性主义、酷儿理论和形形色色的身份政治研究同样得益于他们及克里斯蒂娃和伊利格瑞等人的理论。

比多经济学,他非常巧妙地将弗洛伊德和尼采结合起来。巴塔耶、福柯、德勒兹,包括利奥塔和巴特,他们都对生命的力的本能、对爱欲、对力比多进行了肯定,但他们更多地是推崇尼采,而不是弗洛伊德。如果说弗洛伊德发现了无意识,那么,尼采则发现了酒神。但是,他们为什么更多地推崇尼采呢?因为尼采肯定了酒神的宣泄、舞蹈和创造,肯定了酒神的感性活力,肯定了酒神的主客不分、万物一体的陶醉感。弗洛伊德虽然发现了无意识,但他贬斥无意识。无意识是先要被理性抚平然后再进行升华的,所以无意识本身并没有强烈的爆发性,无意识是改头换面地溜出来的,它对理性委曲求全。对弗洛伊德来说,精神分裂症是悲剧,需要诊断和救治。只有尼采的酒神精神和权力意志具有强烈的爆发性和创造性,它们受到了尼采的直接肯定。它们既是生命本身,也是生命的创造力本身,它们不是疾病,而是美学——这是尼采和弗洛伊德的根本区别。这也是法国理论家们更重视尼采的原因。德勒兹在某种意义上就是用尼采来抵制弗洛伊德的。从这个角度来看,法国哲学特别强调激情和欲望,所以非常自然地,巴塔耶、德勒兹、布朗肖这些尼采主义者都重新理解和肯定了作家萨德。某种意义上,可以说萨德是文学上的尼采。从这个角度来讲,法国理论是对"越轨者"的肯定:德里达肯定了阿尔托,巴塔耶自身就是越轨者，福柯为沉默的疯子（甚至大多数的"声名狼藉者"）发声，德勒兹将精神分裂症患者肯定为英雄，并鼓动对动物、少数族裔、弱势者的生成……

这些人的共同特点是什么呢？他们身上恰恰体现了生命的激情，生命对于理性牢笼的抵抗。今天的狄奥尼索斯精神不是体现在资产阶级身上，而是体现在越轨者身上，体现在动物身上。某种意义上，德里达的解构也是对所谓理性主义的质疑。理性主义及其背后的形而上学根源，是法国理论的一个主要攻击目标。这些法国理论家对生命、本能、激情和欲望的辩护，是法国理论中尼采主义的一面。而且，这一类理论家，这些越轨者，在某种意义上还有一个共通的特征，这就是，他们特别借助于艺术和艺术家，他们和艺术有天生的反理性的共鸣。他们对文学和艺术也有大量的写作和关注。他们像波德莱尔一样有能力将传统之恶转化为艺术之美。因此，我们也可以理解为什么这类法国理论家受到了艺术家、诗人和作家的青睐。大学里的传统哲学教授都不亲近他们，但是这类为越轨者辩护的法国理论，在艺术家和作家那里获得了最多的共鸣。这也是法国理论在文学系和艺术系，而不是在哲学系更受青睐的原因。这是法国理论反理性的一面，这不仅是它的美学一面,而且,它本身就是一种特殊的美学。

3

法国理论的第三个特点,是它的当代性、介入性和实践性。福柯晚年写有一篇非常著名的文章,《什么是启蒙?》,在这篇文章中,他说康德哲学是哲学第一次关心它的时代。[1] 关心自己的时代,关心现在的自己,这正是启蒙的特征。而当代法国理论也有个共同的特征,那就是关心它的时代。法国理论不再是在学院里固执地就一些传统的论题进行反复思辨。虽然法国理论也讨论柏拉图和亚里士多德,也讨论古典思想和近代思想,也讨论各种各样的观念的历史,但是,比如,福柯反复地讲过,他的研究、他的谱系学不是将历史作为目标,他研究历史的目的是为了研究现在。他的谱系学、他的哲学是关注现在的哲学,把现在作为他瞄准的目标。德勒兹同样研究斯宾诺莎、休谟、康德和

---

[1] 这篇文章是福柯从康德的同名文章出发所做的思考,他写道:"但我认为,一位哲学家紧密而又内在地把他的作品对于认识的意义同对历史的思考和对他写作的特别时刻(也正因为此他才写作)所做的特殊分析联系起来,这是第一次。把'今日'作为历史上的一种差异,作为完成特殊的哲学使命的契机来思考,在我看来,是这篇文章的新颖之处。"(杜小真编,《福柯集》,上海:上海远东出版社,2003年,第533页)

尼采，他是一个哲学史家，但是，他的根本目的是要对今天进行诊断，他与加塔利合著的《反俄狄浦斯》和《千高原》完全是有关当代之书，它们甚至是有关未来的哲学之书，实际上，今天越来越多的理论事件表明，德勒兹是有关将来的思考的最重要源泉。哪怕是在形式上最像传统哲学家的列维纳斯，他的他人哲学也是对大屠杀的反思和回应，这也是为了给当代人和后人开出伦理药方。而布尔迪厄、鲍德里亚、巴特、居伊·德波、列斐伏尔和维利里奥干脆就是在讨论当代生活。对当代的强烈兴趣和关注是法国理论的特点。

关注当代，还表现在他们总是从批判的角度去看待现在。他们要剥去现在的形形色色的假面，在这方面，他们是萨特的继承者。不仅如此，他们的理论本身从来没有和实践脱节：不是先炮制一套超越当下和现在的普遍性理论，也不是先发明一套用来指导实践的理论。对于法国理论来说，理论行为本身就是实践，理论和实践是没有界限的，理论本身就是大炮，本身就可以轰鸣，本身就具有强烈的介入性和实践性。理论和实践之间不需要一个中介过渡。理论和围绕着当下的论战难解难分。这样一来，法国理论在另一个方面就冲破了学院的框架，哲学家本身就有强烈的公共性，因此也冲破了学院的围墙。大部分人都介入过政治论战，大部分人都介入过五月风暴，大部分人都介入过阿尔及利亚战争，大部分人都介入过去殖民化运动，大部分人都就苏联局势展开过争论，大部分人都在各种各样的请愿书上签过名。[1] 他们和社会有紧密的联系，他们常常在公共媒体上就时政辩论，他们也经常在大街上和警察对垒，他们有时候也出入政府机构担任公职，没有知识分子像这批法国理论家这样深地介入社会和政治。

也正是因为他们要走出学院，要对当代进行关注，要介入，要有强烈的批判性，法国理论才产生了跨学科的欲望。我们为什么把它称作法国理论而不是法国哲学呢？就是因为它和传统的哲学非常不一样，它不是像传统哲学那样呈现出纯粹的思辨风格。传统哲学有一个既定的学科范畴，它的关切点总是植根于哲学史的框架，总是和哲学史进行对话、辩驳、生发和解释。传统哲学有一种自主的封闭性，无论是探讨的主题，还是写作的形式，都呈现出这样的封闭性。而法国理论抛弃了这样一个封闭性的哲学嗜好，它要挣脱哲学史的框架，或者说，它试着将哲学和各种不同的其他

---

[1] 阿尔及利亚战争引发了法国知识分子的一次大规模动员。萨特联合120名著名的知识分子签署了《121宣言》来反对这场战争。这份宣言影响巨大，阿尔及利亚战争因此也成了一场"文字之战"。波伏瓦甚至认为这场战争入侵了她的睡眠、她的思想、她的情绪。（让-弗朗索瓦·西里奈利，《知识分子与法兰西激情：20世纪的声明和请愿书》，刘云虹译，南京：江苏人民出版社，2001年，第230页）

学科进行结合，和语言学、精神分析、文学、艺术、人类学、政治学、历史学甚至数学和自然科学等进行结合。几乎所有人都是跨领域的理论家。哲学展现了强烈的社会和人文维度。福柯、德勒兹、德里达、拉康跟传统哲学家，跟海德格尔、黑格尔、康德的形象和面孔是完全不一样的。你可以说福柯是一个哲学家、一个社会学家、一个历史学家，你甚至可以说他是一个文学评论家。我们只能将他们称为理论家，这样更合适，他们确实在不同领域——而不仅仅是在哲学领域——确立和生产自己的理论。法国这些理论家几乎都讨论了哲学传统之外的广泛问题，这也是法国理论能在各个不同的学科被接受的原因，这也正是哲学系排斥法国理论的原因之一——哲学系认为它偏离了哲学，你也可以说，它背叛了哲学，而其他学科之所以欢迎法国理论，正是因为法国理论让这些学科充满了哲学色彩，让这些学科有了新鲜的视角，让这些学科解放了自己。哲学系认为法国理论不够哲学，不是纯粹的哲学，其他学科则认为法国理论给它们带来了哲学，也只有法国理论——而非传统的哲学——才能解放这些学科。[1]

---

[1] 巴迪欧将此称为法国哲学的"现代化"："法国哲学对现代性有深刻的兴趣，它紧密地追随当代艺术、文化和社会的发展，对非具象绘画、新音乐和戏剧、侦探小说、爵士乐和电影都有强烈的兴趣，这些艺术是对现代世界的最切近的表述，而哲学有强烈的欲望介入其中。"(Alain Badiou, *The Adventure of French Philosophy*, ed. and trans. Bruno Bosteels, London: Verso, 2012, p.LVI)

正是这个跨学科的特点，使得法国理论的视野非常开阔。我们可以发现，基本上没有法国理论没有关注到的现象。这些理论家彼此之间也是在竞争中来展开自己的研究主题的，他们有着或明或暗的竞技和影响。这让每个人都想脱颖而出，让每个人都想方设法地开拓自己的领域，也让每个人都寻求自己的独特性。他们既像布尔迪厄所说的知识场域中的竞技者一样充满竞争，也像本雅明所说的一个星座中的各个星辰一样彼此关联。他们在差异化的竞争中各自照亮了一块新的领地。康吉莱姆关注健康和畸怪问题，拉康关注精神分析问题，克里斯蒂娃和伊利格瑞关注性别问题，罗兰·巴特和鲍德里亚关注日常生活的问题，布尔迪厄关注阶层习性和生活方式的问题，巴什拉非常奇特而巧妙的对空间、物质和梦的研究，维利里奥对战争、后勤学和速度的研究，列斐伏尔对城市的研究，福柯对监狱、疯子和性的研究，以及最新的一批理论家——如果我们将他们称为最后的法国理论家的话——的探索，比如，巴迪欧对爱和事件的研究，拉图尔对生态和自然的研究，斯蒂格勒对技术的研究，等等，而这些也不过是他们每个人令人眼花缭乱的研究主题中一部分而已。他们每个人都尽量地扩大自己的视野——我们可以说，法国理论几乎无所不谈。而且，几乎所有这些理论家都讨论过文学和艺术，都留下了辉煌的篇章。文学和艺术，这是法国理论家最大的公约数。他们用理论的目光审视世界的每一个角落，使得每一个偏僻的无人问津的角落都呈现出奇异的光泽，正是法国理论让世界万物重新敞开了自己的存在。

他们一方面是跨学科的，另一方面可以说他们创造了新的学科，他们开拓了新的研究局面。今天所谓的文化研究，各种各样的社会学和人类学研究，都大大得益于法国理论扩张性的介入。我们今天有如此广泛的学科配置和视野，法国理论家便是某种意义上的开拓者和先驱者。法国理论有着无可比拟的丰富性和多样性。他们既关注最经典的哲学问题，也关注最不经典的平凡生活。就前者而言，法国哲学沿着这些前人的问题前行，但是，又改变了这些问题的内在性，将它们拖到自己的框架中。比如，列维纳斯和布朗肖沿着海德格尔的路径前行，但是又以对海德格尔进行抵制的方式来推进海德格尔哲学。而德里达又对列维纳斯和布朗肖进行了既满怀尊敬又不无对抗的激活。德勒兹对斯宾诺莎推崇有加，但这是他自己独特的斯宾诺莎，他是用尼采来激活斯宾诺莎的。除了这些对经典哲学的重读之外，法国理论将视野运用于最日常的、最平凡的、最不起眼的——几乎从未被理论细致打量过的——生活现象，比如，罗兰·巴特的《神话学》

对脱衣舞、拳击和汽车广告的分析令人大开眼界。这是我讲的法国理论的第三个特性：开放性和当代性。

4

最后一点，除了可以囊括一切、可以对任何东西进行分析的广阔视野，我觉得法国理论还有一个特别有魅力的地方，那就是它的写作形式和文体形式。简要地说，这就是一种探求真理的形式和一种艺术表达的形式的奇妙结合。对传统的哲学来说，真理，唯一的真理，只能通过严密的逻辑和论证来完成。为此，它会采用传统哲学既定的各种概念和词语。传统哲学甚至会形成自己的写作体制来束缚后人。而法国理论（虽然不是全部的法国理论）发明了一种前所未有的写作风格，试图解开真理和逻辑的天然联系。这当中有两种不同的情况。一种是重新认识什么是真理：真理不是一种固定的、单一的答案，不是形而上学的绝对真理，而是尼采式的多重真理、局部真理，也可以说，真理是被发明的真理，是真理的隐喻。法国理论并不追求一种普遍的唯一真理，一旦对真理的唯一性产生怀疑，那么，它在某些方面确实有一种"虚构"色彩。但问题是，以前追求绝对真理的哲学在什么意义上不是虚构的呢？以前的哲学不过是不承认自己的虚构而已，它执着地相信它的真理本身。但是，从尼采的角度来看，整个哲学史都不过是一种从局部视角出发的虚构。法国理论遵循这样一种视角，它摆脱了单调、刻板地答卷的诱惑。尽管怀疑普遍真理和单一真理，但它不是站在真理的对立面，不是不相信真理、不追求真理，而是相信即便是真理，也可能并不一定是最后的真理、唯一的真理。但是，真理仍旧是追求的对象，法国理论仍旧是在探索真理，只不过它潜在地承认自己的真理的局部性。而要获取这样一个局部真理，就会让它放弃所谓的整全思想，就会让它避免折中，避免过于辩证的思辨，避免平庸之见，从而释放大胆甚至激进的想象。哲学因此充满了想象和发明的味道，因而有了一种审美的气质——这就是法国理论与传统哲学的一个重要差异所在。

一旦理论当中有了审美的气质，我们就会看到，法国理论的书写便展示了某种意义的文学性。将文学风格植入理论写作，让理论拥有独特的表达语言，让理论带有某种虚构和想象的特征，从而让哲学充满实验色彩，甚至让它成为艺术文本——这是许多法国理论家的风格。法国理论呈现出一种既非纯粹的哲学也非纯粹的文学的面貌。许多作品甚至带有强烈的艺术实验色彩，最典型的是德勒兹与加塔利合著的《千高原》。《千高原》就是一个庞大而丰富的实验室，它里面杂糅了科学论证、科幻小说、故事、历史、寓言等文类，它的章节编排也没有一以贯之的逻辑顺序。你可以从书中的任何一页开始阅读。它最终是一个哲学的艺术实验：在这里，想象和真理、虚构和实在、对话和独白毫无冲突地融为一体，它是一个繁复的杂烩，也是一个共鸣的协奏，句子简短、紧凑、递进，一种轻微的强度在书页间劈啪作响。还有罗兰·巴特那种精致和优雅的随笔，他的发现与其说是对真理的深刻揭示，不如说是一种高雅趣味的个性化流露。他的目光是对对象的一遍遍抚摸。他打破了理论、随笔甚至小说的界限。他并不遵从文体的规范惯例来写，而是遵从自己的欲望来写，按照他的说法，有多少欲望就有多少文本。法国理论家确实是按照欲望而不是按照规范来写作的：布朗肖的喃喃低语，使得他的文本变成了一个充满神秘感的深渊黑洞，里面有无数的秘密，但是无人能对此探索穷尽。它的不透明强调了语言本身的物质性和厚度，强调了语言自发的存在感。和罗兰·巴特等同行一样，布朗肖热爱法语，热爱马拉美，热爱瓦莱里，热爱法国这些唯美主义的语言炼金术士。德里达持久地注重书的形式，他进行了各种各样的实验，他的一些书像是对书的重新发明，他总在想象和尝试如何写出一本从风格到内容、到版式都完全不一样的书，他不仅想摆脱书的惯例，他甚至想摆脱自己的惯例：

他说他梦想像个女人一样写作。巴什拉则有一种独特的慵懒的抒情笔调,不疾不徐但又略带感伤地娓娓道来,他是语言节奏的大师。而拉康是暧昧和模糊的大师,他致力于一种特殊的不清晰,致力于谜语的创造,这不是一种思考的不足或匮乏所导致的,而是一种思考的想象和发散所导致的,这和那种佶屈聱牙的风格的差异在于,他赋予了这种佶屈聱牙以特殊的诗意。而福柯正是诗意写作的大师。他早期的文学评论写得就和他所评论的文学对象一样,他写布朗肖的评论就是在故意模仿朗肖的文笔。他的《疯癫史》是六百多页的博士论文,也是六百多页的抒情诗行。福柯可以根据不同的对象用不同的语言来写作。他可以不断地改变自己的写作形式和写作空间。他可以满怀激情、富有诗意,也可以谨慎克制而达致典雅。一种美的抒情文字和一种鞭辟入里的冷静分析在他这里奇妙地结合在了一起。[1]

对法国理论来说,思想和写作是一个创造性的工作,而不是一个整理、归纳和评述的工作。不只有小说是创

---

[1] 巴迪欧说:"我们大概花了四十年时间才逐渐习惯德勒兹、福柯和拉康的写作风格。我们现在已经体会不到他们的所作所为与先前哲学风格的决裂是多么非同凡响。当时所有的思想家都全力以赴去寻找属于自己的写作风格,发明自己的新的论述方式,他们想成为作家。"(Alain Badiou, *The Adventure of French Philosophy*, ed. and trans. Bruno Bosteels, London: Verso, 2012, p.LVIII)

造的，理论写作也可以创造，不仅创造思想，而且可以创造美。一种思想的创造和一种美的表达结合起来，这是人类写作历史上出现的一个新形式：思想文本可以变成艺术作品。这样的追求，我们曾经在罗马时期的哲学家那里见到过，西塞罗、塞涅卡等人都用美妙的言辞来讲述人生的道理。但是，法国理论的不同之处在于，在经过了几个世纪的现代哲学的烦琐复杂的耕耘之后，它并不能彻底摆脱现代哲学的框架和阴影，它不可能采用罗马时期哲学家或蒙田那样的清晰随笔。虽然法国理论不可能同 17 世纪以来的哲学所积累的概念、问题和框架一刀两断，虽然它仍旧依据众多的哲学概念而存活，但是，同以康德、黑格尔为主体的严谨的德国古典哲学——这是另一座哲学高峰——不一样的是，法国理论试图以新的方式来运用和驯化哲学概念：哲学概念和哲学问题并非只有一种特有的表达形式，它们还可以同文学风格形成一种创造性的结合，它们还可以同哲学之外的问题嫁接在一起。也就是说，在法国理论中，哲学概念和哲学问题并没有消失，只不过是以另外的方式，以非传统哲学的方式得到了运用。因此，哲学概念和哲学问题在这种结合中也被改变了——你甚至可以说它们不是纯粹的哲学概念和哲学问题了——这就是法国理论的特征。它来自哲学传统，但是，它驯化和改造了这个传统，它在主题上、在表达和风格上、在关切和旨趣上都改变了这个传统。它质疑形而上学，它关注当下和社会，它具有批判性，它在风格上对美的寻求，它对想象的运用，它对创造性、实验性的投入，它对弱者的关心，它对各种神话的去蔽，它对一切事物的浓厚兴趣，所有这些都成为法国理论的风格标志。在这里，思想，而不仅仅是哲学，终于找到了它奇妙的言谈形式。

我只是要记录毫无修饰的哲学谈话

发表于《电影艺术》，2016 年第 6 期。原题"《米歇尔·福柯》：论文电影与哲学纪录"。采访者：李洋。

你的《米歇尔·福柯》这部影片在广州、上海、南京、北京放映的时候，每一场都爆满，观众非常热情，很多地方不得不加映一场。你怎么看待这部电影特别受欢迎的现象？

首先，我觉得这是一个比较新的形式吧。哲学和电影大家都有兴趣，而且以影像的方式来讨论哲学，可能非常少见，至少在中国没有出现过。其次，我觉得是福柯的影响，福柯在大学里面、在知识分子这个圈子里面的影响巨大——如果我拍另一个人，绝对不会有这么多观众。当然，来看的人很多，但是我觉得有许多人是不该来的。许多人是抱着看电影的目的来的，就是想来看一部有情节、有叙事的纪录片，或许他们从哪个地方听说过福柯的名字。福柯本身有传奇性，他的故事非常适合拍电影。谁不想看一部有关福柯的免费电影呢？不过，抱着这个目的来的人，多少会有些失望——片子没有任何有趣的故事和情节，只有对他们来说枯燥且莫名其妙的哲学谈话。如果把这些观众去掉的话——我真的不认为他们是这个片子的合适观众——那么，看到这个片子的人就很少了。最后，我要说明的是，尽管场场爆满，但是，因为放映的场数并不多，包括那些看得昏昏欲睡、大呼上当的观众在内，大概就三千多人吧。在中国的四个一线城市，这个观众数量是很少的。当然，比我事先想象的多得多，我拍的时候预想的是三百个观众，就是我的学生和朋友。我根本没有打算在外面放映。是朋友们的鼓励让我拿出来给大家看。我原本只是打算在课堂上和我的学生一起讨论福柯的时候放给他们看，和他们一起边看边讨论，这难道不是一个好的教学方法吗？

大概从什么时候开始，你产生了拍摄这部电影的想法？是什么促使你产生这个想法的？

我可能比较关注当代艺术，跟艺术家接触也比较多，对各种艺术经验都了解。也许同一般的学院内的人相比，我能接受各种非体制化的艺术形式。我算不上是影迷，看电影并不多，但我对实验影像并不陌生。我也经常在美术馆看各种展览，包括诸多录像作品。也许不是我的电影经验，而是我的艺术经验潜在地影响了我。我了解白南准、安迪·沃霍尔和马修·巴尼的作品，我也了解戈达尔、居伊·德波、克里斯·马克和德里克·贾曼的作品。对于我来说，这个片子与其说是一部电影或纪录片，不如说是一个录像作品、一个艺术作品。如果我不了解或未接触当代艺术的话，我肯定就是一个纯粹写书的人——事实上，在这之前，我就是一个写作者。

至于具体到我为什么拍这个片子，我觉得我不太能说清有某一个特别确定的原因。也许是很多原因促成的。我真的得具体想想我为什么要干这件事。具体的动机很多，比如说，十年前，法国文化中心邀请我去法国采访过二十多位法国哲学家，他们希望我回来后写一篇采访报告，向中国读者介绍当时的法国哲学状况。我从巴黎回来后，跟朋友聊起了在巴黎的采访经历，我记得诗人王家新当时说过一句话，给我很深的印象。他说："老汪，你应该带个摄像师去，把当时的采访过程都拍下来。"我记住了这句话，但我估计王家新早忘记了。另外一个原因说起来很难让人相信，我经常坐出租车，上车后司机常常会问我："你是艺术家？导演？

歌手？"我总是诚实地回答说我只是个大学老师，不是导演，也不是艺术家。我的回答好像总是让师傅们有点失望，他们的失望好像也连带会让我失望。这样的问答有太多次了。也许，我真的想回答说我是艺术家。现在他们再问我，我就可以理直气壮地回答说是了（笑）。还有一个直接原因，两年前，我们在红砖美术馆组织了一个福柯去世三十年的纪念研讨会，那个时候，我就决定拍一部关于福柯的纪录片了。

至于为什么要拍福柯，首先是因为我喜欢他。我也想让学生们了解他。如果我要拍个片子的话，只能是他。而且，我觉得我也只能是拍与哲学相关的片子。拍别的片子，我不擅长，而且也不感兴趣。

电影中出现了很多福柯生前的影像资料，还有你后来做的大量采访，你总共为这部电影准备了多少素材？

素材一共有多少，我真说不清楚。福柯的访谈，只要能找到的，我们都找来了。当然用的只是很少的一部分。而我们自己拍的素材就更多了，我估计用了十分之一吧。

正好我去年有两次机会受邀去巴黎做学术交流，我就顺便拍了一些素材。第一次去的时候，我并没有想清楚我要拍一个什么类型的片子。或者说，我一开始是想拍一个比较传统的纪录片，想拍福柯的传记，他的工作、他的出身、他的读书生涯、他的日常生活，等等。第一次去的时候就围绕着这个采访到了很多背景性的东西，比如，法兰西公学院、巴黎高师、福柯去世的医院、福柯的家里，还有拉丁区的各种街道、书店、酒吧，等等，就是纪录片通常需要的那些背景性素材。用各种方式、各种机器重复地拍。我也在福柯家里翻拍了他的很多照片，有些是很少见到的照片。

但这些素材在影片中都没有出现？

是的。这是第一次，也就是去年7月份那一次，我在巴黎待了一个月，然后回来了。回来之后，我就开始酝酿怎么剪，我觉得材料足够了。我甚至打算写解说词了。但是，我隐隐约约觉得拍一个这样的传统纪录片并不能让我满足。而且，这样的片子一般人都能够拍出来，不需要我来拍。看看福柯的传记，一般的导演都能拍。所以我就一直没动手。我一直在构思和酝酿。突然有一天，我就想到了拍一个纯粹谈话的片子。纯粹地谈哲学，所有的出镜者都是哲学家，所有人都谈哲学，福柯谈自己的哲学，别的人围绕着福柯来谈哲学。完全不涉及哲学之外的任何东西,不涉及任何故事,不涉及任何空间背景,就是最纯粹的哲学谈话。简单地说,这是一部纯粹讨论哲学的影片。当然,我不会去讨论这是否是电影或纪录片,它是什么毫不重要,它就是影像。我也不去设想它的观众——我没有任何意图、义务和责任去迎合所谓的"影迷"。我只是想让哲学本身现身,让哲学开口说话。哲学脱离口语成为书面语的时间太长了。我想讨论影像、哲学和言谈的关系。我想让哲学和哲学谈话来展现自身的魅力。对我来说,哲学家讲话的时候最美。看看福柯,看看德勒兹,他们讲话的时候比任何演员都更有魅力,他们讲的话比任何电影台词都更有魅力——这就是我想要展示的哲学的魅力。我试图让哲学讲话。如果说在这个片子里我想要达成什么目标的话,这就是一个主要的目标。当然,如果你对哲学并无兴趣,或者说,你无法理解福柯讲话时的魅力,你就不会在这部影片中获得任何东西。

这样,我就给自己定下了一条原则,或者说,这个原则就是我要呈现的风格:它非常简单,全片都采用同样的镜头,从头到尾差不多就是同样的镜头——一个哲学家对着镜头、对着观众讲哲学,而且基本上是以他的正面特写为主。一个人讲完之后,就换另一个人以差不多的方式来讲,从始至终都是如此。当然,每个人讲的内容不一样，只是都与哲学相关。片子就只有这个风格——它是极简主义的，当然你也可以说毫无风格。我想好了后，就马上决定重新开始。前面的街拍什么的，全都作废了。

所以你又拍摄了新的内容？

正好我在11月份又获得了一个赴巴黎的机会。巴黎七大召开罗兰·巴特诞辰一百周年的会议，他们邀请我去，但时间只有一周。我赶紧联系了法国文化中心，说我要采访福柯研究专家，希望他们帮我联系。他们出面帮忙了。但因为时间太短，加上我在巴黎还要开会，只能匆匆地见了几个人。如果时间充裕的话，我也许能多见几个人，访谈的材料也许会更丰富些。不过，几个人也基本上够用了。

这次因为我所有的方案都想清楚了，我就知道怎么做了。不过，在拍摄的过程中，我又给自己定了一个原则：放弃任何拍摄技术，强调拍摄的偶然性。我绝对不要去摆拍，不要去强调拍摄的背景、空间、构图、色彩、光感，等等。我还给自己定了另一个拍摄原则，就是绝对的偶然性原则。我的意思是，我绝不规划，从头至尾都不规划。被拍的人在哪里，他约我们去哪里，我们就在哪里拍。在巴黎,我事先并没有告诉对方我要去拍他们,只是跟他们说要聊聊福柯和哲学。德菲尔和朗西埃都是这样约的。只是到了后,我才跟他们说要拍摄他们。当然,这要征得他们的同意。除了芭芭拉·卡桑不同意拍摄——当然,她非常友好,她是出于特殊的原因拒绝了拍摄——其他人都很配合,都愿意被拍。这样,他们都是在没有准备的情况下被拍摄的。而我也完全不知道会在哪里拍。拍摄取决于机遇,取决于对方预订的约会地点。他们约我去餐馆,那就在餐馆拍;去酒店,就在酒店拍;去家里,就在家里拍。我绝不向他们提出任何拍摄要求和建议,绝不布景。他们怎么坐着,我们就怎么拍。我从未在意身边的嘈杂声音、暗淡光线之类的拍摄障碍,我把它们原封不动地保留在影片中。我只是要记录纯粹的毫无修饰的哲学谈话。

同时,我也刻意地跟自己强调不要选择机器。我们有什么机器在手边就用什么机器拍。如果什么机器也没有,我们就拿手机拍。如果那天能找到摄像机,我们就用摄像机拍;能找到相机,就用相机拍。这也完全是偶然的。所以这个片子中有用手机拍的,有用相机拍的,也有用专业的摄像机拍的。另外,我也不挑选摄像师。我要去访谈的时候,正好碰上了谁有时间,我就带谁去拍。在国内是学生,在巴黎是朋友。有时候正好碰上了愿意帮忙的摄像师（雅昌艺术网的朋友就帮我拍过），就带他们去。我觉得所有的人都可以成为摄像师。因此，我这个片子的片尾没有显示谁是摄像师，可能有十来个人——几乎都是非专业的——帮我拍过。每个采访对象差不多都是不同的人去拍的。最后，我也绝不重拍，或者说，绝不修改，哪怕拍的效果很差，哪怕镜头模糊抖动、声音含糊不清。我想要的就是这种直接的一次性效果。

这种拍摄理念与工业化的拍摄方法完全不同，你决定采取这种方式来拍摄的原因是什么？

我曾经有过几次被拍摄的经验。每次都是差不多的情况。我这个片子的剪辑杨波是电影学院毕业的，他本身就是个很好的导演，他拍过一部关于黄永砯的纪录片。当时，他为了拍这个片子来拍我。我记得他上我家来的时候，带了四五个人，扛着一堆机器，把我家塞得满满的。他们非常专业，给我挑选位置，纠正我的坐姿，布置后面的书架背景，而且家里不能有一点点声音。拍摄的过程搞得非常慎重而紧张——我的表演感马上就上来了。我想所有人面对这种情况，都会产生表演感。这的确不真实。另外几次拍摄经验也都大同小异——有一次甚至还被强行化了妆。我要说的是，首先正是这些经验使我下定决心，如果我来拍片子的话，我一定要放弃这些烦琐的安排，这些催生了表演感的安排。我要简单而直接地工作，要让拍摄对象没有在被拍的感觉。

因此，我要的是一种最粗糙、最原始的图像，剔除了一切修饰的图像。当然，人们会说，我这种图像毫无美感。专业的电影拍摄之所以精心制作，就是因为他们对图像有要求，就是要追求图像的美感。但什么是美感？我在复旦放映的时候，有个学电影的学生就说："汪老师，我们在你这个片子中没有看到电影美学，没有看到技术。"他的意思是我的这个片子从技术层面上来看太低级了。我回答说："你们电影学院那些技术追求、美学追求和图像追求，那些电影教科书上的拍摄教诲，还真的没什么价值。我干的事情就是要反对你们这样的电影美学追求。"那些所谓的技术要求、图像要求和美学要求，不就是电影工业打造出来的一套规范程序吗？今天这样的追求几乎差不多成了电影的律令。它既是对导演的规训，也是对观众的规训。它的目标就是"好看"。而我所做的恰恰相反，我要打破这种律令，从图像神话中解放出来。我绝对不追求画面的"好看"。我只想还原原始而粗糙的画面。我要放弃所谓的构图、空间、灯光……一切的技术部署。如果说电影的历史就是不断探讨图像语言的历史，那么，我要做的就是回到电影的起点，它就是直接、单纯、简单和朴素的记录。

此外，在今天这个手机可以拍摄的时代，我希望每个人都能自己拍摄。每个人都可以是导演，每个人都可以是摄像师。职业导演和职业摄像的神话应该被破除了。因为汽车的普及，汽车司机作为一个职业早就被废除了，导演作为一个职业难道不应该因为手机的普及而被废除吗？几十年前，博伊斯就说过人人都可以是艺术家，今天，我们也能够说，人人都可以是导演。我也不想说我是业余导演、我们的摄像是业余摄像，我想说的是，就影像拍摄而言，根本就不应该存在着职业和业余之分。而所谓的"电影"，它的定义和概念真的应该遭到质疑了。我记得在剪辑的时候，杨波对我说："汪老师，你这片子肯定会让我们电影学院毕业的人发懵，从形式到内容他们都不会接受。"我对他说："太好了，我要的就是这个效果。"

在影片中，尤其是福柯的演讲内容，那些影像我觉得非常精彩，福柯对自己的思路表述得非常清晰，而且与你对福柯的研究非常一致。电影中出现了很多人，有中国的，有外国的，有像德菲尔这样与福柯有特殊关系的人，还有当代知名的哲学家，即便他们的身份和背景不同,但影片中呈现的部分形成了高度的一致,即在福柯思想的价值上是很统一的。你在采访的时候有没有对采访的内容进行引导?

采访之前,我有一点准备,但不仔细。具体采访的时候,我先是问有关福柯的问题,关于福柯的总的问题,或者让他们谈谈对福柯印象最深刻的是什么。一方面,我让他们随便谈;另一方面,我具体针对某一个人提一些特殊的问题。所以既有针对性的提问,也有让采访对象放开来谈的。访谈的时间有长有短,绝大部分都超过了一个小时。我跟德菲尔谈了好几个小时,中间还吃了顿晚餐。他的那段录音就是在饭馆吃晚餐的时候录下来的。我在片子中就直接用了这段没有画面的录音。不过,剪辑之后,实际上每个人都只保留了几分钟。如果我把大家的谈话都保留下来的话,这个片子估计会超过十个小时。

这部电影有一个很明显的结构,也就是分为三个部分,分别是"人之死"、"权力/知识"和"自我技术",我认为这三部分内容存在一种内在的逻辑关系,而且在每一个段落里,谈话、演讲和采访也存在一个比较清晰的逻辑线索。你能否把这三个部分的结构关系再讲一讲。

我们把素材全部整理出来之后，我当然就会考虑怎么剪辑它了。虽然谈话和拍摄都是偶然的，但我还是希望片子本身有一种结构性的东西。如果一切都是偶然的，如果片子全部是一个片段一个片段的，没有任何逻辑，那么片子就完全没法看了——我还是打算给学生讲解的。所以我最后还是强调结构和逻辑上要构成一个总体性。偶然的拍摄应该编织成一个结构上的整体。

那怎么来让它成为一个有逻辑的总体呢？因为没有故事性，无法按照情节来编织，我就按照一篇论文的方式来组织它。这本来就是论文纪录片。我把所有的素材都看完后，就决定大体按照福柯的早中晚三个时期的不同主题来整理素材。当然，这三个主题之外的很多东西都剪掉了，剪的过程我也感到很可惜。比如，有关生命政治的谈话，有关福柯和德里达、罗兰·巴特、阿尔都塞的关系的谈话，有关福柯和"68思想"的关系的谈话，都剪掉了。一部片子，不可能保留所有的素材，否则太长了。另外，如果把所有东西都呈现出来，就会有各种枝蔓，它的逻辑结构就会不清晰。还有一个原则是，剪辑的时候，要以福柯的谈话为主线。福柯毫无疑问是主角。当然，福柯的影像也被大量地剪掉了，我们保留的只是我认为比较核心的东西。

我之所以将它称为"论文纪录片"，确实是因为它是按照论文（paper）的方式来组织的。它真的是一篇影像论文。我这么说，还真不是通常意义上的"论文"（essay）电影。

像论文写作一样，我把这个片子也按照早中晚三个时期的主题划分为三个章节。但每一章都暗含两个部分。第一章是"人之死"，这一章的前半部分就是讨论"人之死"的概念，这实际上是《词与物》的一个结论，后半部分主要是谈福柯的影响，福柯在法国和中国的接受和影响。第二章的前半部分主要是讨论权力概念，涉及的是《疯癫与文明》和《规训与惩罚》，后半部分主要是讲福柯的风格，每个人都讲自己所理解的福柯的特殊风格，关于语言、关于思维方式、关于多变性，等等。第三章前半部分讲他的自我技术，这是他晚期的主题，后半部分讲的是德菲尔和德勒兹对福柯的回忆，也是对福柯的一个总的评价。所以，这三章每一章的前半部分都是在讲福柯的理论，后半部分都是从不同的角度来讲福柯的接受、福柯的风格、对福柯的总的评价，等等。之所以这样来安排，也是为了让这个片子稍微有点松驰感。如果一直讲"人之死"、讲权力，理论的强度就太大了。

在这个片子里，你降低了所谓的电影语言，其实也就是最简单的剪辑。你所谓的剪辑也就是最简单的剪辑。这跟所谓的蒙太奇完全相反,你只是进行最简单的剪辑,我们研究电影的人管这叫切接,这段接那段,没有任何手法,没有旁白,也没有镜头的移动,都是人在讲话,也没有什么引导。那么,拍完这个片子之后,你对电影这门艺术有什么新的理解?

很多人看了这个片子后,说这个片子没有导演,就是个剪辑而已。但什么是导演呢?就是统治、指导和调度整个影片叙事和图像的人吗?在这个意义上,我不是导演,因为我没有指导怎么演出,我让所有的人自己说话,毫无表演性地说话。我也没有在图像和场景方面绞尽脑汁地设计。我甚至没有叙事。在这个意义上,我确实不是传统意义上的导演。我只是准备了原始素材,然后对之进行剪辑。我觉得剪辑最重要。也可以说,导演的工作就是剪辑的工作。你翻译过巴迪欧那篇谈电影的文章,他在那篇文章中说电影主要就是剪辑,或者说,剪辑对于电影而言非常重要,电影就是剪出来的。我同意巴迪欧这个观点。无数的素材准备好了,放在这个地方,但是不同的人剪出来的东西完全不一样。在这个意义上,导演的工作就是剪辑的工作,或者也可以说,导演很重要的一部分工作就是剪辑的工作。

当然,我也不是传统意义上的剪辑。对,我就是你所说的"切接"。我要把不同人的语言组织起来,让每段话和每段话之间有关联,让每段话和每段话之间能够衔接得上。因此,我切换得非常快。我不想让谈话的速度降低下来。我希望有一种谈话的强度。同时,我这是在写论文,我要让这篇论文完整。在这里,我就是要把各种文献编辑成一篇完备的论文。这是我的"导演"工作。也许说这是"编辑"工作更准确。问题是,这样的编辑工作是一般的电影导演没法完成的。它需要专业性。它需要哲学的专业性。实际上,我希望看上去我在这个片子中完全消失了,我根本不希望这个片子有导演。如果所有的人都在那里讲话,而且无需任何表演上的指导,还要导演干什么呢?也许,今天导演真的应该在影像中消失了,或者说,我们真的应该放弃职业导演这个观念了。

福柯有一个观点,他说作者最终要消失在作品中,影片中也提到了这个观点。那么,在这部作品中,你是怎么理解作者在创造过程中逐渐消失这个问题的?

我希望自己在片子中消失。所以,有人说这个片子没有导演的时候,我特别高兴。我要的就是这个效果,我就是希望让大家看到这个片子好像是没有导演的,片子像是自己生成的一样。它丝毫没有"演"的痕迹，当然也就没有"导演"的痕迹。当然，有些观众能够看到片子中的材料挑选，能够看到逻辑和论证，因而能够强烈地感到导演无处不在，只不过这个导演的功能和传统的导演的功能不太一样。但对有些不熟悉福柯的观众而言，他们只能看到一堆素材和资料的堆砌，只能看到毫无想象力的资料重复，他们当然无法看到片中导演的存在。一开始我甚至没有打算让我出现在片子中，我想彻底从片子中消失。但因为论证的需要，有些地方确实没有串联上，我还是出现了，我是作为一个串联的角色出现的。

你在影片中出现了两次，前面有一段讲福柯跟笛卡尔和康德的差异，后面有一段讲他晚年为什么转向古代，研究自我技术。

对，前面主要是想讲他的一个总体思想，是接着福柯讲的。但福柯讲得有点抽象，我不过是进行一个补充和呼应，想一开始的时候告诉大家福柯的总的研究主题是什么。这实际上起着一个概括的作用。后面那一段出现在讲福柯的自我技术的时候。我们当时找不到福柯晚年的视频，如果有晚年的视频的话，福柯就会讲得更多，也就不需要我出场了。但是，1984年，《性史》

第二卷和第三卷刚出版的时候,他就住院了,很快就病逝了,没有时间接受电视采访。一般来说,福柯出版一本书之后,法国电视台就会找他去做节目,这样才可能有视频资料保存下来。但没有关于《性史》的视频,福柯自己没有说话。采访的时候,我让张旭就福柯的晚年谈得比较多,但还是不够,所以我就只好自己出来讲了。我的本意真的是不想出现在片子中。

你说本雅明的思想启发了你。他曾设想一本完全由引文构成的书,但是他没有完成。而这部电影基本上都是由引文连缀成的,没有任何其他的电影手段,比如叙事或旁白。你是怎么想到这个形式的?

当我开始想到这个片子以谈话为主的时候,我还在犹豫是不是要写些台词来解释这些谈话,或者用这些台词把谈话以一种比较容易理解的方式串联起来。不过,我把所有的谈话素材看了之后,我发现这些素材很丰富,它们基本上可以自己串联。如果是这样,为什么还要写解说词呢?本雅明有过一个非常著名的愿望:写一本书,但是,整本书都由引文构成。写作者本人不写一句话,只是像路边的武装劫匪一样,将那些闪光的句子从原来的主人那里抢夺过来,然后将它们秩序井然地组织在一起,使之成为一本完整的书。不过,本雅明生前并没有完成这个计划，这只是他的一个愿望。现在，我试图通过影像的方式来完成这个任务。我试图全部采用别人的说话来编织我所要的主题、逻辑和结构。我希望将这些引文本身组织成一篇完备的论文。这是我的引文写作，不过是用图像的方式来写的。

很多对这部影片感兴趣的观众，他们来看电影时是对这部影片有期待的，一方面是对叙事的期待，期待你讲述福柯的生平和故事，另一方面是对语言或形式审美的期待，然而你的作品让他们这两种期待都落空了。其实，我也可以理解为影片对他们的期待构成了一种很强的挑衅，我猜有人会有一种被冒犯或被欺骗的感觉。不过，对于这种电影来说这也很正常，居伊·德波的电影当年放映时就有人直接反对。你在上海曾说，你是在寻找一种你最适合拍这部电影的方式，是不是？

肯定有很多人看了之后很失望，他们没有看到他们想看到的东西。这不符合他们的观影习惯。我对此很抱歉，尤其是那些排了长队最后还没有找到座位的观众。我知道这个片子会让很多人感觉不舒服。但是，我真的不知道谁会来看片子，我没法事先提醒他们说这个片子真的不好看。我能做的只是不主动邀请人来看——

这点比伊夫·克莱因好多了,他弄了一个没有作品的空展览,还到处下请帖。我知道很多人实际上就是想来看故事,想看福柯的生死爱欲,看福柯的传奇性。在北京放映完之后,就有同性恋者对我说:"汪老师,我们是想来看福柯的同性恋生活的,而且希望你在电影当中能够为同性恋运动呼吁一下。"每个人都是出于各种各样的原因来看福柯的。或许因为我的片名就叫"米歇尔·福柯",让大家都以为是传记。但是,传记不是我要拍的,也不用我来拍。世上有那么多职业导演,拍传记并不难,他们都可以拍得很好。国外有一部福柯的传记纪录片,不过拍得并不是很成功。我要拍的话,肯定就不是一个传记,我要拍的是哲学,我要拍的只能是符合我的职业和身份的片子,或者说,只有我才能拍得出来的东西。传记片有无数的人能拍出来。但这种哲学影像,有强烈的我个人的痕迹。这只能是我的作品。

所以你选择了这种表达方式?

是的。很多人不会认可我这个形式,毕竟不好看,好像也没有什么技术。不过有些宽宏大量的观众会说,好在可以通过片子多少了解一些福柯的哲学,因此,形式上的问题就不计较了。但我自己最认可、最满意的就是这个影像形式。就我而言，福柯讲述的东西，我当然非常熟悉。这个片子对我的意义，不在于福柯的哲学本身，而在于我找到了一种影像形式——它就是一个人对着镜头说话，不同的人轮着说话。非常粗糙，非常原始，非常简单，以至于人们都忘了还有这样的影像形式。或者说，它太简单了，以至于人们想都不会这样去想了，人们都不敢这样去拍了。我要说，这并不是一个新的形式，它真的只是被所谓的影像艺术和影像工业所压抑了。我希望在今天它是一种独特的影像方式。它不同于一般的电影或纪录片，也不同于传统的哲学论文，它难以归类。我只能说它是一件作品。相对于传统的电影而言，我这毕竟更像是 video art。它对有些人来说很枯燥，但有些人也看得津津有味。我知道它对每个人的吸引力不同。不过，总体上，就可看性而言，肯定比德波和安迪·沃霍尔的作品好看。绝对不会有人把《帝国大厦》从头到尾看完——包括沃霍尔自己。

在西方，"论文电影"的历史也很长了，包括你提到的戈达尔的《电影史》。其实安迪·沃霍尔的作品更倾向于一种实验影像。但是，也有电影更接近于思想论文，比如，齐泽克自己编导的两部电影，《变态者电影指南》和《变态者意识形态指南》。当然,齐泽克的作品比《米歇尔·福柯》更愉悦,更好看一点。

他本身有电影镜头。

他搬演了很多电影桥段,他想通过模仿商业电影的快感,展开他对意识形态的批评。每当有这样的"论文电影"出现,都形成了对"电影"本质的质疑,或者说,"论文电影"拓宽了电影的边界,让电影不再是大众所理解的那种电影,让他们对电影是什么提出了疑问,其实这是对电影形式的开拓。而且,我们本身就到了一个电影逐渐消失的时代,电影逐渐被各种形式的视频和影像淹没,各种长片短片,在电视上或网上,电影已不再是原来只能在电影院里看到的以胶片为唯一载体的电影,它开始消失在大量增生的各种形态的影像中。到底什么是电影,什么不是电影——电影的边界本来就很模糊了。我个人对这部影片很感兴趣,我觉得中国知识分子应该意识到"电影书写"这个时代情境。你觉得用电影这种语言来书写,与过去用文字来书写,这两种书写方式有什么区别?

这是完全不同的经验。我没有有意将二者进行比较——它们的目的、方法和条件完全不同。最直接的差异就是，论文写作者一个人待在书斋里面即可，而且不用任何的花费。影像不是一个人能够完成的，它是一项集体的工作。一个导演之所以不错，也许就是因为他有能力挑选最好的人来帮他。但是，写作完全是个人的事情，从这个意义上来说，我觉得文字写作比影像写作要隐秘和复杂，对作者的要求更高。不过，遗憾的是，今天是一个图像时代，没有人愿意看文字论文了。类似于我这个片子这样的抽象、简单而难看的影像论文的读者都会比最细腻丰富的文字论文的读者要多得多——这不就是发生在我身上的一个活生生的例证吗？

用一部电影的时间读懂福柯

《南方人物周刊》2016年的专访。采访者：蒯乐昊。

我们跳开《米歇尔·福柯》这部纪录片，从学术的角度来讲，福柯为什么会在那个历史时间点出现？以及，为什么福柯到今天对我们依然有意义？

福柯出现在1960年代，跟他所处的法国哲学背景有很大关系。福柯严格来说属于尼采的传统。因为希特勒挪用过尼采，所以"二战"之后，尼采在德国没有人谈，德国的尼采是遭到禁止的，但尼采在"二战"后的法国产生了影响。而且，有趣的是，在德国，人们将尼采视为右翼，但在法国，尼采（主义者）则是左翼。巴塔耶、布朗肖、克罗索夫斯基、德勒兹……法国1950、1960年代有一批哲学家非常推崇尼采。福柯正是受这些人——尤其是布朗肖和巴塔耶——的影响而接近尼采的。法国所谓的后结构主义，福柯也好，德勒兹也好，包括利奥塔、德里达，他们都是从尼采的传统中出来的。实际上，应该说，法国 1960 年代这一波哲学热，或者我们今天所说的法国当代哲学，其隐秘的源头是尼采。

也不是很隐秘吧？福柯虽然从不公然引用尼采，但他始终承认自己是一个尼采主义者。

现在回头看当然脉络非常清楚了，但在诞生之初并不明朗。1950、1960 年代法国思想界最重要的人物是萨特和梅洛-庞蒂，他们共同创办一个杂志，《现代》，存在主义和现象学才是法国 1950、1960 年代的思想主流。与此同时，巴塔耶也办了一个杂志，《批判》。《批判》与《现代》非常不同，它更多是尼采的信徒们的聚集地。福柯更多是受到《批判》的影响，而不是《现代》的影响。不过，巴塔耶 1962 年就病逝了。布朗肖才是萨特的潜在对手，当然，他远远没有萨特那么有名。当时法国有个说法：萨特是法国知识界的太阳，布朗肖则是法国知识界的月亮。布朗肖的影响是潜在的、地下的。这相当于哲学界的地下运动。福柯受这个地下运动的影响。这个地下运动的思想核心就是尼采——当然，福柯和德勒兹最后让他布满光亮。

这个由巴塔耶和布朗肖所开创的潜在的尼采主义运动，后来又遭遇了 1960 年代兴起的结构主义，它们在气质上非常不同，但有一点是共同的：它们都是针对萨特的。结构主义是另外一条线索，它的奠基人是列维-斯特劳斯。他通过雅各布森接受了索绪尔的语言学的影响，最先从人类学中发展出结构主义。这两个传统，一个结构主义，一个尼采传统，同时指向萨特。福柯在《词与物》中流露出了结构主义的倾向。不过，在此之后，他就离开了结构主义。所以你看那个纪录片里面，福柯有一段是在攻击萨特的，说萨特只不过是属于 19 世纪的，意思是萨特已经过时了。

萨特不是也攻击他吗，说福柯的思想是小资产阶级的最后堡垒？

对。萨特也攻击他。是萨特攻击福柯在先，福柯这是回击。当时，福柯的《词与物》出版，引起了巨大的争论，萨特认为福柯是结构主义的代表，就对他进行攻击。这实际上是两代知识分子的较量。不过，知识界互相攻击是很正常的，他们也没有因此成为死敌。后来他们还有一些共同的政治合作，他俩都是社会运动的积极分子，两个人还在一起签名、抗议，现在还能找到他们合影的照片。萨特去世的时候万人空巷，当时巴黎好几万人给他送葬,福柯也参加了葬礼。可以说,直到萨特去世的时候,他还是法国思想界的旗帜。

你说你的拍摄素材只用了10%,那么,在被剪掉的90%里面,有没有什么特别可惜的、挺有价值的内容最后被舍弃了呢?

很多。我们之前拍摄的所有背景素材——历史的和空间的——全部被弃用了,福柯的谈话中精彩的部分也非常多,但是为了逻辑关系上的连接,常常是一个多小时的素材只能选用几分钟。还有跟德菲尔的谈话,我们一起聊了五个多小时,也就选了几分钟吧。他特别能聊,而且善于讲八卦,比如,福柯跟罗兰·巴特、德里达、阿尔都塞的关系,等等。

德勒兹追思福柯的那段谈话太精彩了,我觉得他对福柯怀有真正的深情。

他们彼此看重,也应该是彼此最重要的朋友。在同代人中,福柯评价最高的就是德勒兹,福柯在 1970 年代就写过有一句很有名的话:"有朝一日,这个世纪是德勒兹的世纪。" 20 世纪谈不上是德勒兹的世纪,21 世纪可能是德勒兹的世纪——到目前为止，这个新世纪讨论得最多的哲学家可能就是德勒兹了。

就学术上而言，你觉得福柯和德勒兹是可以平起平坐的吗？

至少在我心中，他们算得上20世纪最伟大的哲学家。只是他俩的风格完全不一样。德勒兹的哲学非常有想象力，他像艺术家一样从事哲学，准确地说，他是在发明哲学和创造哲学。他创造了一种全然不同的哲学形式。你看看他与加塔利合著的《反俄狄浦斯》和《千高原》这样的书，你会觉得这是哲学的新形式——像艺术作品的哲学形式。这些哲学著作充满奇妙的想象，但是，它们并非以放弃真理为代价。这是些将真理和想象不可思议地结合在一起的杰作，它们既令人深受启发，同时也令人捧腹大笑。我觉得德勒兹代表了哲学的未来，即哲学可以以另外的形式、另外的思考来进行重新的组织和构想。而福柯的魅力来自他的博学和穿透力。他几乎研究了人文科学的一切，而且，只要他经过一个领域，那个领域就以全新的知识形式出现。他在任何时候都有自己特殊的启发性洞见。和德勒兹一样，他也异常勤奋，创造力惊人。

他 1970 年就当上了法兰西公学院院士，那时他才四十四岁。法兰西公学院是法国最高的学术机构，而且院士必须给公众讲课。福柯的讲课每次都爆满，几百人的大厅水泄不通，讲台前面都坐满了人，每堂课都是盛况。每次讲课的内容都不能重复，他两个礼拜讲一次，我们看他的讲课稿，发现他在讲这次课的时候，下次的课尚未准备好，有时候预告下一次要讲什么，但是后来发现讲的内容变了。这就是说，他在两个礼拜内必须写一篇详细的讲稿。也就是说，每两个礼拜要写一篇非常严谨的长篇论文。关键是他完成的讲课稿质量都非常高，每一篇都可以独自成文。其中还包含了大量的资料和注释。这是高强度的工作。福柯只活了五十八岁，但是他的著述有好几百万字，而且绝无平庸之作。不仅如此，福柯的每一本书都不重复，每一本书都是一个崭新的研究领域。你看他的那些著作，不要说观点，就连内容和材料都不重复，每一本书都是一个新的世界。有很多所谓的大理论家，一辈子就那么一两本有价值的书，然后就是不断地自我重复或扩展。但福柯的每本书都不能被他另外的书所取代。每一本书都有它独一无二的价值。可以说，他的每一本书都称得上是经典。

福柯和德勒兹都是我最喜爱的作者。当然非要说我对他俩的阅读感受的话，也许我更偏爱福柯一点——这或许是因为我阅读福柯的时间更长，对他的著作也更为熟悉。关于他俩之间的关系，德勒兹也承认自己"长期追随福柯"，后来，他们因为政治观点上的分歧一度有些疏远。但福柯晚年生病的时候，他最想见的人就是德勒兹，他还是觉得德勒兹是他最好的朋友。在他的葬礼上，是德勒兹致的悼词，他悲恸地读出了福柯《性史》中一段关于为什么要进行哲学研究的话。

福柯一生都在一个不断自我否定的变化过程之中，他的思想晚期跟早期相比有较大的变化，能给我们梳理一下这个变化的脉络吗？

确实有很大的变化。他不断地触及一些新问题。比如，他最早的著作《疯癫与文明》和《词与物》就几乎是完全不一样的两本书。

在这之前，他还出版了《精神疾病与人格》一书，这是他第一本专著，但这本书后来被他自己彻底否定了。

那是他 1950 年代学习精神病理学的一个结果。他后来修改过。不过,他真正的第一本书,我们一般认为是《疯癫史》，这是他的博士论文。这本书也写于 1950 年代，大部分内容是在瑞典完成的。这本书受尼采影响很大。那时他对文学非常感兴趣,这本书就充满了强烈的文学色彩,写得像诗一样美。他答辩的时候,老师说他更像一个诗人。

这也是尼采的写作方法。

是的。福柯所有著作都很美,但是这本书尤其华丽,很多句子读起来就像诗一样,充满激情。不过,他越到晚年越平静。后来写《性史》的时候,他就像一个老哲人一样,写得从容而平易,但是也非常有力量。

《疯癫史》是他最早的著作,主要是受尼采"非理性"的酒神精神影响。而《词与物》就跟前一本书完全没有关系了。《词与物》更多跟法国当时的结构主义潮流有关系,就是强调结构的重要性而宣布"人之死"。但是福柯讲得比较特殊,就是从人文学科的考古学的角度来谈的,他主要谈了三个学科——语言学、经济学、生物学——的历史发展过程。他谈"人"是怎么进入这些人文学科里面的。福柯认为,只是到了18世纪末,这些学科才将"人"作为主要的研究对象。也就是说,只是到了这个时候,人文学科才开始诞生。而从尼采开始,人文学科所想象的"人"的概念遭到了批判。

福柯著名的观点"人之死"即萌生自尼采的"上帝之死"。后来的《知识考古学》就是对《词与物》的方法论的一个论证。他的第四本书，也就是《规训与惩罚》，倒有点像是回到了《疯癫史》，而且这两本书经常被并列提及。疯人院和监狱，都是禁闭惩罚的系统。

"权力的毛细血管"是福柯最早提出来的吗？

这主要指的是福柯的规训权力。所谓权力的毛细血管，是指各种小型权力，就是各种遍布在社会机体当中，即学校、医院、机构、工厂这些微型社会机构中的权力。

所以福柯从来没有在思想上否定自己，将自己放到对立面去，他只是在不断变化。

可以这样说。他晚年对自己不同阶段的研究有一个总结，他自己写有一篇文章，他说他研究的总的主题不是权力，而是主体，简单地说，就是欧洲历史上的主体(人)是怎么形成的。福柯认为有几种方式。第一种，人是被权力所塑造而成的，这种权力采用的技术是区分、排斥、规训和监视，等等，像《疯癫史》和《规训与惩罚》，就是讨论这样的权力技术如何对主体进行塑造的著作。第二种，人是被学科建构而成的，这就是《词与物》的观点，即人文学科将人纳入自己的视野之中，从而建构了人的知识概念。第三种就是，人可以自己创造自己、自己塑造自己，这就是他晚年所谓的"自我技术"，这个主题是他最后的研究，福柯说他以前研究的是外在的权力如何制约和塑造我们，但是，我们还可以自己塑造自己、自己改造自己——古代人就是这样行事的。

可惜他晚年写《性史》没有彻底写完。

《性史》第一卷和后面的第二卷、第三卷关系不大。他晚期的研究主要体现于《性史》第二卷和第三卷。《性史》第二卷是关于古希腊的，第三卷是关于古罗马的。应该是有第四卷，是关于基督教的，他写完了，但是他不太满意，不让出版。[1] 他跟家人说过，不愿意在死后出版东西。不过，他在法兰西公学院的十几本讲课稿也陆陆续续出版了。这些讲课稿出版后，我们可以看到，福柯这一时期的形象跟他以前的形象、跟他去世时的形象完全不同。

---

[1] 这篇访谈是 2016 年完成的，两年之后，也就是 2018 年，《性史》第四卷《肉欲的告赎》由伽利玛出版社出版。

《性史》最后一卷《肉欲的告赎》是关于基督教的？

对，第四卷就是关于基督教的那一卷。我不能确定那一卷是否还存在。我不知道德菲尔手中有没有那一卷的手稿。德菲尔手中还有很多没有整理的福柯手稿，法国国家图书馆前两年花了几百万欧元把这些手稿买走了。

我没想到人文学科开始得这么晚，我之前以为从文艺复兴开始，就从神本转向人本了。

大部分人都跟你的看法接近。文艺复兴的时候对"人"比较重视。但是，按照福柯的观点——当然并不是说他说的就是真理——真正把"人"作为哲学的主要研究对象，实际上还是从康德的《人类学》开始的。文艺复兴时期人的主体性在提高，但是它并没有进入哲学的视野当中。福柯特别重视一门学科是什么时候出现的、在什么背景下诞生的。福柯讲的政治经济学、语言学和生物学，这些所谓的关于人的科学，都是比较晚才诞生的。

这么看来，人文学科很短命，18世纪末、19世纪初才开始,很快,福柯的"人之死"就宣布了它的结束。

按照福柯的观点,到福柯的时候,人文学科也就持续了一个半世纪吧。到尼采的时候,它就已经开始谢幕了。不过,我们不要教条式地对待福柯的这个观点。福柯自己后来都不太讲这个了。我们今天人文学科并没有死。

相比之下,神的时代可是长多了。福柯早年在精神分析学上格外用过力,当时他自己亦饱受躁郁之苦,上大学的时候疯疯癫癫,跟同学的关系也很僵,曾被父亲送去治疗。当时的福柯有一种强烈的攻击性,还有过两次自杀?

他那个时代,同性恋对他来说是很大的困扰。1950、1960年代的法国,同性恋很受排斥,法国实际上是非常保守的国家。到1970年代,福柯都一度想移民到更开放的美国去生活。

但是德菲尔说,福柯自杀不是因为同性恋,主要是因为他觉得自己长得不好看。

福柯一直觉得自己长得不够帅。年轻的时候,他就没有什么头发,后来一直光头。他半真半假地说,他之所以努力学习,就是为了让自己的成绩超过班上那些长得漂亮的男孩,从而吸引他们的注意。但整体来说,同性恋对他影响很大。那时候同性恋不能公开,大家都很压抑。但是福柯比常人表现得更有勇气,他后来是公开的。罗兰·巴特到死都没有公开。福柯因此还对罗兰·巴特不太满意。

福柯为人友善,但是,对别人的恶意绝不妥协、绝不让步。他充满勇气。1960年代在突尼斯的时候,有很多学生因为分发传单被抓捕,福柯利用自己的外籍教师身份营救和保护了很多学生。还有一件事情也让我觉得福柯具有常人不具备的勇气:一个餐馆失火了,餐厅老板被困在里面,福柯在煤气罐随时可能爆炸的情况下冲进去把老板给救了出来。这是真正的英雄。他体格高大,练过拳击,身体强壮,毫不畏惧。当年雷诺汽车工人罢工,福柯支持工人,在现场徒手跟警察干了起来。

福柯在世的时候,福柯的批评者主要是从什么方面来攻击他的?

有各种各样的批评,这在学术界非常正常。比如说《疯癫史》，有些学者说他的历史史实不准确。德里达也写过文章批评这本书，这是他们两人之间著名的哲学恩怨。《词与物》引起了萨特的批判。鲍德里亚也写过一本小册子，《忘记福柯》。因为鲍德里亚要起来，就必须向更大的权威发起挑战。但福柯没有回应，福柯挖苦鲍德里亚说："有些人想借我出名，但我不能把这个大礼送给他。"不过，总体来说，福柯遭到的批评不是特别严重，因为他的东西还是很有说服力的。不像德里达，德里达遭到的批评，甚至可以说是攻击，非常多。

你从来没有怀疑过福柯吗？

所有的人文学科，所有的哲学家，你都可以怀疑。事实上，谁也不会说自己完全占据了真理。但是，除了努力接近真理，人文科学重要的一点还在于它应该有趣，它应该体现智慧，应该通过智慧和思想而体现出美。我在福柯那里最强烈感受到的就是这种东西。

人文学科没有百分之百的真理吧？

没有绝对的真理。但是我们现在并不是绝对在谈真理，尤其是哲学的真理。对我来说，真理当然重要，但是，如何谈论真理也很重要。我们应该区分有意思的真理和没有意思的真理——有些显而易见的真理是非常无聊的。在哲学中，或许我们更应该谈观点而不是真理。简单地说，一个观点有没有意思同样非常重要。哲学如果有一个绝对真理一直摆在那里的话，后面的人就没法继续讲了。思想史就是不断辩驳的历史，我们可以说，哲学的历史就是不断地把前人的观点推翻的历史。这其中的关键是你的观点有没有启发性，有没有一个与众不同的新角度，哲学的魅力就是开启别样思想的可能性，一个人如果不是在进行另类思考，而是一直在重复前人，那他肯定不是一个重要的哲学家。福柯就是一个打开了别样性可能的哲学家。他的著作也是讲欧洲的思想史和文化史，但是，他跟所有人的讲法都不一样，无论是视角、材料、分析方法，还是观点，都不一样。你可以说，在他之后，思想不能再像原先那样一成不变地思想了。

那在你拍摄这部关于福柯的电影的过程中，你怀疑过自己吗？

我从来没有想过这个事情。因为我没有把它当作一个大事情。准确地说，这就是一个游戏，一个愉快的游戏。我不对谁负责，所以我不用怀疑。关于这部影片，我自己最满意的就是这个形式。我最烦的就是那些说我没有电影美学技术的人——如果说我有什么怀疑的话,那就是对这样的观众产生怀疑。我真的不应该让这些人看到这部影片。通过这部影片的放映,我发现,追逐学术时尚的人比追逐商业时尚的人可能还要肤浅。他们无法理解什么是真正有意思的东西。

Part 5

悬挂的纪念碑

哲学通常将人和物的关系作为思考的主题。但是，安塞尔姆·基弗更感兴趣的是物和物的关系。物和物彼此之间能够产生奇妙的作用，它们混溶在一起，既可以产生全新的意义，也可以产生特殊的情感，甚至可以产生难以抹擦的记忆。不过，在基弗这里，这种物和物之间的关联和组合不是通常意义上的"装置"作品。基弗还是保持着画框的形式，他看起来是在画框中来组织物质材料。也就是说，他既和装置保持距离，也和一般的绘画保持距离——他在巨大的画框中堆满了各种各样的物质，而不仅仅是用颜料在画布上来涂绘。

这些画框中的物质五花八门，沙、泥土、水泥、乳胶漆、油漆、玻璃、稻草、飞机残骸，还有最引人注目的铅，等等。这些物很难归类：硬的物和软的物，流动的物和凝固的物，矿物和植物，化合物和自然物……它们不是像装置那样进行有机地镶嵌或组装，进而获得一个机器般的整体，相反，它们借助各自本身的特殊的物质性，以一种意想不到的方式混溶和粘贴在一起。它们有时候彼此粘贴，有时候彼此渗透，有时候彼此捆绑，有时候彼此引诱，但有时候也反过来，它们彼此撕扯，彼此拉裂，彼此紧绷，彼此之间充满突兀的张力。每种物质的特性和意义都在这种混溶中发生了变化：它们各自原先的确切意义可能消失了，但也可能创造了一种全新的意义。

这些物的混溶有时候会呈现一个大概的"形象"，有时候完全没有任何形象，就是一个抽象的物质团块。无论是大概的形象，还是抽象的物质团块，都有一种紧张的甚至令人不安的强度，一种痉挛之力在其中延伸和出没。它冲毁了凝固、冷静的僵硬概念，不可遏制地透露出某种情感氛围。

这是什么样的情感氛围？这些模糊的"形象"大多数富有毁灭性，布满伤疤、废墟、遗迹和衰败的气息，它们总是会指向一个特定的幽暗和绝望的瞬间。基弗有时候也通过画布上的文字或作品的名称暗示出这些瞬间。除了形象的暗示之外，这些作品还有一种特定的灰暗的忧郁色调。它们使人下坠，它们令人不安，它们让人感到沉重，它加剧了悲愁之感。显然，这不是叙事，也不是概念，这是追忆和哀悼。这些作品的情感氛围产生了诗的效果：它们是暧昧的，并不直截了当。它们让你产生特殊的情动,但不让你明确知道自己的情动来自何处。它们充满力量,但不让你知道力量在何处流淌。这是基弗的作品所特有的诗意性:一种纯粹的物质组合所产生的激情诗意。但这绝不是快乐、大笑和阳光照射的激情诗意。

在这种有些阴郁的诗意的底部,是作品对历史执着的痛苦回溯。正是这种哀悼式的回溯和追忆使得基弗的作品具有特定的历史纵深感。也正是这种痛苦导致的强烈驱动力使得这段历史应该被物质化和永恒化,从而产生永久的警醒和批判效果。在此,历史不仅通过书写而永恒,也不仅通过塑造形象而永恒(我们曾看到大量的书写记忆和影像记忆作品),它也可以通过物质化的记忆而永恒。基弗物质化的作品就此具有一种特殊的纪念碑性。一种画框中的纪念碑,一种平面性的纪念碑,一种悬挂的纪念碑,一种可以到处移动的纪念碑。它们置身哪个空间,哪个空间就会成为一个纪念场所。就基弗的单独某一件作品而言,它是一种没有具体历史事件、没有具体姓名的抽象纪念碑,但又是一种具体化的、物质性的个体纪念碑。而基弗的大量作品都可以被视为一种伟大的纪念碑:它们将德国的创伤性时间牢牢地镌刻其间。

但这些作品还有另外一种时间性:它们自身的时间。

这些作品本身也在不断改变自己的形态、色彩和体积，它们本身也在通向消失和衰败的过程中。艺术家在有意地加剧它们的重量和体积——铅的使用就是对重量的肯定，也是对它们的纪念碑性的肯定，因为越是重的、越是牢靠的，就越具有永恒性。也就是说，作品构建了自己的顽强物质空间和体积，但是，这个空间和体积也会随着时间的顽强消逝而消逝。物质粘贴在一起的时刻，就同时开启了它们的分离时刻。这就是这些作品的奇特悖论：作品的纪念碑性在被奠定的时刻就在不停地解体。它们既是历史的纪念碑，也会成为它们自己的纪念碑。在这个意义上，这些作品本身就是生命：它们的生和死在作品完成的瞬间就重叠在了一起。而且，作品的生死和作品所透露出来的人世间的生死在这里也有一种奇妙的呼应。

作为收藏品的艺术作品

艺术作品的价值在哪里?我们可以给出无数的答案:它们有特殊的风格和美学,可以供人们欣赏;它们是历史的产物,因而是人们进入历史的方便通道;它们是某些人隐秘内心的泄露,可以借助于它们窥视人性的秘密;它们是一种教化或激励,可以重新塑造人性,等等。所有这些答案都将艺术作品的价值和意义置于艺术作品内部。但是,我们可以换一个角度——比如说,从收藏的角度——来看待艺术作品的意义。一旦没有被收藏,艺术作品就没有价值——它们如果一直默默无闻地躺在艺术家的画室,它们的命运就到头了,它们就像没有来到这世上一样。或许,在今日,艺术作品一旦诞生,它们最隐秘的欲望就不是被欣赏,而是被收藏。

艺术作品的结局就是被收藏。但是,收藏艺术作品,是为了去独自享受和占据艺术作品的意义吗?事实上,几乎所有的收藏家都愿意将藏品展示给别人,收藏家与其说是去垄断藏品的意义,不如说更愿意同人分享藏品的意义。而且,没有哪个收藏家会长久而持续地注视着自己的藏品。既然如此,收藏家是出于什么目的去收藏作品的呢?

对绘画的收藏,显然不单纯是因为绘画本身的内容——一些藏书家甚至乐意去搜集同一本书的不同版本,显然,激发他们去收藏的不是文字内容本身,而是书这一物质本身,是书的各种印刷和装订形式,是书所用到的不同类型的纸张,是不同年代的书籍形式。搜集一幅画,很可能是出于对这幅画本身的喜爱,但是,一旦搜集到手了,没有哪个收藏家会长久地欣赏这幅画。收藏的意义,在于占有这幅画,在于和这幅画发生一种特殊的关系。收藏家的激情与其说来自艺术作品的刺激,不如说来自他们自身对艺术作品的占有欲。人们渴望获取一种对象,不是因为这个对象本身,而是因为占有者的占有渴望。

一旦占有了这幅画,画作本身的图像和这图像所蕴含的意义对收藏家而言就并不那么重要了,重要的是这幅画的物质性:或许,收藏家将目光投向画作的时候,其目光抓住的是画框和画布,而不是画的图像本身,不是画面。哪怕只看到一幅画作的背影,对于收藏家来说也够了。就此而言,收藏家和画作最恰当的关系,不是一种看和被看的关系,而是一种拥有和被拥有的关系——甚至是触摸和被触摸的关系。对收藏家而言，触摸一幅画比观看这幅画能够更深地打动自己。触摸、翻检、挪动、展开，一个收藏家在清理而不是在观看藏品的过程中会获得极大的满足：往日的记忆纷纷涌现，自己和藏品遭遇的那一刻像电影镜头一般在心头回放。清理藏品的行为一再被回忆所打断，时间在悄悄地流逝……收藏家身不由己地将自己交付给了藏品。

藏品变成了收藏家重要的生活伴侣。收藏家同自己的藏品相处的时间越久，就越对它们产生感情。他们生活在藏品中，和藏品相依为伴，被藏品所包围。如同一个读书人坐在书房中，只要有大量书籍作伴就可以获得满足，书的内容无关紧要。对于收藏家而言，他们真正的享受不是来自对作品的观看，而是来自被众多作品环绕。因此，收藏，一定在数量上有所要求。偶然收藏一两件作品不能算是收藏家。只有大量地收藏，只有让自己的收藏品形成一个氛围，成为一个系统，才称得上是收藏家——没有一个收藏家会觉得自己的藏品太多了，数量的要求是收藏的基本品质之一——一个真正的收藏家是从来不会罢手的，这既是因为收藏行为本身的快乐在不停地驱使着自己，也是因为收藏本身就意味着一个无止境的行为。收藏是一个无限的行动：收藏家死亡之日，也就是其收藏行为终止之时。将各种对象想方设法地纳入自己的怀抱，这是一件幸福至极的事情。为此,他们睁大眼睛,挑挑拣拣,四处寻觅,同竞争对手巧妙地博弈,希望和失望反复交替——收藏不仅是一种职业行为,也是一种生活方式。

收藏就此变成了一种恋物行为。这一行为几乎将创造性的埋伏着各种各样意义的艺术作品转化成了物质性本身。艺术作品的画面内容被悬置了,它们要么只能通过印刷品去曲折地传达,要么只有在公开展示的时候才能现身。一件艺术作品在被收藏和被展示之际就显现出两种完全不同的意义:在被收藏起来的时候,绘画是一种物质存在,等待着触摸,手的触摸和目光的触摸;当被展示(展览)的时候,作为视觉对象的存在物,绘画等待着观看和欣赏。

对于收藏家而言,他们收藏的画作难道不是一种特殊的物质吗?画作从历史的深邃之处流淌下来,它们编织了自身的舞台和戏剧,从而镌刻了命运的诡计。收藏家偶然获得了它们,中止了画作的沉浮命运。画作不仅负载了历史,而且直接就是历史本身,是历史的物质性本身——那些旧时的器物和雕刻就更是如此了。收藏家触摸它们,实际上也是在触摸历史。这同阅读不一样,阅读是通过文字进入历史,历史的获取是以文字为中介的,文字将历史间接地带到了读者的眼前,一本崭新的书同样可以将人们带入历史之中。收藏家则直接拥有历史的一部分，直接摸到了历史的物质，摸到了这物质所镌刻的历史戏剧。他们置身藏品之间，仿佛是这舞台剧最贴近、最亲密的观众。他们的目光缓缓地掠过这些藏品，进入这些历史剧目的核心——这投向过去的怀旧目光是对命运的眷恋和爱抚。

但是，收藏并不仅仅将藏品作为历史的身体来对待。实际上，藏品一旦来到收藏家这里，它们在漫无止境的飘零中便有了新的命运。收藏家将搜集来的藏品重新安顿，给藏品排序，将孤零零的藏品安排到一个秩序之中，让它和其他藏品在收藏密室中发生关联，藏品就在这关联中重新获得了意义，也因此得到了更新。如同本雅明在谈论藏书的时候所说的，"对一个真正的收藏家来说，获取一本旧书之时乃是此书的再生之日"[1]。这个再生的藏品和其他的藏品发生了对话。一个收藏家的藏品来自五湖四海，每个藏品都包含着一个特殊的世界。这些完全是在异质性的时空中诞生的作品，出于各种各样的原因，被收藏家聚拢起来。它们之间必定存在着沉默的抵牾。这种抵牾构成了这个收藏系统的特殊性。任何一种大规模的收藏，都是一种抵牾的体系：它居然将无限广袤的时空压缩在一个狭小的

---

[1] 汉娜·阿伦特编，《启迪：本雅明文选》，张旭东、王斑译，北京：生活·读书·新知三联书店，2014年，第73页，有所改动。

密室之中。这样,置放藏品的空间,既是封闭的也是敞开的,既是沉默的也是喧哗的,藏品在倔强的冲突和臣服的协调间左右摇摆。正如艺术家在其一生中创造了一个艺术世界一样,收藏家也创造了自己的独一无二的艺术世界。他们的收藏过程就是一种创造过程,他们的收藏原则就是他们的创造原则。他们建立了自己的风格,正如艺术家也建立自己的风格一样。

这样,藏品一旦被收藏,它们就摆脱了原作者的宰制,从原作者的系统中解脱出来。艺术作品通常有创作者的签名,但是,在一个规模庞大的收藏室里,收藏家仍旧会给它们编排一个序号,就像艺术家总要给自己的作品签上创作日期一样。一个收藏家的序号乃是收藏家的隐匿签名。一件艺术作品一旦被收藏,它就同时获得了两个作者:原作者和收藏家。这两个作者赋予它的两种不同的意义在它身上交汇。就此而言,藏品是收藏家和艺术家之间的一条连接线索。这两个人借助藏品发生了特定的关系:既是一种争执的关系(它们潜在地争夺作品的意义),也是一种友谊的关系(它们分享了一件作品,共同创造了这件作品)。一件古老的藏品会穿越漫长的历史雾霭奇妙地将收藏家和艺术家连接在一起。

但是,任何一个收藏家都不能终结藏品的命运,藏品比收藏家本人活得更久。这也意味着，一件艺术作品的创作者只有一个，但是，它的收藏者则有许多人。它的命运就是与不同的收藏家相伴。它不仅将艺术家和某个收藏家联系起来，而且还将众多收藏家串联起来。就此，对于藏品而言，被收藏不过是一种临时寄居的形式。相对于自己的不死命运而言，藏品和某一个收藏家的关系总是短暂的。收藏家在濒死的时候，要么将自己的藏品留给后代，要么为自己的藏品找到一个很好的继承人。藏品是收藏家最重要的遗嘱。在这个意义上，所有的收藏家扮演的既是继承人的角色，也是传承人的角色。宽泛一点说，历史总是以收藏的方式延伸下来的。一件久远的艺术作品注定会历经很多收藏家。

这样，一件艺术作品在被创作出来之后，它的历史存在方式便有两种：一种是同许多读者和观众相遇，另一种是和不同的收藏家相遇。但是，人们讨论艺术作品的时候，总是讨论观众（读者）赋予艺术作品的意义，总是讨论艺术作品的展示意义，一件作品的美术史总是观看的美术史，总是作品图像的美术史。人们相信，艺术作品只有诉诸视觉才能揭开它们的意义。但是，在历史的大多数时刻，艺术作品是藏在密室之中的，它们只和某个形单影只的收藏家相依为命。这是艺术作品的暗室。但是，我们难道不能撰写艺术作品的暗室的历史？我们难道不能从收藏的角度来写一件作品的艺术史吗？我们可以为一件作品写另一个传记：不是艺术家创造的传记，不是画面意义的传记，不是各个时期人们对于绘画进行解释的传记，而是它的收藏传记，它的旅行传记，它的流浪传记，它的沉默传记。这传记的情节就是它和收藏家的遭遇，它在藏家这里的寄居，离开，向另外的藏家的转移，再次寄居，再次离开——这循环往复的寄居和离开的传记。这个传记之所以重要，是因为每一个物质都有其传奇生涯，同时也是因为，艺术作品与不同的收藏家相遇，会打开不同的意义，会有不同的生涯际会。每一次相遇都是唯一的，都是不可复制的，因此，这相遇及相遇打开的意义也是不可复制的。每个藏家激活的意义都是唯一的。一件艺术作品的收藏史，同样是这件作品的意义史。人们总是从艺术家的创作历史中去看待一件艺术作品，但是，人们为什么不能将一件作品放到收藏家的收藏脉络中去看待呢？艺术作品和收藏家的相遇，既确定了收藏家的存在（一个收藏家是靠艺术作品而存活于世的），也确定了艺术作品的存在（一件艺术作品如果没有被收藏，即便它是一件杰作，也一定会在历史中销声匿迹）。

但是，什么是真正的收藏家？收藏家从来不是将艺术作品作为商品来对待的人，对他们而言，收藏与其说是一种暂时性的投资,不如说是一种激情:艺术的激情,物质的激情,历史的激情,占有本身的激情。正是这种激情重新改写了艺术作品的意义。也应该将收藏家同公共收藏区别开来。在公共收藏——博物馆和美术馆的收藏——中,收藏者的个人趣味降到了最低。美术馆和私人收藏的一个重大差异在于,私人收藏完全取决于个体自身的选择,美术馆的收藏则取决于美术馆的公共功能——美术馆排除了个人趣味,有自己固定的冷漠规则——美术馆就是一个收藏和展览的机器,艺术作品则是美术馆的功能配件,艺术作品的意义不在于它们自身,而在于它们促发了美术馆机器的运转。美术馆一旦运作起来,艺术作品就陷入了这运转机器的程序之中。艺术作品服从于美术馆的制度。同人们所想象的相反,一个强大的美术馆并不是对艺术作品的庇护,而是对艺术作品的调配,它并非艺术作品的最好归属——在美术馆中,没有一个人像收藏家那样对待和理解这些作品,没有人像收藏家那样充满深情地将眷恋的目光缓缓地掠过这些作品——美术馆中的人是作品的看护者,而不是作品的拥有者。他们外在于作品,并不和作品构成一种私密关系。美术馆中的作品,尽管有时候享有被千万人目睹的巨大虚荣,但它们一旦从展厅撤回到库房,便无人光顾,落落寡欢。这些作品,尽管它们会遭遇无数观众,无数和它们有过肤浅接触的陌生人,但是,它们和这所有的人之间都隔着某种不可逾越的沟壑——它们在孤独和虚荣的巨大落差中摇摆。而收藏家的作品,尽管很少示人,但它们并不孤独,相反,它们自豪地拥有收藏家的全部激情、全部人生。

而收藏家呢?我们还是用本雅明的话来作结吧:"收藏家真幸福,闲人真快乐。"[1]

---

1 汉娜·阿伦特编,《启迪:本雅明文选》,张旭东、王斑译,北京:生活·读书·新知三联书店,2014年,第78页。

艺术是一种浪费

我试图从消费的角度来谈论什么是艺术。讨论这个问题，我要稍微走远一点。我从尼采开始。尼采有一个很重要的概念：权力意志。人们对这个概念做出了各种各样的解释，因为尼采从来没有明确地为权力意志给出一个定义。他只是在不同的场合反复提到，权力意志就是力的永不停息的攀升，就是力的自我增长、自我提高、自我强化。力的这种特性实际上是力的本能。这是权力意志的特点。

尼采说这个世界就是权力意志，也说生命就是权力意志。如果生命就是权力意志的话，那么生命最根本的特点就是不断地自我强化、自我提高、自我扩张，它永远处在一个增长或扩张的状态中，因为这是它的本能。这样就会出现一个问题：世界本身是有限的，它的空间是有限的，如果无限的力的本能增长碰到了这种有限的世界和有限的空间，会出现什么样的状况？因为空间的有限性，力不可能无限增长和扩张，但是它的本能又要求它永远增长。如何解决这个问题？在不同的场合，尼采又反复给力下了另一个定义：力应该是释放的，力应该是消耗的，力的本质就是释放。所以我们有时候看到，尼采一方面在讲力的本质是增长、提高和强化，但另一方面又反复讲力的本质是释放、是消耗、是浪费。

就此，尼采提到了力的两种完全不同的定义，看上去，这两种对力的解释是截然相反的。力到底是要永不停息地增长、提高，还是说，力本该是释放、耗费？实际上，尼采还有一个显得有些神秘化的思想：永恒轮回。这是尼采最让人困惑的概念。如果我们把力的增长、提高和强化跟力的释放、浪费和消耗结合起来，而不是将它们分别看待的话，我们就会发现，这个力实际上是永恒轮回的。也就是说，当力增长到一定程度的时候，增长到饱满的时候，增长到被空间无法容纳的时候，它就必须释放。而一旦释放，原先饱满的空间就会腾出一部分空地，这个腾出来的空地为力的再次增长提供了可能性。这样，力又会出现新一轮的增长，增长到饱满之后又会释放，释放出来之后又有一个新的空间腾出来了，然后又有力的增长……这就是力的增长和释放的轮回。对于尼采来说，世界是一个力的世界，那么，这个世界在尼采看来就是一个增长和释放的轮回。增长和释放，恰好是力的完整运作的两个不同过程，正是这个过程使得力一直能够运作。尼采就是从这两个方面来谈论权力意志的，而这两者的轮回就是尼采意义上的永恒轮回。

如果说永恒轮回是力的增长和释放的轮回的话，那么，在这个过程中，力就一直在不停息地运作，积极地运作，力在这种运作中得到了肯定。而生命就应该是这样一个过程，作为权力意志的生命在这个过程中得到了肯定。我们可以举一个例子。一个孩童不停地在家里上蹿下跳，根本无法安静下来。这到底是怎么回事？如果我们对尼采的权力意志和永恒轮回有所了解的话，我们就可以很恰当地解释这个孩童的生长过程。孩童每天做的事情是什么呢？无非是吃饭、睡觉和玩乐。在某种意义上，吃饭和睡觉就是他的积累，是权力意志的强化，是它们作为权力意志的增长的一面。但是，一旦吃好、喝好、睡好了，也就是说，一旦增长到一个饱满的状态，他早上起来精力就会非常旺盛。这个时候，他必须释放自己的精力和能量，不释放就难受。也就是说，权力意志一旦增长到极限，就必须释放。我们看到，一个孩子，不上蹿下跳，不在家里拼命地戏耍和发泄，不在外面奔跑和追逐，也就是说，不消耗，那他就会感到非常难受——而我们的父母对此常常不解，总是对孩子的这种"调皮"报以怒吼和斥责。

这个消耗有什么意义？它的意义就是为了将能量释放出来。也可以说，它是为了释放而释放，旨在将精力消耗掉。也就是说，这种释放完全是非功用的，没有目的的，这就是巴塔耶所说的绝对耗费。所以，这种力的释放表现出来就是游戏——孩童就是以游戏的方式来完成力的释放的——或者也可以说，力的释放本质上就是一个非功用性的游戏。孩子通过游戏的方式将自己的力和能量释放掉了，这个时候，他的肚子饿了就要吃饭，他困了就要睡觉。也就是说，他的生命又进入了一个积累和增长的状态，第二天早晨，又精力饱满地再玩游戏、再耍乐、再"捣乱"——孩童的生活就是这样一个吃喝耍乐的过程，是一个力的积累和释放的过程，也就是一个轮回的过程。恰恰是在这样的力的轮回过程当中，孩子逐渐地长大了，他的生命得到了肯定。也就是说，这个永恒轮回肯定了生命。

关于永恒轮回对生命的肯定，我们还可以再举一个每个人都有过经验的简单例子。我想说的是性。假如一个人长期没有性行为，也就是说，没有性的释放，他就会非常难受。因为他只是在不断地进行性的积累，而如果永远是积累，就会有饱满的时候，这时还不释放的话，他就会非常痛苦和压抑。因此，性的能量必须释放。性的释放最后会导致什么呢？我们看到所有的生命都是在这种性的释放过程当中诞生的。也就说，生命是在这个积累和释放的永恒轮回过程中得以诞生和肯定的。

我为什么讲这一点呢？尼采说世界是一个权力意志的世界，这意味着，一个身体、一个生命是这样的，我们也可以在同样的意义上说，一个机构也是这样的，一个国家也是这样的——无论是机构还是国家，它们都是一个身体，它们全都遵循这样一个轮回过程。这各个不同的身体，这机构身体，这国家身体，当能量积攒到了饱满的时候，就一定要释放。如果我们从这个角度来理解尼采这个基本的世界观的话，就会有一个恰当的角度来理解艺术。

事实上，我们已经看到了，艺术被财富狂热地追逐——人们实在是无法理解艺术作品为什么会如此昂贵。尤其是，艺术作品如此没有实用性，它无非是一种游戏，但为什么在今天会如此被财富追逐呢？或许，一个根本原因就是，今天中国的财富有了大量的积累。也就是说，并非艺术作品有多么重要，而是因为金钱过剩了、饱满了，需要释放。并不是说今天的艺术作品就比以前的更有价值——单纯从艺术作品本身来看的话，如果说真的存在一种所谓的艺术作品的高低优劣的区分的话，我甚至觉得1980、1990年代的作品更富有力量、更具有突破性。但是，为什么1980年代的艺术作品在当时如此沉默、如此廉价、如此不为人所知,而今天的情况完全相反呢?艺术作品和艺术家二三十多年的历史命运发生了如此巨大的变化,当然有着各种各样的原因。而我想说的其中一个原因——或许是最重要的原因——就是,社会财富在这二三十多年里获得了巨大的增长。社会财富在不断地增长,增长到了一定程度的时候,增长到了相对饱满的时候,就有一部分社会财富必须无功利地花费掉,或者说,必须浪费掉,必须消耗掉。要怎么消耗呢?怎么把社会的巨大能量、社会的过剩财富消耗掉呢?消耗社会财富的方式多种多样——比如,我们立刻就会想到慈善——我觉得,艺术恰恰就是消耗社会财富的一个非常重要的渠道。

社会财富积累到一定量之后就有自我释放的本能,而艺术在很大程度上就是对这个本能的满足,或者说,当代艺术在今天的合法性、在今天的存在意义,其中之一,就是去浪费社会财富,就是让社会财富有一个释放和宣泄的通道。为什么说这是浪费?一个根本原因是,艺术作品是无用的,没有实用功能。将大量的金钱花费在一个无用的东西上面,就是浪费。任何一个社会到了一个财富相对饱满的阶段,都会出现财富浪费的现象,艺术就是这样一种浪费方式。无论是对艺术家而言,还是对收藏家而言,都是如此。当然,人们也会说艺术是一种投资,艺术是一种寻求回报的方式，这不是金钱的浪费手段，而是金钱的积累手段。艺术当然有这一面，但是，仍旧有无数的购买者并没有通过出售自己的藏品而获利。历史上出现过不计其数的无偿捐赠者。对他们而言，艺术作品就是一种金钱的消耗。除了艺术，还有什么浪费方式呢？战争是一种浪费方式。从历史上来看，很少有一个虚弱的国家——一个财富贫乏的国家，一个力和能量弱小的国家——会去发动战争。所有战争的发动者都是强大的国家，都是能力特别充分的国家，都是需要将能量释放的国家。一个强大的国家如果能量太充沛了，它不浪费，不发动战争，不通过战争的方式来释放自己的精力和财力，它就没有增长的潜能，就无以轮回，最终也就没法自我肯定，就像那个吃饱了的孩子不去奔跑、那个长期没有性活动的小伙子不去自慰一样，会非常难受。在对社会财富的浪费和消耗这一点上，战争同艺术是一对兄弟。

我们可以举一个例子，曾经在全球引起巨大轰动的英国艺术家达明·赫斯特的一件作品。他用2156克铂金做了一个骷髅，还镶嵌了8601颗钻石，据说这件作品在材料方面就花费了大约1500万英镑，售价则是1亿美元。人们当然会从各方面去讨论作品的"意义"和"价值"，但我的看法是，这件作品之所以有巨大的意义，恰恰就在于它花费了巨大的钱财，它肯定是人类历史上耗费最大的单件艺术作品之一。它正好揭示了艺术是一种巨大的社会财富的浪费这一事实——这件作品的巨大声名就在于它庞大得令人震惊的浪费,无论是艺术家的浪费,还是收藏家的浪费——事实上,今天的艺术创作已经开始陷入一场浪费的竞技之中。浪费越大,艺术作品的"价值"就越大,它的社会"功能"也就越大。艺术作品拼命地要将剩余的社会财富消耗掉。

事实上,无论是什么作品,只要它进入这个艺术体制,只要它被冠以了"艺术"之名,它就会起着消耗社会的功能。比如说,一个农民画了一幅画,但是从来没人把它说成是艺术作品,它的价值非常低。但如果这幅农民的画流通到艺术场域中来,一个很著名的艺术家把它拿走,或者给它签名,或者在上面随便画两笔的话,这幅画就会获得一个更高的价格。这并不是因为这幅画发生了什么美学上的变化,而是因为这幅画变换了语境,或者说改变了身份,获得了艺术作品的身份——只要拥有艺术作品的标签,它就可以拥有无限的价值潜能,就可以去消耗社会财富。

同绝大多数商品不一样的是,艺术作品的价值是难以估量的。如果说一般的商品、一般的实物品都有一个基本的定价的话,那么,唯独艺术作品是没有明确定价的。一辆再豪华的汽车你都可以算得出来它的价格,或者说，它的价格是有规律的，是可以估量的。但恰恰是艺术作品，你很难计算它的价格，一幅画，你无法从它的劳动时间或材料成本上去估算它的价格。从理论上来说，艺术作品甚至可以是无价的——在拍卖会上，人们很难准确地预测艺术作品的价格。但讽刺性的是，艺术作品恰恰是最没有实际用处的东西。如果处在一个灾难和饥荒的状态，它甚至抵不上果腹的面包。而恰恰是这最没有实用功能的东西，才可以消耗最大的社会财富。从一个人的财富可以计算出来这个人能买多少房产、能买多少汽车，但是，很难准确地说这个人能买多少艺术作品。就此，我们也可以发现现时代的一个特点：越是有用的东西就越廉价，越是无用的东西就越昂贵。

什么是有用的人或物？或者说，什么是我们无法脱离开的人或物？那些在建筑工地上终日汗流满面的民工，那些在家庭中帮人做饭却遭人呵斥的保姆。这个社会没有他们就难以运转，但是，这些如此有用的人，他们的劳动却如此廉价。最有用的商品是什么？是粮食、蔬菜，但是，相对而言，它们是这个社会中较为廉价和便宜的东西。什么东西无用？艺术作品。艺术作品没有丝毫的实用性——但是,正是因为摆脱了这实用性，它们才获得了如此高昂的价格。在一个财富巨大膨胀的时代，越是无用的东西，越是会获得高的价格。或许我们应该从这样一个新的角度来看待艺术作品。在今天,财富的发泄或许比艺术家内心焦虑的发泄承担了更重要的艺术使命。

创造性和杰作有时候诞生于混乱

界面文化 2018 年的专访。原题"对艺术而言,创造性和杰作有时候诞生于混乱"。采访者:张之琪。

《中国前卫艺术的兴起》这本书主要谈的是1980年代的前卫艺术实践,但在绪论中,你通过王式廓的油画《血衣》分析了在"前十七年"和"文革"时期占统治地位的社会主义现实主义的美学语言,能简单阐述一下这一美学吗?

如果要非常简单地说的话,当时的绘画风格就是"高大全、红光亮"。革命现实主义和革命浪漫主义相结合,具有强烈的风格化特征:它有明显的波普艺术的味道,喜闻乐见,通俗易懂,布满大街小巷。很多人研究过这种美学风格形成的历史背景——我并没有讨论这点。我之所以选择《血衣》这幅画作为分析对象,不仅是因为它确实很有名,是这种风格的一个代表,更重要的是,我真的喜欢这幅画。我在国博见过这幅画的原作。王式廓在这幅画中画了那么多农民,但每个农民都有不一样的面孔。这幅画还吸引我的一点是它的空间部署,人物的位置和空间安排,整个画面的空间部署我觉得非常精当。后来我看过一些王式廓的资料,他为了画这些农民,专门到河南农村去生活了很长时间,观察农民的生活习性——这是那个时代的画家的惯常创作方法。尽管这幅画带有当时一般绘画的风格特征,但它的确体现了非同寻常的绘画能力——在任何一个风格的框架下,都会有艺术家杰出的才智光芒在闪耀。按照巴迪欧的说法,当断裂性的事件来临时,会出现一种新的主体忠实于这一事件,并将事件宣称为真理,主体忠诚于这一事件的真理。王式廓这一代的画家,大概就是这样的主体。

事实上,在改革开放前,社会主义美术也不是铁板一块,也有很多偏离或者说溢出社会主义现实主义框架的实践。可以谈谈这部分实践吗?

1970年代应该在各方面都有一些偏离主流艺术和主流文化的东西吧——实际上,在任何一个时代,都有一些东西会同主导性文化格格不入。现在这方面的资料、回忆录和研究很多,当事人也都还在,情况一目了然。

比如说，当时有白洋淀诗群，等等。不过我不是这方面的学者，不是特别了解这方面的细节。绘画领域当然也有一批探索者，比如，无名画会。他们最近这些年断断续续地办过回顾展，我前两年还看过他们在中间美术馆的展览，在那个展厅，1970年代打开的是另一扇窗户。赵文量1973年的自画像给我留下了很深的印象：焦虑、紧张、心事重重，让我想到刘小东1990年代的自画像。看到这些作品，你会觉得1990年代的绘画情绪在1970年代就出现过了。只是这些作品在当时一直处于暗室。1970年代这些带点印象主义味道的绘画是怎么出现的呢？他们中可能有一些干部子弟或知识分子子弟，能接触到一些内部书籍、画册之类的东西，就在家偷偷学着西方画册上的画来画。那个时候，每个城市学画画的人都相互认识、相互影响，只要有一个人接触了一些国外的东西，周围的人也会受到影响。无名画会的赵文量当时周围就有很多人。他们经常到郊外去写生，画风景。画画对他们来说，不仅是创作，还是一种生活方式。

当然，后来影响更大的是1970年代末期的星星画会。但星星画会是临时组织起来的，不像无名画会有一个较长的交往历史。星星画会跟文学的关系更密切一点。他们的抱负、野心，以及作品的气质，跟无名画会有很大不同。毕竟他们出现的时代也不同了。

你谈到，罗中立《父亲》中的人是去政治化、去历史化的，是抽象的人道主义意义上的人。但到了1990年代，类似政治波普这样的艺术实践中，人是不是又回到了历史和政治之中？

1970年代主要还是用阶级身份来划分人的，每个人都处在一个特定的阶级范畴内。到了1980年代，罗中立等人的作品最主要的特点就是用抽象、普遍的人性来取代1970年代对人的身份编码，人脱掉了阶级的外套，《父亲》中的那个人看上去可以成为所有人的父亲。那是人道主义在1980年代初期的爆发。1990年代的情况很不一样——我们这本书没有谈1990年代——像方力钧和刘小东的作品，他们画中的人物既不以阶级来定义，也不以抽象的真善美的人性来定义，他们确实是历史化的，但是，他们和历史、和时代的关系是复杂的、紧张的——与其说他们的面孔写满了对历史的态度，不如说他们的面孔本身就是历史。

你在评价无名画会的两位代表人物赵文量和杨雨澍的时候，说他们是以逃逸的方式来表达某种立场。同样的说法也适用于何多苓，你在书中认为他是出于对革命的厌倦才转向自然的。怎么理解这种逃逸式的对抗？可能在艺术家本人看来，这并不是一种自觉的行为,或者说只是一种个人生活和个人风格的选择,他们甚至会拒斥将它跟时代和政治进行过多的勾连。

革命时期很少有人会注意到自然。无论是哪种类型的革命,都是人间的斗争。为了避开人,逃向自然是常见的选择。中国有漫长的这种文人传统。中国的山水画大概就属于一种逃逸美学。美籍华裔地理学家段义孚写过一本很有意思的书,《逃避主义》,在这本书中,他专门讨论了人们对于中心化、对于人群、对于都市的各种逃避,向自然、户外和荒野的逃避。这种逃避植根于人的内心深处。段义孚是个与世无争的学者,在北美以批判见长的学院中非常少见。我曾问过同为地理学家的大卫·哈维对段义孚的看法,果然,哈维对他有偏见,大概意思就是,段义孚不正面批判、不对抗。哈维无法接受中国文人的逃避传统。但德勒兹对逃逸有很高的评价,对他来说,逃逸是积极的选择,逃逸线是积极的生成之线——无名画会 1970 年代的作品就编织了这条非凡的逃逸线。何多苓怎么理解他自己的作品并不重要,我认为他 1980 年代初期跟土地有关的作品、跟边疆有关的作品多少都带有一点逃逸的性质。许多作品都是在逃逸的过程中确立其价值的。高更和梵·高这样的画家在某种意义上都是逃逸者。

你在书中谈到，1980年代的艺术家有两种生命态度：一种是激情，另一种是理性。为什么会出现这两种态度？它们分别接续了怎样的西方传统？

激情很好理解。年轻人都有强烈的生命激情，只不过在此前的作品中从没有人表达这些，这是艺术的禁忌。1980年代中期可以开始自由表达了。当时，尼采、弗洛伊德的流行也与此紧密相关，他们的书译介进来，非常受欢迎。整个社会都在经历一种长期压抑之后的感官释放。在这方面，文学和艺术是同步的。王安忆的《三恋》和张贤亮的《绿化树》都写得惊心动魄。当时艺术圈都在强调生命、强调激情。张培力、耿建翌他们几个人就是针对这种生命激情潮流的反动者，他们推崇理性。耿建翌把人画得像机器人，看上去像今天的人工智能。张培力还画了了无生机的物件。他们在画面上擦掉了激情。新刻度小组和丁乙的作品在这方面走得更远，他们不仅没有激情，而且就像机器一样在制作。我个人觉得这是"85新潮"中最有现代气质的作品。他们的作品表达了新的绘画观念：绘画的内容、主题甚至形式都不重要了，他们将绘画还原到制作的层面——画是被制作出来的，而不是要表达某种情绪、意见、观念或美学。

你谈到，在杜尚和劳森伯格的影响下，中国出现了第一批放弃架上绘画的艺术家，这些艺术家集中出现在一些并非艺术中心的中小城市。为什么会出现这种现象？

当时有几个很重要的艺术团体，包括黄永砯等人的厦门达达，还有一个在太原，还有一个在徐州举办的行为和装置展，影响很大。他们也激起了愤怒。当时观众的反应是："你们的艺术使我感到人类在退化，世界将毁灭。"为什么在这些中小城市会出现这个现象？很可能是出于偶然吧。正好在那几个城市有那么几个疯疯癫癫的人搞了那样疯疯癫癫的展览，而且这些东西是很容易传染的，从一个城市传到另一个城市。也有可能，北京、上海的艺术家已经开始在画现代主义风格的画了，让他们完全放弃架上绘画也不容易，他们还有点矜持，他们也不好意思被中小城市传染吧。而这些二三线城市的年轻艺术家没什么包袱，也没什么成就和机会，不如开始就来点猛烈的。不过，当时劳森伯格的展览在中国影响非常大，在那之前，中国几乎没有什么装置作品。

你在谈到吴山专的作品时，特别强调了他对日常生活的关注。在1980年代的艺术实践中，日常生活似乎并不是一个重要的主题？

日常生活在1980年代确实不是一个重要的主题。1980年代没人谈日常生活,知识分子和艺术家都在谈文化、谈历史和未来、谈人的命运和国家的命运。哪怕谈到个人的生活,也总是把这种生活升华到个人之外的层面。日常生活没有获得自主性。你看刘索拉和徐星的小说,尽管讲述的是无聊的生活,但是,这种无聊感却有强烈的存在主义意味,无聊中总是夹杂着不满,无聊是批判的支点。吴山专的作品也捕捉到了日常生活的无聊感,但是,他好像真的喜欢这种无聊感。他的无聊丝毫不带激愤。他对这些日常生活的琐碎和平庸兴致勃勃。他热衷于此,他到处搜集墙上各种凡人的毫无意义的口号和书写。他1980年代的作品可以说是对平庸、琐碎和无聊的颂歌。总体来说,艺术和文学对日常生活的关注都是从1990年代才开始的。文学方面好像有个新写实流派,事无巨细地叙述普通人的一天。艺术方面主要是刘小东等人的作品,他们都将目光下垂到日常生活的层面,并且阻止它升华。

你在书中谈到,星星美展之后逐渐形成了许多艺术小组、艺术家团体,他们构成了后来圆明园画家村和宋庄的主力。这样的"艺术共同体"对中国前卫艺术的发展起到了怎样的作用?

1980年代搞前卫艺术的人本来就不多,一般的城市就那么几个人。他们都认识,很多是小时候一起学画画的,拜了同一个老师。或者是大学同学,毕业后分到一个城市的。因此,他们很容易走到一起,或者说,只能走到一起。套用德勒兹的小文学概念,他们搞的就是小艺术,边缘的、少数人的艺术,只能抱团取暖。这在那个时候是克服艺术孤独的最好方式:共同创作,共同鼓励,甚至共同生活。

这种抱团方式在今天还在延续,只不过形式和性质都有了很大的变化。今天的艺术家组成了各种各样的群体,各个群体中的人都彼此认识。你去看展览,有时候会发现,观众都是相熟的艺术家,像是同一个单位的员工。艺术家不再组织艺术小组了,不再一起创作了,但是,还是存在各式各样的紧密的艺术圈子。这个圈子的基础当然有艺术本身的原因:彼此欣赏的艺术家更愿意待在一起,他们也经常就艺术本身的问题进行交流,他们相互影响,他们也要寻找友谊。我有时候和他们聊天,一个强烈的感受是,艺术家特别愿意探讨严肃的艺术问题,而且非常认真。当然,各种各样的小圈子也不排除利益的考量——艺术在今天和1980年代的一个重要差别在于,艺术和利益本身的关系太密切了。对任何一个艺术家来说,机会都非常重要,圈子有时候能提供一些机会。但我觉得这无可厚非——

今天全世界的艺术家都在寻找机会。我个人觉得这些艺术圈子非常有意思。艺术圈子也有漫长的传统。整个20世纪的艺术史或许可以从圈子的角度来重新谈论一遍,各种潮流都是通过圈子的方式来实现的。达达、超现实主义、情境主义都是国际性的艺术圈子,他们创造了艺术的传奇。

今天,这种江湖式的、亲属关系式的网络依然是中国当代艺术界的一个基本生态。你在书中提到,这种生态的弊端是艺术家和评论家都很难做到真正的独立。但相对于西方的体制,这种生态是不是也存在一种创造性,或者说可以作为一种替代方案?

今天中国艺术的江湖网络肯定跟西方的很不一样。我不是很了解西方艺术家的生态,但是,一个大概的感觉是,他们相对来说要个体化一些。西方艺术家彼此之间不会像中国艺术家这样密切地来往。西方的艺术家跟画廊的关系也许更为密切,画廊代理他们,他们给画廊作品,画廊对他们负责,他们有严格的契约关系。这是艺术职业化的一个重要表现。没有画廊的艺术家也许要再打一份工来养活自己。中国艺术家中少数人有固定的画廊,很多人没有画廊,他们需要在画廊体系之外寻找自己的空间。这样,艺术江湖、艺术网络对很多人来说就非常有必要。当然，这里面就会出现一切江湖中都会出现的道义和利益问题。但我觉得相比完全没有机会的局面而言，这样的艺术网络和江湖还是有必要的。如果没有它们的存在，艺术的活力何在？这有些混乱的、非体制化的艺术局势有时候会产生一些意想不到的效果。对艺术而言，创造性和杰作有时候诞生于混乱。

在这本书中，几乎都没有怎么涉及女艺术家在1980年代的实践。可以谈谈这部分吗？

现在女艺术家越来越多了，但1980年代，前卫女性艺术家很少。也许是因为当时美院的女生本来就不多？现在美院的女生比例要远远超过那个时候。另一方面，1980年代的前卫艺术很少为人所接受，前卫艺术家是一个非常边缘的群体，他们生存艰难。在世人眼中，他们多少有些危险。艺术家本人要有些野性，要有很强的心理承受力。在那个年代，女性从事前卫艺术所承受和面对的困难或许更多。我现在想得起来的那个时代的女性艺术家，就是在现代艺术大展上一鸣惊人的肖鲁。

Part 6

尼采的返乡

尼采的希腊，主要是狄奥尼索斯和赫拉克利特所组成的希腊，一个神和一个哲学家，一种艺术（悲剧）类型和一个哲学流派，一个虚构和一个现实，这二者交织在一起形成了尼采的希腊故乡。狄奥尼索斯的意象是陶醉之酒，赫拉克尼特的意象则是发光之火。酒和火（光），是尼采终其一生的迷恋。他的哲学愤懑，正是因为希腊思想中的火（光）和酒在欧洲历史中不断遗失：酒逐渐干枯，火则慢慢熄灭。而尼采的信念是，生命正是围绕着火和酒而展开的：在火中，活力、强健、蓬勃、狂热、欢欣在一起跳跃；借助于酒，一个混沌、自主和充满快感的身体翩翩起舞。酒和火，还催生欢笑。舞蹈和跳跃,正是大笑着的超人的经典动作。火和酒，是生命中压倒性的主宰要素，构成生命激情不可分离的两面，并常常遭遇在一起。火和酒一旦相遭遇，二者互相催生和激发，它们各自的能量更加饱满：醉被醉所滋养，光被光所照耀。就此，生命在酒和火的遭遇中抵达自身的激情巅峰。在希腊时期之后的欧洲，或者，更恰当地说，在柏拉图主义之后的欧洲，在整个基督教和现代时期，酒和火遭到了驱逐：理性、逻辑和知识冲淡了狂欢之酒，节制、禁欲和克己扑灭了放肆之火。到了尼采自己的时代，他多少有些伤感地发现，酒和火的意象编织而成的希腊思想，只能凭借回望，以乡愁的方式存在于自己的记忆之中。酒和火一旦在欧洲的大地上杳无踪迹，那么，现在，耸立其间的便是到处都充斥着病人的疯人院。这片大地同时也被风化为沙漠：身负重担的骆驼及各种各样的家畜在其中踯躅前行。这些病人和骆驼，塞满了尼采的尖锐目光。他禁不住要问：为什么呻吟的病人替代了大醉的狄奥尼索斯？为什么重负的骆驼取代了赫拉克利特式的正在游戏的沙滩孩童？也就是说，为什么欧洲的历史进程踏上了一条由强到弱、由无辜游戏到负重罪责的衰败之路？与盯住经济事实的马克思不一样，尼采的历史目光，牢牢盯住的是力本身，是力和力之间的战争游戏。尼采听到的历史轰鸣，是力在翻云覆雨，是这种翻云覆雨过程中混乱的强弱变奏。

因此，一个非凡的谱系学计划得以展开：生命之酒和火是如何迷失在欧洲的历史之中的？它们为什么消失得无影无踪？或者，用尼采的说法，为什么在欧洲虚无主义得以流行？在尼采这里，生命抉择，或者说，强弱抉择，取决于道德律条。道德是什么？尼采将道德视为行为体系的指南，"在道德面前，正如在任何权威面前，人是不许思考的，更不许议论"[1]。于是，生命被道德所绑缚，它是道德竞技、驰骋和盘旋的场所，道德，以其律令铸造了生命，并借助于生命这一通道得以显身——生命的兴衰，总是道德兴衰的后果。因此，一种探讨生命兴衰、探讨力的兴衰的谱系学，不得不是道德的谱系学。在尼采这里，生命的衰败，正是奴隶道德凯旋的后果。或者说，奴隶道德正是生命衰败的肇事者。这种奴隶道德，战胜了主人道德，因此也就拒斥了主人所偏爱的酒和火，拒斥了酒和火所激发的生命，拒斥了作为权力意志的生命——欧洲的衰败正是源于奴隶道德的大行其道。就此，道德的谱系学，实际就是奴隶道德的谱系学：奴隶道德如何出现？它是如何战胜主人道德的？它如何成为两千年来的统治信条？尼采给出了两个答案：一个人类学的答案，一个哲学的答案。人类学的答案植根于原初社会的历史深处：史前时期的习俗道德是奴隶道德的最早种子。哲学的答案则历历在目：柏拉图主义同奴隶道德暗中呼应。一旦年代久远的习俗道德和晚近的希腊哲学相遭遇，奴隶道德在某个历史时刻，或者，更具体地说，

---

[1] 弗里德里希·尼采，《朝霞》，田立年译，上海：华东师范大学出版社，2007年，第31页。

在基督教时刻,便得以完善自身。因此,一种(奴隶)道德的谱系学的探究,除了一种人类学的探究外,还需要一种哲学史的考量。尼采的谱系学以一种迷人的复杂性告诉我们,在某个历史偶然瞬间,奴隶道德,柏拉图主义和基督教相遭遇,它们惺惺相惜,达成了惊人的默契,自此,这种默契,从生命这里将酒和火席卷一空——没有酒和火的生命,就是一个病态和衰败的生命。

如果历史并不遵循某种铁律,而是由某种偶然性所推动,那么,就有理由借助于偶然性改变既定的历史。如果说,尼采所置身的19世纪,仍旧是被弱者、病人、奴隶道德和各种柏拉图主义的现代变形所偶然主宰的话,那么,尼采同样要借助自己的偶然性来改变历史。尼采将自己视为能够创造历史的偶然性哲学家:应该有一种新的未来,一种权力意志而非虚弱和衰败在其中起主宰作用的未来。这是他的伟大使命,要实现这一使命,他必须是个摧毁性的哲学家,也必须是个创造性的哲学家,或者说,毁灭和创造同时植根于他体内,毁灭内在于创造,任何创造必须以毁灭为前提——这是尼采的重要教导,也是他身体力行的实践。就尼采本人而言,他摧毁了既定的柏拉图主义、基督教和奴隶道德的虚无主义联合体,而创造了一个超人、权力意志和永恒轮回的未来哲学联合体。既定哲学和未来哲学,毁灭和创造,旧价值和新价值,"旧榜和新榜",绝不是不相关的两个过程,也不是一个过程的两个阶段,而是一个不可分的相互刺激、相互嬉戏、相互振荡的整体性的战争过程:只有在同旧价值的竞争过程中,只有在将旧价值作为障碍进而将其克服的过程中,新价值才得以奠定。就此,与其说尼采的哲学是由否定和肯定两个部分组成的,不如说他的哲学是一个整体性的充斥着力的紧张竞技过程,它是一个激烈冲突的哲学身体,这个哲学身体丝毫没有半点的轻松。因此,尼采无法平静,他总是高声而热烈地言谈——如果是没有听众的言谈,他就自己和自己热烈交谈。这种言谈总是充满力的内在激情,进而变成一种情绪急剧波动的宣告。这些言谈,就如他所喜爱的光的意象一样,瞬间就照亮一切,它急促、短暂而敏感,同时,一边呵斥,一边嘲笑。尼采的笑声隐藏在激愤之后,它既欢乐又刺耳,因此,对它的聆听需要会心:这种笑声不仅仅是洞悉一切之后的顿悟之欢乐,还是尼采所一再肯定的生命激情的传达,是康复的药剂,是火和酒的催生物。笑,对尼采来说,对我们来说,都是如此之重要,正是这种笑的尖锐,划破了漫漫长夜的寂静——不仅是欧洲如同沙漠一般的历史的寂静,也是尼采所特有的生活寂静,或者说,孤寂。

尼采哲学发起了价值战争，他重新估定价值的档次，但所有这一切并不虚空，它们扎根于欧洲历史之中。尼采有其独特的历史分期方式——这使他同各种现代社会的诊断家区分开来。在他这里，只有两段世界历史：希腊历史和希腊之后的历史。他并没有将基督教和现代性进行区分：现代性同基督教并非不相容。康德的胜利不过是基督教神学乔装打扮的胜利。如果只有两段历史，那么，也只有两种价值：希腊的价值和基督教的价值，强和弱的价值。尼采将自己作为一个新历史的开端，在这个意义上，他并非迥异于柏拉图和耶稣。作为一个历史开端的尼采，也必定是新价值奠基者的尼采。但是，吊诡的是，这个开端并不意味着进步，这个哲学的未来很可能是对过去的返归。这个未来哲学，这个新价值，试图再次为身体、偶然、感性和快感恢复声誉，再次为酒和火恢复声誉。尼采惊讶地顿悟到，存在着一种古老的轮回思想，因此，他宣称的未来哲学，实际上是一种轮回式的返乡，对狄奥尼索斯和赫拉克利特的生机勃勃的返乡——尽管是沿着一条铺设着偶然性的差异之路的返乡。

他只展示，而不评述

2015 年为纪念本雅明逝世七十五周年而作。

本雅明是 20 世纪最为独特的文人之一。他的特征如此之突出，以至于很难找到一个类似的形象。他既无可替代，也难以模仿。他去世已经七十五年了，可是人们对他的兴趣不仅没有减弱，反而越来越强烈。通常，面对一个重要的思想家，人们会集中一段时间将他的思想进行消化、吸收。一旦其思想被耗尽，这个思想家也就枯竭了，就被供奉到思想的博物馆中。或许再需要很长一段时间，历史的狡黠诡计才将他从坟墓中请出来，让他面对历史再度发言。今天，在一个一切都通货膨胀的时代，许多思想家从流行到被遗忘只有短短数年的时间，但是，像本雅明这样的思想者如此之久地引起注目确实非常少见。

这既跟他的深邃有关，也跟他的风格有关。本雅明并没有什么长篇大论（他为了申请教授资格而被迫以"著作"的形式写了一本书，很不幸这部著作让所有的评委都无法理解而导致了申请的失败），他的许多思考都藏在他那些短小的论文之中。这些论文涉及了许多重要的主题。人们不仅对本雅明的书，而且也对他的各种长短不一的"文章"进行了广泛的讨论。或者说，他的单篇文章激发的反响有时甚至超过一本重要著作所引发的效应。他的文章甚少重复，他常常是用一篇文章来讨论和解决一个问题。事实上，他关于历史、语言、暴力、律法、翻译、救赎神学、作者、技术、故事和小说、记忆、商品、摄影和电影、新闻和戏剧、都市、金钱与资本主义等问题的讨论，都以论文的形式展开，这些论文在今天都成为无可争议的经典之作，并主宰着人们在相关议题上的讨论。

他的这些论文之所以不断地引起关注和解读，是因为这些问题在今天越来越显示出它们的迫切性。它们至今还缠绕着我们。本雅明在这些问题刚成为时代种子的时候就敏感地触及了。现在，几十年后，这些问题已经长成显明的大树，吸引了无数人的目光。遗憾的是，人们并不比本雅明思考得更深入，相反，人们要不断回到这个最初的现代生活的阐释者那里去寻找解释这些问题的灵感。他对现代生活的变化、对现代的各种"新"的特征有着无与伦比的洞见，更重要的是，他将时代的忧郁气质展现在自己身上。因为，他总是将现代同过去进行对照，相对于"新"所代表的进步和未来而言，他更愿意跳跃到过去。过去与现在在他这里并置地挤压在一起，时间和历史因此形成了一个星座般的立体空间。他是诊断和记录现在的历史学家。他如此敏感，以至于他在讨论这些问题的时候，远远地走在同代人的前面。他成为他那个时代的陌生人，但是，却成了今天的我们的同代人，他似乎作为我们的一个同时代人在讲话，他的讲话不仅是预见性和开拓性的，而且，他独树一帜的思考甚至支配和启发了几十年后人们的思考方式。

由于有犹太教的背景，加上自己所特有的禀赋，他的写作和思考甚至显得有些神秘。而这正是他的魅力所在。本雅明开创了一种特殊的写作方式，一种不同于所有传统的思想写作方式。他那像诗篇一样的思想写作，在严谨而刻板的德国传统中尤其显得另类。他不可思议地将优雅的语言和深邃的思想巧妙地融合在一起。珍珠般的句子不时地散落在他的作品中，它们如此精雕细刻并表现出一种谦逊的美妙。他故意不推论，不受逻辑的摆布。他没有明确、直接而清晰地说出一切，或者说，他的想法总是以一种迂回的方式表达，他有许多形象的勾勒和情绪的抒发，他的行文中常常出现各种岔道，他享受在行文中不停逗留。因此，他的写作总是呈现出碎片般的发散状态。句子的递进就像他笔下那个著名的浪荡子的脚步一样,走走停停,四处徘徊。它们往各处延伸,就是不通向那个笔直的进步终点。他也喜欢借用别人的说法,将各种不同时空中的其他作者的引文并置在一起。他最著名的文章(《历史哲学论纲》和《单向街》)也将看上去似乎毫无关联的段落拼贴起来——他是将蒙太奇引入哲学写作的第一个作家。就此,这些文本充满了显而易见的空间感,它们仿佛是由一堆意象来并置的,而不是以一种成串的念珠来贯穿的。所有这一切,这些并置、拼贴、逗留、徘徊,都使得那些习惯寻找逻辑、喜欢在最后的句子中读到终极结论的读者感到困惑不已。

为什么要采用这种写作方式?这种碎片式的以空间形式而不是时间线索呈现的写作意图何在?人们是不是在这些碎片中难以找到一个确切的结论?这些碎片之间到底有何关联?事实上,本雅明的写作方式深深地植根于他的神学背景,对于他来说,历史就是一个碎片化的过程,原初的那个完满的总体性在不断地被打碎,现代性正是各种碎片化的大爆发。现代的碎片,就以诸多的现代形象(以街头琳琅满目的商品为代表)来展现。对于本雅明来说,重要的任务就是要阻止现代的进步观念,将各种各样的碎片缝合起来,使之重新回复到先前的总体性中。碎片,就是分离之物,而本雅明的写作，就是对这些分离之物的一次重新聚集，就是将它们重新缝合，就像将一个破碎的瓶子重新拼合起来一样，就像是将各种各样的语言相互翻译进而将它们纳入原初语言的总体性一样。这些并置的碎片，从它们原有的位置被强行劫持过来，在本雅明的文本中，被刻意而巧妙地缝合在一起。它们在一个总体性中获得了新生。

这些碎片还以形象的方式呈现。尽管是一个思考者，但本雅明有时候还扮演一个作家的角色。即对事物的现象进行直接的感官描述。按照他的说法，他偏爱作家歌德，而不是哲学家康德。他的形象总是一种揭露、一种展示。他只展示，而不评述，他直接让现象本身说话，而不让自己说话——这是典型的作家方式。他相信，每一个碎片都是总体事物的闪现，就像一片叶子可以反映出它所在的整棵大树的生命一样。这样，无论他写得多么短小，他总是在一个宏大的主题中探索。本雅明几乎没有鸿篇巨制，但是，这些碎片式的写作中总是包蕴着绵密而深邃的主题。

这样的结果是，由于过于形象化，人们很难发现它的底部；由于过于碎片化，人们很难发现它的总体。人们无法彻底地耗尽他的作品。但是，他又不是那种完全将读者拒之门外的人，他的文章充满各种可见的甜蜜的诱惑，就像一个神秘的房间里有各种各样的细小窗口一样，它们有太多的启示。它们还有一种令人着迷的优雅。这是本雅明的独一无二之处：他为抽象的思想赋予一种可见的形象。在说着这些复杂的理念的时候，他可以写出各种各样美妙绝伦的句子。所有这些，都引诱着人们去反复地咀嚼。是的，本雅明的作品不是用来阅读的，而是用来咀嚼的。

本雅明是无从替代的，用他谈论波德莱尔的方式来说，他是被无数颗星星包围着的一颗孤星。他生活在他的时代，但是，他从来没有进入那个时代的主流，无论是学术的主流，还是职业的主流。他是他的时代的产物，但他也是那个时代的陌生人，是那个时代的异己者，是那个时代的多余人。他总是冷眼旁观他的时代，与他的时代格格不入。这是他的形象，也是他晚年笔下游荡者的形象。这个游荡者的犹豫不决，对人群的拒绝，对各种细小事物的兴趣，对未来的惶恐，他踌躇的历史脚步和回望的敏感目光，最终，他对现代这样一个大废墟的洞察和揭示，无一不是本雅明的夫子自道。他被他的时代所淘汰，但幸运的是，他成了我们这个时代的同代人。

拾破烂者

2020年为纪念本雅明逝世八十周年而作。

"这个男人负责把首都前一天的垃圾捡拾起来。那是这个大都市抛弃的一切、丢失的一切、鄙视的一切和打碎的一切……他将那些东西分门别类,用心挑选;他像拾捡财宝的吝啬鬼那样对待并盯着那些在工业女神嘴巴里呈现为有用物或享乐品形式的垃圾。"[1] 本雅明从波德莱尔那里挖掘出来的重要形象之一就是这个拾破烂者。他在这个拾破烂者身上发现了自己,但他收捡的不是工业机器日复一日地吞吐出来的物质垃圾,而是历史学家不屑一顾的历史文献:它们沉默、琐细,像一堆堆散乱的碎片洒落在凄凉破落的边边角角而无人问津。本雅明费尽心机将它们收集起来。他真是乐

---

[1] 德国瓦尔特·本雅明档案馆编,《本雅明档案》,李士勋译,北京:北京师范大学出版社,2019年,第167页。

此不疲，他摘抄了无数妙不可言的句子，将它们拖出了原有的语境，并以卡片的方式进行整理和归类，他还怀着孩童般的好奇心收藏了大量的书籍、明信片、绘画、玩具、笔记本，以及各种奇奇怪怪的物品。但他不对这些历史文献进行解释，他只是不动声色地在写作和笔记中记载它们和展示它们（有时候，他充满兴致地回忆他和它们相遇的瞬间，得到它们的瞬间；有时候，他不无感伤地回忆他和它们走失、错过的瞬间）。

但是，意义仍旧能从这样的收集和展示（本雅明将这样的工作称为文学蒙太奇）中自动而奇妙地涌现。这是因为，这些历史垃圾是总体性分崩离析后的遗落碎片，但每一个碎片本身作为一个历史遗迹还顽固地包蕴着总体性，就像一片树叶无论飘零到哪里，都包蕴着一棵大树的神秘命运一样。本雅明有其独一无二的历史观：历史就是一个总体性不断瓦解、不断碎片化的进程，历史的所谓进步过程也就是历史不断碎片化的过程。这些碎片都是同一个原初历史在不同阶段的瓦解和崩溃过程中的散落之物。本雅明被这样的进步化碎片弄得忧心忡忡。波德莱尔的这几句诗就像是为他而作的：

> 突然间那些钟愤怒地向前跳跃
> 向天空投下可怕的谩骂
> 像游荡着的无家可归的魂灵
> 破碎成顽固的哀号[1]

怎样安抚这些无家可归的魂灵？怎样平息这些顽固的哀号？将这些碎片收集起来吧，让它们彼此聚拢。这也就是在为历史的总体性而耐心地缝合。本雅明念兹在兹的是历史总体性的纯洁开端，那是一个初生的、饱满的、和谐的完整瞬间。他对历史的期待的最后目标恰恰是回到历史的"开端"时刻。他期待着弥赛亚突然侧身挤进世俗时间的分秒之中，进而去扳转历史的单向轨道。但另一方面，他似乎信心不足，他本人就像是一个游荡着的无家可归的魂灵，弓着背，紧锁眉头，郁郁寡欢。对他来说，他的时代就像一艘快撞上了冰山的失控的大船。而他站在船头，无望地扶着桅杆，发出呼救的信号……

---

[1] 转引自瓦尔特·本雅明，《发达资本主义时代的抒情人》，张旭东、魏文生译，张旭东校，北京：生活·读书·新知三联书店，2007年，第164页。

布朗肖的黑夜

此文是为邓冰艳《凝望文学的深渊：论布朗肖》一书写的序。

思想产生影响通常有两种方式：一种是公开的、显明的，一种是地下的、隐秘的。很长时间以来，萨特和布朗肖就是作为这两种方式的代表在法国知识界产生作用的。萨特犹如思想界的太阳在照耀，布朗肖则像是黑夜中的月亮在隐约地发光。萨特一直处在最耀眼的中心地带，布朗肖就像他喜欢的意象黑夜一样，将自己变成一个隐形人，一个含糊不清的低语者，一个边缘的但又奇异的思想发动机。作为一个地下思想家的布朗肖跟萨特的主体哲学保持着潜在但尖锐的张力。他和他的好友巴塔耶、列维纳斯一道，开辟了法国哲学的另一条道路。如果说萨特继承了从笛卡尔到胡塞尔的主体哲学并将这种主体推到了至高无上的地位的话，那么，布朗肖恰好是对这条道路的偏离，或者说，他在他的路上阻止了任何主体中心主义的幻觉。

我们今天可以将布朗肖和巴塔耶开启的这条哲学道路称为反人文主义的道路。这条路是从尼采和海德格尔开始的。但是，布朗肖和巴塔耶让它变得法国化了。他们让这条路产生了一种特殊的法国风格。巴塔耶更接近尼采，他迷恋古旧的狄奥尼索斯精神，试图用欲望来驱逐理性，用混沌和矛盾来驱逐逻辑，用力和力的摇晃、对峙来驱逐绝对而稳定的起源。布朗肖则更多受惠于海德格尔，他用沉默来抵制表达，死亡来抵制存在，用黑夜来抵制澄明。他和巴塔耶在福柯和德里达之前就宣布了"人之死"。对于巴塔耶来说，死去的是一个理性和道德的人，只有亵渎和邪恶才是神圣的；对于布朗肖来说，死去的是一个表达和在场的人，只有沉默和虚空才是真实的。我们看到，布朗肖的沉默在福柯的疯癫史中贯穿始终，而他的虚空毫无疑问构成了德里达解构主义的一个重要来源。

这条法国的反人文主义道路的另一个风格在于，它和文学有一种紧密的结合。反人文主义在文学经验中可以得到合适的表达。巴塔耶和布朗肖都在文学和哲学之间出没，他们同时是作家和哲学家。他们用文学（写作）来表达哲学，用哲学来阐释文学（写作）。对巴塔耶而言，文学应该唤醒邪恶；对布朗肖而言，文学应该逼近虚空。在布朗肖这里，存在着一个理想的文学空间，但这个空间不是被实体和意义所填充的，而是被无尽的深渊所掏空的。写作不是在生产意义，而是在抹去意义，写作不是对作者的自我肯定，而是对作者的自我否定。写作不是在体验白昼的疯狂，而是在体验黑夜的死亡。如果说，巴塔耶的文学是用尼采来嫁接萨德，那么，布朗肖的文学则是用马拉美来激活海德格尔。

但是，布朗肖的这些虚空、这些黑夜、这些死亡、这些文学的沉默，或者说，这些不可描述的中性，这个深渊般的文学空间，到底该如何来描述和阐明呢？某种意义上，布朗肖的咕哝低语就是为了抵制任何的阐明。他的"外界"就是无边的逃逸，就是对任何中心性聚焦的抵制，就是对统辖一切的主体决定论的躲避——布朗肖似乎有意地要消除作者和作者的意图。在这个意义上，我们很难清晰画出布朗肖的思想肖像。也正是这样，我们看到了福柯和德里达对布朗肖的评论采取的也是神秘主义的方式——这些评论布朗肖的文本同布朗肖本人的文本一样神秘：它们包含着同样的虚空、同样的深渊，它们同样是含混的低语。这是他们和布朗肖的黑夜般的神秘对话。不过，布朗肖更多是以未署名的方式隐秘地出现在他们的著作中的。

布朗肖的黑夜 / 353

如果说福柯和德里达在 1960 年代曾经有过短暂的思想上的接近的话，那么，这种接近就是由布朗肖带来的。

但是，对布朗肖的阐释是不可能的吗？或许，邓冰艳这部著作最有意义的一点就是清晰地解释了布朗肖。邓冰艳是个耐心的倾听者，她在布朗肖书写的沉默中努力地辨析出各种声音。她不仅要解释什么是布朗肖的深渊、死亡、沉默、中性和黑夜，更重要的是，她还要解释这些问题：为什么布朗肖要谈论深渊、死亡、沉默、中性和黑夜？它们到底有什么关系？它们如何构成一种特殊的文学和写作经验？而这些文学和写作经验在 20 世纪的思想史和观念史中占据着一个什么样的位置？也就是说，它们是以怎样的机缘出现的？我会说这部著作非同凡响，就是因为它逐层提出和回答了这些问题。邓冰艳对布朗肖的每一个重要概念都进行了细致的解释，对每一个关键问题都给出了答案。但是，在解释这些概念和回答这些问题的时候，她不断地将这些问题追溯到更深的问题之中，也不断地将这些问题追溯到更大的背景框架之中。也只有在更深和更复杂的问题框架中，这些最初的、最基本的问题和概念才能更好地得到理解。反过来，那些更复杂的框架也只有在落实到这些具体问题的时候，才不会显得空洞和浮泛。邓冰艳的这本书完美地将具体的概念和问题同一个大的思想史框架结合起来。我们在此既能看到理论的细节，也能看到这些细节所孕育出来的思想的历史地理。这是一本关于布朗肖的书，也是一本关于20世纪一个重要文学观念和哲学观念的书。

相比其他的文学观念而言,布朗肖这样一种文学（哲学）观念实际上并不为人所熟知。事实上，从表意的写实文学到抒情的浪漫主义文学，一直到罗兰·巴特意义上的既不表意也不抒情的现代文学，这样一个文学叙事的历程我们并不陌生，但是，布朗肖似乎并没有镶嵌在我们所熟知的这个文学思想的链条之内——在通常的文学批评史和哲学史中很少看到布朗肖的名字。这也更明确地证明了布朗肖的黑夜地位。但是，布朗肖这种中性的深渊版的文学空间，或者说，这种通向虚空的文学空间，对我们来说到底意味着什么？邓冰艳给出了自己的理解：这个文学空间，正是因为它对意义和在场的逃逸，它的逃逸所显现的黑夜，它的绝对空无，它的绝对外界，它才可能让光照进来。文学的黑夜空间从根本上来说是对光的召唤，是等待一簇光。或许，对一个在场世界的逃避，恰好是为了让自己无限地期待正在到来的光。黑夜必然会迎接光。文学试图在死亡中——在各种各样的死亡经验中，既在作者的死亡中，也在书中人物的死亡中——获得永生。正如光是从黑夜中浮现的一样，真理是从虚空中升腾而起的。布朗肖寻求真理，正如他寻求虚空。

对于在中国理论界沉睡了很久的布朗肖而言，这本书也是一道光。很多年来，布朗肖对中国人而言只是一个名字，一个深渊般的名字。只有对20世纪的法国思想和德国思想同时都了解的人，才可能接近和唤醒布朗肖。邓冰艳完全是独自摸索着来到这个地带的（她毕业于国内大学的法语系，她周围的人对中国和法国的理论世界并不了解，也几乎没有什么接触）。就像布朗肖强调文学的绝对孤独一样，邓冰艳也是独自和布朗肖展开对话的，她独自和一个思想氛围对话。这本书是一个人孤独思考的结晶。它可以证明，一个人在陌生地带独自思考同样可以进入思想的最深邃之处。这本书就像布朗肖的文学通道一样，也是邓冰艳从黑暗到光亮的一个思考通道。更令人惊讶的是，邓冰艳主要是在一个法语语境中和布朗肖对话的，但是，她不可思议地用优美的中文写出了这样一部清晰的理论著作。这本书让我们意识到，思想也可以由讲究韵律和节奏的语言来表达。这也是包括布朗肖在内的法国人的教诲。现在，我们在这本书中也看到了这一点：美妙的中文写作同样可以表达复杂的思想。或许，这也是在中文语境中最恰当地解释布朗肖的方式。我们看到许多的评论著作不仅没有揭示原作的精华，而且还是对原作的令人难以忍受的贬损。但是，这本书，这本评论布朗肖的中文书，从任何方面而言——无论是思想方面，还是表达方面——都可以和布朗肖的作品交相辉映。

如何令自己疯狂？

此文是为郭海平、王玉《癫狂的艺术：中国精神病人艺术报告》一书写的前言，原题"疯癫从来就不是一种疾病"。

在生活世界中，人们习惯于将疯癫视为一种奇观，它是不幸对于少数人的悲剧性降临。正是基于此，在现代社会，人们投给疯癫者的是同情和好奇的目光。疯癫，使疯癫的观看者暗自庆幸，他们深感幸运，没有被某种神秘的魔力所掌控。但是，他们不知道，他们实际上也历经过疯癫，甚至有时候还强烈渴望疯癫。事实上，大多数人都经历过疯癫片断，或者酩酊大醉，或者被药物所催发，或者被某种激情彻底主宰，所有这些时刻，都构成短暂的疯癫经验：此时，人们甩掉了一切理性和道德的思虑，听任自然本性和冲动，屈从于自己的身体，让自己返归到一种原初的野兽状态。但是，在这片刻之后，人们会立即摆脱自己的野兽面目，洗刷自己的疯癫形式，重新回到彬彬有礼的生活常态——一旦酒精或药物的功效失却，理性就会重新征服人们的身体。疯癫，通常就这样在人们身上昙花一现。这，实际上并不是疯癫，而是有关疯癫的短暂练习。

那么，谁是真正的疯癫者？只有那些具有特殊禀赋的英雄才能真正被疯癫降伏。不过，人们不应将疯癫视为被动的结果：在人们看来，癫狂似乎是一种被压迫的后果，似乎有一种巨大的外部力量将人包裹住，使得人们难以抒怀，于是，人在内心反复地挣扎，从而导致了疯癫。但是，按照尼采的说法，人一旦受到了压抑，表现出的不是疯癫，而是内疚和抑郁。这种自我折磨透过愁苦的面容一览无余。这正好是疯癫的反面。事实上，疯癫不是内敛性的自我折磨，而是危险的不顾一切的外向性的爆发力量，它划破习俗和道德的漫漫夜空而愤然地伸张。疯癫者正是通过对理性世界的砸毁和貌视，才获得了自己的疯癫形象，这个形象总是有一副张狂的面貌。这正是疯癫者有时候被视为神、有时候被视为兽的真正原因：他们和这个理性世界完全且绝对不相容——不是暂时不相容。这正是疯癫者和醉酒者的差异所在：后者只是疯癫的片断，是疯癫的假面具。醉酒者的归途还是世俗的理性世界。而疯癫者创造了属于自己的世界：神圣世界。这个世界和理性世界判然有别：疯癫者可以置理性世界任何的律法和秩序而不顾。对律法和秩序来说，疯癫构成危险，同时也正是这种危险，使它们招致了自身命运的劫数，它们通常被锁在高墙竖立的阴影之中。理性世界受到了疯癫的挑战，但它以禁闭的形式来迎接这种挑战。疯癫世界，尽管经过了短暂的街头游荡，但长期以来，一直被关在逼仄的高墙之内，空间的闭锁只能遏制疯癫对理性世界的危险，并不能消除疯癫世界的自主神圣性——疯癫创造了一个没有物理空间的神圣空间，一个新的摆脱了理性世界的神圣世界。正是在这个意义上，德勒兹认为，疯癫者才是真正的欲望英雄。尼采就此说得更为明确："一切生来不能忍受某种道德枷锁和注定创造新律法者，如果尚未真发疯，除让自己变疯或装疯外，别无他法。"[1] 疯癫，为新生的思想铺平了道路。

就此，疯癫传达出来的是意志的无畏勇气。胆小和懦弱的人无法疯癫，他们总是被自我保存的本能所牢牢地禁锢住，而无法毫无回旋余地地向理性世界猛烈撞击。或许我们可以说，疯癫是主动意志的蛮干，它表现为一种巨大的抗争能力。在这种意志的抗争中，<u>丝毫没有妥协的成分，意志绝不会在任何压力面前收手。</u>

---

[1] 弗里德里希·尼采，《朝霞》，田立年译，上海：华东师范大学出版社，2007年，第53页。

意志逼得它的对手要么将意志毁灭,要么使意志不得不以一种疯狂的形态展示出来——正是这种意志的无理要求,使得疯癫者和小人区分开来。疯癫者是小人的反面,后者知道迂回,知道巧妙掩饰,知道如何维持理性的平衡,在意志可能毁灭的情况下,小人会理性地后退,重新躲在安全的理性的庇护之下。只有疯癫者会奋不顾身,一举僭越理性的界限,闪电般获得疯癫的永恒。在这个意义上,疯癫只会青睐少数人。就此,我们看到,渴望甩掉理性的人很多,但是成为疯子的人很少。醉酒的人很多,发疯的人很少。要想一劳永逸地摆脱秩序的桎梏,人们必须成为疯子。但是,不是每个急于摆脱生活桎梏的人都能变成疯子,即便是那些梦想成为疯子的人、那些渴望疯癫的人,如果他们要想获得疯癫状态,就需要学习疯癫,需要对疯癫进行反复的练习,更需要神的眷顾。"神啊,赐我以疯狂!只有疯狂才能让我真正相信自己!赐我以谵妄和痉挛,电光和浓黑,骇我以凡人未曾经受的严霜和烈焰,让我在咆哮声和鬼影中嚎叫、哀鸣和像野兽一样爬行。"[1]要让疯癫降临自身,有时候需要祷告、需要赐福。在一个理性主宰的文明时期,疯癫是上苍赠送给少数人的珍品。就此,我们能够理解,为什么那些被疯癫

---

[1] 弗里德里希·尼采,《朝霞》,田立年译,上海:华东师范大学出版社,2007年,第54-55页。

眷顾的人中有如此之多的天才闪耀：荷尔德林、尼采、梵·高和阿尔托。正是借助疯癫，他们闪电般在一个既定的理性世界中创造了自己的神圣世界。也可以反过来说，正是在创造自己的特殊世界的同时，他们也创造和习得了疯癫。

但是，这疯癫，却被理性世界视为疾病——除了将疯癫视为危险从而需要提防，理性世界还将疯癫视为病态世界，他们要救治疯癫者，试图让疯癫者重新返回理性世界，就像让一个醉酒的人重新恢复他的清醒一样。就此，精神病院既是防御性的，也是治疗性的。为什么将疯癫视为一种疾病？这是因为，在我们的文化中，理性建构了自己的合法垄断性，唯有理性，才是人的正常而健康的确认标志。所有同理性存在着沟壑的人，都被视为不正常、不自然，都被视为人的疾病形式。疯癫，或许是所有偏离理性世界的非理性类型中同理性世界最相对立的一类形式。疯癫世界，当然会被视为一种不自然和不道德的世界。在理性世界的眼中，疯癫是一种特殊的疾病类型。要恢复自然而健康的秩序，要么就驱逐疯癫，要么就治疗疯癫——这正是文明社会中的疯癫的历史。问题是，在癫狂者的眼中，这个理性世界就是一个自然而健康的世界吗？这个理性世界不正是因为充满压抑才让癫狂者自己创造出一个自主世界吗？这个癫狂世界难道没有自己的神曲？我们要问：在理性世界和非理性世界中，到底谁是疯癫者？或许我们可以借用帕斯卡尔的话来回答："人类必然会疯癫到这种地步，即不疯癫也只是另一种形式的疯癫。"[1]

问题是，疯癫到底怎样展现自己的声音？谁又会耐心地倾听疯癫的质疑声？谁会领悟疯癫世界的神曲？理性世界将疯癫和医生置于一个隐秘而封闭的空间中，医生能够随时撞见疯癫者的自我表达。但是，从医生的角度看，这些表达总是疾病的症候。医生借助这些表达，试图追溯疯癫者的病情根源。但是，如果这些癫狂者不是被视为病人，那么，这些表达将会被视为什么？

这正是郭海平和王玉这本书的意义。同医生的看法不一样，在这里，疯癫者的表达，不是受制于一种内在的病情，相反，这些表达恰好是一种创造性本身。郭海平、医生和病人同时处在密闭的世界中，对于每个人而言，对方都呈现出不同的意义。对于医院而言，治疗总是要清除疯癫者的臆想，只有消除了臆想，疯癫者才能往健康的路上缓缓行进。与此相反，郭海平

---

[1] 转引自米歇尔·福柯，《疯癫与文明：理性时代的疯癫史》，刘北成、杨远婴译，北京：生活·读书·新知三联书店，2019年，第1页。

鼓励这些疯癫者臆想。他并不将疯癫者的自我表达视为疾病的症候，相反，这些自我表达，这些充满奇思怪想的绘画，是疯癫世界的秘密：这些秘密无法被理性世界所洞穿。或许，艺术家是最接近疯癫世界的人。理性世界各类诡异的绘画，难道不正是疯癫欲望的隐秘表达吗？理性世界没有排斥这些绘画，只是因为这些绘画巧借了艺术之名。疯癫者的绘画，并不借助曲折的掩饰方式，这是疯癫者的自发创造，这也就是想象力本身。对这些作品，我们要做的并不是洞穿和破解其中的秘密，而是尊重和看护这些秘密，这些秘密是一个独特世界的抒情方式。现在，它们聚集起来，以一种文明世界的运作方式，来到了我们眼前。我们如何对待这些疯癫者的绘画？它们和我们的知识如此迥异，或许，它们并不会唤起我们对它们的怀疑，而是会唤醒我们对自身的世界的怀疑。这是怎样的怀疑？用福柯的话来作结吧："凡是有艺术作品的地方，就不会有疯癫。但是，疯癫又是与艺术作品同时存在的，因为疯癫使艺术作品的真实性开始出现。艺术作品与疯癫共同诞生和变成现实的时刻，也就是世界开始发现自己受到那个艺术作品的指责，并对那个作品的状况负有责任的时候。"[1]

---

[1] 米歇尔·福柯，《疯癫与文明：理性时代的疯癫史》，刘北成、杨远婴译，北京：生活·读书·新知三联书店，2019年，第267页。

后 记

这几年我偶尔接受了一些访谈——我并不习惯这样的谈话形式。一旦我意识到这样的谈话要公之于众,我的谈话就支离破碎,左支右绌。大部分这样的谈话并不完善。我事后都要根据录音文字进行修订。相比这样的谈话,我喜欢在一个放松的空间跟亲密的朋友无所顾忌地闲谈——那是我平淡生活中富有意义的时刻(我没有意愿跟陌生人谈话,也不喜欢在多人的场合高谈阔论)。不过,很多这样的谈话要么随风而逝,要么刻在心底。它们很少以书写的形式坦率地出场。我意识到,书写文字并不是一个人秘密的公开展示,相反,它要么是对个人秘密的保守和掩藏,要么只是对另一个人的秘密吐露。

另外,这本小书也收集了一些我兴之所至的随笔,其中有几篇也是谈话的改写,不过这不是二人之间的谈话,而是在会场上的公开发言。这样的发言当然有一个粗糙而简略的书写准备。呈现在此的文字,则是将书写草稿转换成口头语言表达后,再根据口头表达又一次改写而成的。这包含着一个从书写到口语又到书写的表达游戏。这是围绕着同一意义而展开的声音和文字的游戏、重复与差异的游戏。这样的游戏也让我意识到,人是表达的动物。自由表达并不仅仅意味着畅所欲言,还意味着你可以在各种各样的表达技术和表达媒介之间自由而巧妙地切换——你甚至可以将沉默凝固的书写转换成运动影像或时间影像。如同存在着一种古老的书写之爱一样,也还存在着一种现代的影像之爱。人类对此如此地着迷,以至于我们可以说,人的历史,就是发明出不同的表达技术的历史。

我要感谢和我谈话的这些朋友们,没有他们的谈话邀请就不会有这本书。不过,这些谈话并不是因为我们是朋友而开始的,而正相反,正是因为这些谈话才使得我们开始见面并成为朋友的。这初次谈话也引发了我和其中几个朋友后来多次随意的愉快交谈。遗憾的是,这些私下交谈都被宽阔而虚幻的时空吞吃了。

最后,我要感谢任绪军的约稿,以及肖海鸥的出版支持,感谢他们为这本书付出的一切。当然,我也希望这本书能够部分地补偿他们的付出。

2024 年 1 月 7 日

图书在版编目（CIP）数据

亲密关系的核心是友谊 / 汪民安著 .-- 上海：上海文艺出版社，2024（2025.1 重印）
ISBN 978-7-5321-8970-0

I.①亲… Ⅱ.①汪… Ⅲ.①随笔—作品集—中国—当代
Ⅳ.① I267.1

中国国家版本馆 CIP 数据核字（2024）第 009224 号

发 行 人：毕　胜
责任编辑：肖海鸥
特约编辑：任绪军
书籍设计：左　旋
内文制作：重庆樾诚文化传媒有限公司

书　　名：亲密关系的核心是友谊
作　　者：汪民安
出　　版：上海世纪出版集团　上海文艺出版社
地　　址：上海市闵行区号景路 159 弄 A 座 2 楼 201101
发　　行：上海文艺出版社发行中心发行
　　　　　上海市闵行区号景路 159 弄 A 座 2 楼 206 室 201101
　　　　　www.ewen.co
印　　刷：上海盛通时代印刷有限公司
开　　本：1092×787　1/32
印　　张：11.75
字　　数：208 千字
印　　次：2024 年 5 月第 1 版　2025 年 1 月第 6 次印刷
ＩＳＢＮ：978-7-5321-8970-0/C.102
定　　价：68.00 元
告 读 者：如发现本书有质量问题请与印刷厂质量科联系
　　　　　T：021-37910000